악마적
취향

단글

악마적 취향 2

초판 1쇄 인쇄 2017년 1월 23일
초판 1쇄 발행 2017년 1월 31일

지은이 이하린
발행인 오영배
기획 박성인
책임편집 김보나
표지 · 본문 디자인 RAEHA
제작 조하늬

펴낸곳 (주)삼양출판사 · 단글
주소 서울시 강북구 도봉로 173
대표 전화 02-980-2112 **팩스** / 02-983-0660
편집부 전화 02-980-2116 **팩스** / 02-983-8201
블로그 blog.naver.com/dan_gul
출판등록 1999년 3월 11일 제9-00046호

ISBN 979-11-283-9072-2 (04810) / 979-11-283-9070-8 (세트)

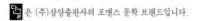은 (주)삼양출판사의 로맨스 문학 브랜드입니다.

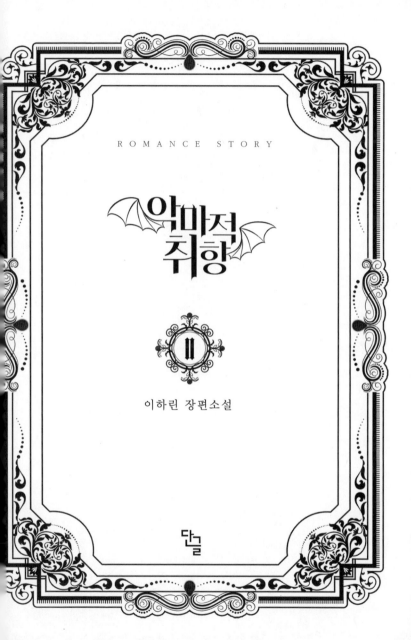

ROMANCE STORY

악마적 취향

II

이하린 장편소설

단글

| C O N T E N T S |

1
의식하지 마

"뭐, 뭐라고?"

화인은 자신의 귓가에 들린 그 말을 의심할 수밖에 없었다.

지금 그가 자신에게 뭐라고 말한 것인가?

좋아한다고? 누가 누구를?

놀란 그녀의 얼굴을 바라보며 한새는 아무런 대답도 하지 못했다. 지금 그녀가 놀란 만큼 그도 자신에게 놀라는 중이었으니까.

이런 행동이 본인조차 너무 낯설었다.

지금까지는 그녀가 자신에게 호감을 갖게 만든 다음 천천히 다가가려고 했었다. 그런데 한순간 억누르지 못한 감정이 불쑥하고 튀어 나가 버린 것이다.

두근두근.

의도한 건 아니었지만 이렇게 막상 입 밖으로 내뱉고 보니 심
장이 미친 듯이 뛰기 시작했다.

　지금 그의 두 눈에는 오로지 화인의 선홍빛 입술밖에 보이지
않았다. 자신의 마음을 알게 된 그녀가 어떤 말을 할지 긴장이
되기 때문이다.

　하지만 그런 그의 마음과 달리 화인의 표정은 금세 차갑게 식
었다.

　곧이어 그녀가 기가 차다는 듯이 입을 열었다.

　"나랑 장난해?"

　전혀 예상치 못한 그녀의 대답에 한새의 표정이 딱딱하게 굳
어졌다.

　"……무슨 말이야?"

　"네가 날 좋아한다고? 지금 이걸 나보고 믿으라는 거야?"

　화인은 이미 한 번 그가 자신에게 입맞춤을 시도했을 때, 혹시
자신을 좋아하는 게 아닌가 의심했었다. 하지만 그때 그는 그저
키스를 하고 싶었을 뿐이라고 대답했다.

　분명 좋아하는 감정은 아니라고 부정했는데 이제 와서 뜬금없
이 고백이라니.

　화인의 입장에서는 도무지 믿을 수가 없는 말이었다.

　"네가 이런 식으로 둘러대면 내가 아 그렇구나, 하고 여기서
물러날 줄 알았어?"

　그녀는 불과 방금 전에 고백을 한 당사자에게 따지듯이 몰아

붙였다. 그러자 한새는 순간 당황해서 말을 잇지 못했다.

하지만 그는 이내 어처구니가 없다는 듯이 웃음을 토해 내곤, 한껏 사나워진 화인의 눈을 똑바로 마주 보며 말했다.

"너 그거 알아?"

"뭘?"

"한 번도 내가 예상하는 답을 한 적이 없다는 거."

"뭔 소리야?"

"좋아해, 박화인."

"뭐?"

그의 입에서 다시 한 번 나온 말에 화인은 멈칫할 수밖에 없었다.

어디 도망갈 수도 없게끔 어깨가 붙잡힌 상태로, 그녀는 자신을 강렬하게 내려다보는 한새의 눈동자와 마주해야 했다.

"못 믿겠으면, 네가 믿을 때까지 반복해서 말해 줄게."

"너…… 미쳤어?"

"나도 내 감정이 놀랍기는 마찬가지야."

"정말로 날 좋아한다고?"

"그래, 내가 너 좋아한다고."

그에게 몇 번이나 확인 사살을 받고 나서야 화인의 표정이 미묘하게 변했다. 혹시 지금까지 그가 이상하다고 느껴졌던 행동들이 정말 자신을 좋아해서인 걸까?

이미 한 번 의심을 품었을 때 부정당했었기 때문에 여태까지 그런 쪽으로는 전혀 생각을 하지 않았었다. 그가 아니라고 하는데 자기 혼자 착각하는 건 정말이지 우스운 일이었으니까.

그런데 이렇게 진지한 눈빛으로 자신을 내려다보면서 잔뜩 긴장하고 있는 그를 보고 있자니 기분이 조금 이상했다.

잠시 머릿속으로 생각을 정리한 화인이 나지막한 목소리로 말했다.

"이제 와서 고백을 하는 이유가 뭐야? 내 대답이 듣고 싶은 거야?"

단도직입적인 그녀의 질문에 순간 한새의 말문이 막혔다.

하지만 화인은 그의 대답을 기다리지 않은 채, 자신이 하고 싶은 말을 먼저 내뱉었다.

"그럼 똑똑히 잘 들어, 난 너 싫어."

욱씬.

어쩌면 이미 예상했던 대답이었다.

그녀가 자신을 좋아하지 않는다는 건 처음부터 알고 있었으니까.

그런데도 막상 이렇게 직접 들으니 가슴 한편이 쓰라려 왔다.

그가 조금 더 가라앉은 목소리로 물었다.

"구체적으로 어디가 싫은 건데?"

"그건 알아서 뭐하려고?"

"한 번 차였다고 포기할 생각이 안 들어서."

"……뭐?"

그의 말에 오히려 화인이 헛바람을 들이켜야 했다.

새삼스럽다는 눈빛으로 그를 쳐다볼 수밖에 없었다. 그가 이런 타입이었던가?

지금까지 본 적 없는 모습이었다.

하지만 지금 자신은 그의 관심을 받아 줄 수 있는 상황이 아니었다.

화인은 그를 향해 일부러 더 못마땅하다는 듯이 입을 열었다.

"여기서 그만두는 게 좋을 거야. 나중에 분명 후회하게 될 테니까."

"해도 내가 해. 그러니까 그런 것까지 네가 신경 써 줄 필요는 없어."

생각해 보니 그의 말이 맞았다.

화인은 잠시 입을 다문 채 그를 이해할 수 없다는 듯이 쳐다봤다.

'……너랑 나는 뼛속부터 달라.'

자신은 악마고, 그는 인간이다.

설령 그에게 인간치고 꽤 많은 마력이 있다고 해도 악마와는 비교할 수도 없는 수준이다.

아니, 굳이 능력이 아니더라도 애초에 말이 안 되는 사이였다.

지금 화인의 어깨에 새겨진 형벌의 시간은 어떻게 보면 그녀가 인간 세상에서 보내야 할 남은 시간이었다.

바꿔 말하자면 이 시간이 다 끝나는 날 인간인 그녀는 죽는다.

형벌의 시간이 줄어드는 속도로 계산하자면 고작해야 몇 년이 남은 셈이다. 만약 그와 마음을 나눈다고 해도 딱 그 기간뿐인 것이다. 이미 끝이 뻔히 보이는 길이란 말이다.

'사실대로 다 말하지 않아서 다행이네.'

여기까지 대화를 나눠 본 결과, 그가 정말로 자신을 좋아해서 다치지 않기를 원한다는 결론이 나온다.

한새는 그녀가 악마로 돌아간다는 것만 알고 있지, 정확히 어떤 방식인지는 알지 못했다.

그녀가 아직 말하지 않았으니까.

감정을 품은 그가 자신이 죽어야 한다는 걸 알게 되면 일이 복잡해질 수도 있었다. 일부러 감춘 건 아니었지만, 상황이 이렇게 되니 말하지 않은 게 천만다행으로 느껴졌다.

앞으로는 조금 더 조심해야겠다는 생각을 하며, 그녀가 자신의 어깨를 붙잡고 있는 그의 손을 힐끗 눈짓으로 가리키며 말했다.

"일단 이것 좀 놓지?"

"아직 너한테 대답 못 들었어."

"무슨 대답?"

"나 때문에 더 이상 위험한 행동은 하지 않을 거라고 말하면 놔줄게."

"그건 널 찬 거로 대답이 된 거 아니야?"

"그거랑 이거는 나한테 완전히 별개거든."

"난 내가 옳다고 생각하는 대로 행동해. 네가 뭔데 나를 구속

하려고 하는 거야?"

"……네가 다치는 게 싫으니까."

누군가가 자신이 위험하다고 판단이 되면 물불을 가리지 않고 몸을 날린다는 게 이토록 부담스러운 것인지 지금까진 몰랐다.

더군다나 자기가 좋아하는 여자가 이렇게 막무가내라는 게 더욱 내키지 않았다.

"싫어, 난 내 마음대로 할 거야."

고집스러운 그녀의 얼굴을 바라보며 한새가 슬쩍 미간을 찌푸렸다. 그렇게 가만히 그녀를 내려다보던 한새의 눈동자가 어느 순간 미묘하게 흔들렸다.

곧이어 그가 조금 쉰 듯한 목소리로 나지막이 속삭였다.

"그럼 나도 내가 하고 싶은 대로 한다?"

"그게 뭐……!"

뭐냐고 물으려던 그녀의 말이 끝까지 다 내뱉지도 못한 채 멈춰졌다. 왠지 그가 지금 원하는 게 무엇인지 말하지도 않아도 알아차릴 수 있을 것 같았으니까.

밀착되어 있는 서로의 몸, 금방이라도 숨결이 닿을 것만 같은 거리.

그의 뜨거운 눈빛과 조금은 거칠게 느껴지는 숨소리가, 왠지 야릇한 기분이 들게 만들었다.

그녀가 묻지 않았음에도 한새가 먼저 경고하듯이 말했다.

"나 지금 너랑 키스하고 싶어."

사실 그는 지금 당장이라도 그녀의 붉은 입술을 머금고 싶었다. 부드러운 입술 감촉을 다시 맛보고 싶다는 욕구가 참기 힘들 만큼 치밀고 있었다.

지금 이 자세가 얼마나 위험한지 그녀는 알고 있는 걸까.

"이 자세로 네 대답 오래 못 기다려."

"지금 나 협박해?"

"어, 그런데 지금은 그냥 내 말대로 안 따라 줬으면 좋겠어."

"그만 까불어. 진짜 혼난다."

그녀가 억지로 더 목에 힘을 주고 말했지만 한새는 그저 힘없이 웃을 뿐이었다.

"……어차피 나 같은 놈 싫다면서."

그의 입장에선 강제로 키스를 한 번 더 한다고 해서 크게 달라질 것도 없었다. 마치 잃을 게 없다는 그의 태도에 화인은 조금 당황할 수밖에 없었다.

그녀가 얼굴을 찡그리며 다시 말했다.

"너 진짜……!"

말을 하는 그녀에게로 한새의 얼굴이 점점 가까이 다가왔다. 이상하게도 그에 맞춰 화인의 심장박동이 덩달아 빨라지기 시작했다.

꼼짝할 수가 없었다.

그게 자신의 어깨를 움켜쥔 그의 손 때문인지, 아니면 자신을 내려다보는 그의 가느다란 눈 때문인지 짐작이 가지 않았다.

그렇게 굳어 있는 그녀의 입술에 한새의 입술이 막 닿으려는 찰나였다.

띵동― 띵동―

현관 벨이 울렸다. 쾅쾅거리며 문을 두드리는 소리와 함께 희미하게 밖에서 찬우의 목소리가 들려오는 듯했다.

가까스로 이성을 되찾은 한새가 그녀에게서 떨어졌다.

그리고 곧이어 그의 손이 그녀의 어깨에서 아쉽다는 듯이 내려왔다.

화악.

불과 몇 초전의 상황이 떠올라 화인의 얼굴이 새빨갛게 변했다.

어딘가 복잡한 그녀의 표정을 바라보다가 한새가 말없이 발길을 돌렸다.

곧이어 그가 인터폰으로 현관문을 열어 주자 찬우가 집 안으로 들어왔다.

"왜 이렇게 느려? 밖에 경찰……."

말을 하는 찬우의 옆으로 누군가가 쌩하고 지나갔다.

그가 깜짝 놀라서 뒤돌아보니 시커먼 물체의 정체는 바로 화인이었다.

그녀가 후다닥 자신의 거처인 별채를 향해 빠른 걸음으로 뛰어가는 모습이 보였다.

뭔가 이상한 낌새를 눈치챈 찬우가 한새를 바라보며 물었다.

"둘이 무슨 일 있었어?"

한새는 물끄러미 그녀의 뒷모습을 바라보며 나지막한 목소리로 대꾸했다.

"아니. 때마침 잘 왔어."

조금만 늦었어도 이성이 날아갈 뻔했다.

그대로 밀어붙였다가는 어쩌면 그녀에게 더 미움 받았을지도 모르는 일이었다. 이미 싫다는 소리까지 들었는데 거기다가 더 보태고 싶지는 않았으니까.

한새가 떨어지지 않는 시선을 돌리며 찬우를 향해 다시 입을 열었다.

"그래, 스토커는 어떻게 됐어?"

*　　*　　*

자신의 방 안으로 들어온 화인은 붉게 물든 얼굴을 양손으로 감싸 안았다.

'정신 차려!'

마음 같아서는 쥐구멍에라도 숨고 싶은 심정이었다.

대악마인 자신이……

창피하게도 마지막 순간 그에게 키스를 허락한 것이나 다름없었으니까.

그는 못 알아차렸겠지?

그가 절대 모르기를 바라고 있었지만, 그렇다고 자신의 마음까지 속일 수는 없었다.

자신이 정말 싫었다면 그 상황에서 박치기를 해서라도, 아니 이빨로 물어뜯어서라도 어떻게든 그에게서 빠져나왔을 것이다.

커다란 덩치로 키스를 하고 싶다고 조르는 모습이, 자꾸 귓가를 간지럽히는 그의 색기 어린 목소리가, 찌르는 듯이 강렬하던 두 눈이.

거부할 수가 없었다.

아니, 거부하고 싶지 않았다.

"……하아."

이미 한새의 집에 불을 지르려던 여자와 대화를 하면서 자신이 생각보다 더 그를 좋게 보고 있다는 것을 알아차린 상태다.

거기다 얼떨결에 그에게 고백까지 받은 상황.

'설마 흔들리는 건가? 이 내가?'

화인은 기가 막힌다는 듯이 입가에 자조적인 웃음을 지었다.

있을 수 없는 일이다.

더군다나 이미 한 번 인간에게 마음을 준 경험이 있었다.

아직도 이따금씩 자신을 바라보던 엄마의 차가운 눈빛이 떠올라 가슴이 아려 올 때가 있다.

그런데 그걸 다시 반복한다?

말도 안 되는 소리였다.

인간의 감정은 너무나도 쉽게 변해 그녀가 믿을 수 있는 것이 아니었다. 설령 지금은 자신이 좋다고 들이대도 그게 과연 십 년이나 같까?

대악마의 수명은 인간처럼 짧지 않다. 그런 그녀에게 설령 한 새가 일평생을 다 받쳐 사랑한다 해도 찰나에 불과했다.

물론 그것조차도 믿을 수 없는 게 인간의 마음이었지만 말이다.

'……그러니까 그만 멈춰.'

화인은 주책없이 뛰는 자신의 심장에다가 명령했다.

이따금 자신은 그의 앞에서……

마치 인간도, 대악마도 아닌 그저 한 명의 여자가 되어 버리는 것만 같다.

수많은 전쟁을 치르면서, 수없이 많은 악마들을 거느리면서 단 한 번도 의식하지 않았던 자신이 여자라는 사실이 새삼 느껴졌다.

"후우."

몇 번의 심호흡을 하며 그녀는 술렁대는 가슴을 간신히 진정시킬 수 있었다.

그와 더 이상 가까워지지 말아야겠다는 생각이 머릿속을 지배했다. 그런데 이율배반적이게도 그녀는 그와 멀어질 수가 없는 처지였다.

"……골치 아파."

그녀가 자신의 관자놀이를 꾹 누를 때였다.

─오랜만이야.

어디선가 들려오는 하급 악마의 목소리에 화인의 이마가 와락 찌푸려졌다. 한새의 곁에서 떨어져 있는 시간이 길어지자 결국 올 것이 오고야 만 것이다.

"정말이지, 귀찮아 죽겠네."

화인의 짜증 어린 목소리에 뭐가 그리 좋은지 하급 악마들이 꺄르르 웃음을 터뜨렸다.

─**우리도 다가갈 수 없는 시간이 길어져서 꽤나 불쾌했다고.**

그들이 모습을 선명하게 드러내는 것과 동시에 방 안에 있는 물건들을 몇 개 집어 던지기 시작했다.

와장창―

순식간에 깨어진 물건들이 바닥을 어지럽혔다.

그러다가 몇 개의 파편이 튀어서 화인의 몸에 생채기를 남겼지만, 곧바로 사라져 갔다.

그녀가 나지막한 목소리로 말했다.

"재밌냐?"

─**무지막지 하게!**

치아를 드러내 보이며 씩 웃는 모습이 당장이라도 발로 밟아 버리고 싶을 정도로 불쾌했다.

하지만……

지금은 그들을 피해 한새에게 갈 수가 없었다.

그녀는 힐끔 한새가 있는 방향으로 시선을 주었다가 다시 돌릴 뿐이었다.

자신을 괴롭히는 하급 악마들도 문제였으나, 궁극적으로 형벌의 시간을 줄이기 위해서도 그의 곁에 있는 게 옳았다.

그런데 조금 전 자신을 바라보던 그의 강렬한 눈동자가 자꾸 눈앞에 아른거려서 도저히 발길이 떨어지지 않는 게 문제였다.

"……젠장."

방금 그런 일이 있었는데 어떻게 가란 말인가.

아무리 그녀라고 해도 쉽지 않은 일이었다.

그녀의 찌푸려진 얼굴에 하급 악마들만 더욱 신나서 날뛸 뿐이었다.

*   *   *

해준은 신문에 커다랗게 난 한새의 기사를 보고 쓴웃음을 지을 수밖에 없었다.

그는 사기를 쳤다는 모함으로 한새의 이미지를 추락시키고 있는 중이었다. 동시에 진실을 밝힐 수 없도록 미리 신문사에까지 손을 써 두었다.

그런데 뜬금없이 기부 천사라니?

굳이 눈으로 확인하지 않아도 이 일로 인해 한새를 옹호하는 여론이 많이 형성되었을 터였다.

'이거야 원, 무슨 잡초도 아니고…….'

인정하고 싶지는 않았지만 한새의 위기 대처 능력은 생각보다 뛰어났다.

불현듯 그가 자신의 사무실에 찾아와서 마지막으로 남겼던 말이 떠올랐다.

"열심히 해 봐. 나라고 여기까지 도박으로 올라온 건 아니니까."

그때는 근거 없는 자신감이라고 여겼는데, 어느 정도는 사실이었던 모양이다.

이런 방법으로 빠져나갈 줄은 상상도 하지 못했다.

물론 그가 정말 심성이 고와서 우연히 기부를 한 사실이 밝혀진 것일 수도 있다. 하지만 적어도 해준은 그런 행운이 있다고 믿지 않았다.

치밀하게 계산하고 미리 준비하지 않는다면 이런 위급한 순간에 도움이 될 수 없다고 생각하니까.

'……하지만 오래 버티진 못할걸.'

이번 사건은 이렇게 넘긴다고 해도 앞으로도 계속 그럴 수 있을까?

기부 천사라는 타이틀로 상황을 바꾼 건 맞지만, 그렇다고 그가 사기 행각을 벌였다는 이슈가 완전히 사라진 것은 아니었다.

자신이 마음먹고 계속 더러운 추문에 그를 엮어 넣는다면 결국 무너지는 건 그다.

처음에는 약간의 경고 같은 것이었다.

자신과 그의 위치를 확실하게 보여 준 다음, 화인 누나의 옆에서 떨어지게 만들려는 속셈이었다. 딴에는 그에게 한 번 더 기회를 준 것이다.

굳이 애먼 사람의 인생을 망가트리고 싶진 않았으니까.

하지만 얼마 전에 화인 누나가 찾아와서 했던 말 때문에 지금은 물러서고 싶지가 않아졌다.

"만에 하나라도 이한새 건드리면 가만 안 둬."

누구보다 그녀가 집으로 돌아오길 간절히 바라는 사람이 해준이었다. 그런데 화인이 그의 앞에서 한새를 건드리면 다시 돌아갈지도 모르겠다는 협박을 남긴 것이다.

마치 돌아와서 그가 가진 모든 것을 빼앗기라도 할 것처럼 말이다.

'그런데 누나 어쩌죠? 그게 제가 가장 바라는 일이거든요.'

해준은 그녀에게 이런 자신의 마음을 전하고 싶었다.

제발 좀 봐 달라고, 다른 누구도 아닌 자신을…… 제발 조금만 봐 달라고 말이다.

"……누나."

보고 싶었다.

당장 달려가서 얼굴을 볼 수 있었다면 수천 번은 그렇게 했을 것이다. 하지만 자신이 부른다고 해서 나올 그녀가 아님을 누구보다 잘 알기에 참을 수밖에 없었다.

그가 나지막이 한숨을 내쉴 때였다.

지이잉, 지이잉.

진동으로 해 둔 그의 휴대폰이 울리기 시작했다.

발신자에 강용태라는 이름이 뜬 것을 확인한 해준이 전화를 받았다. 그러자 상대방의 다급한 목소리가 수화기를 통해 들려왔다.

―부사장님께서 지켜보라고 하셨던 그분께 사고가 있었던 모양입니다.

"뭐라고요?"

해준은 지금 그가 말하는 그분이 바로 화인을 가리킨다는 사실을 금방 알아차릴 수 있었다.

갑작스러운 사고 소식에 해준의 눈동자가 커졌다.

"무슨 일이라도 생긴 겁니까? 누나가 어디 다치기라도 한 거예요?"

―모습을 보이지 않으셔서 아직 정확한 상태는 확인되지 않았습니다만, 이한새의 스토커가 그의 집에 불을 지르려다가 운전기사인 그분과 몸싸움을 벌인 것 같습니다.

콰앙!

해준의 주먹이 그대로 책상을 내려쳤다. 그가 끓어오르는 화를 간신히 누르며 아까보다 서늘해진 목소리로 말했다.

"그래서 범인은 잡혔나요?"

—네, 다행히도 지금 경찰서에 잡혀 있답니다.

"……수단과 방법을 가리지 말고, 그 스토커한테 콩밥 든든히 먹여 주세요."

—분부대로 하겠습니다.

"누나 건강 상태부터 빠르게 확인하고 바로 연락 주시고요."

—네 알겠습니다.

막 전화를 끊으려는 용태를 향해 해준이 다시 입을 열어 말했다.

"잠깐만요, 지금 이한새 이번 사건 때문에 스케줄이 다 취소가 됐죠?"

—네. 그렇다고 알고 있습니다.

"그럼 우리랑 계약한 광고 일정 잡으세요."

—그건 지금 이한새 이미지가 안 좋아서 회사에서 반발이 있지 않을까요?

"그 부분은 제가 알아서 할 테니까 신경 쓰지 마시고, 그쪽에 이전시랑 접촉해 보세요. 지금처럼 이한새가 한가할 때 미리 촬영해 놓자고 하면 이 상황에 거부하진 못할 겁니다."

그쪽에서 이 제안을 싫어할 이유가 없었다. 어차피 이미 계약한 광고인 데다가 막말로 이미지가 안 좋아졌다고 계약을 취소하자는 내용도 아니었으니까.

해준이 한새를 모함하게 된 것도, 이렇게 뜬금없이 광고를 찍게 하는 것도 모두 화인이란 여자 단 한 명 때문이었다.

그녀가 너무 보고 싶었다.

지금까지는 화인을 만날 계기가 마땅히 없었지만, 한새가 자신의 회사 광고 촬영에 들어가게 되면 말이 달라진다. 조금만 상황이 따라 준다면 기회는 어떻게든 만들 자신이 있었다.

불과 얼마 전까지만 해도 한새의 이미지를 망가트린 다음, 가능하면 그와 했던 광고 계약을 파기하려고 했지만 지금은 마음을 바꿨다.

그 광고가 정말 방송이 될지, 아니면 폐기가 될지 모르겠지만 지금 당장 그런 건 중요하지 않았다.

화인을 다시 볼 수만 있다면 해준에게 그 정도 투자는 아무것도 아니었으니까.

─그럼 말씀하신 대로 전부 처리하겠습니다.

믿음직한 용태의 대답에 해준이 마지막으로 당부하듯이 말했다.

"……아버지가 이 일을 눈치채지 못하도록 유의해 주세요."

─네, 명심하겠습니다.

그와 전화를 끊은 해준은 그대로 고개를 뒤로 젖혀 가죽 의자에 머리를 기댔다.

가뜩이나 보고 싶었는데 이제 걱정까지 더해지자 이대로 가만히 있기가 힘들었다.

스르륵 눈을 감으며 얼마 전에 봤던 그녀의 모습을 다시 떠올렸다. 그러자 그때처럼 당장이라도 눈앞에 나타날 것같이 생생했다.

해준이 걱정이 가득 묻어 나오는 목소리로 중얼거렸다.

"……나 없는 데서 다치지 마, 누나."

＊　　　＊　　　＊

화인은 오랜만에 잠을 제대로 이루지 못해 다크서클이 내려온 상태였다.

거의 한숨도 자지 못했다고 봐도 무방했다.

하급 악마의 영향도 컸지만 밤새 쓸데없는 망상이 자꾸 머릿속을 떠돌아다니면서 자신을 괴롭혔기 때문이다.

'자식, 하여간 여자 보는 눈은 좋아 가지고.'

한새의 마음에 대해 이미 확실하게 거절은 했지만, 어제 그의 태도를 보아하니 쉽게 떨어져 나갈 것 같지가 않았다.

그가 자신의 입으로도 '한 번 차였다고 포기할 생각이 안 들어서.'라고 말하지 않았는가.

한새가 자꾸 들이대는 것도 문제였지만 더욱 큰 것은 한순간의 분위기에 휩쓸려 흔들리는 자신의 마음이었다.

그래서 언제부턴가 약속이라도 한 것처럼 그의 방문 앞에서 웅크리고 자던 행동을 오늘은 거를 수밖에 없었다.

아무래도 그의 마음을 알고 나니 이래저래 생각을 정리할 시간이 필요했다.

앞으로도 쭉 함께 있어야 할 사이이기 때문에 더욱 신중해진 다고 해야 할까?

이제부터는 그에게 더욱 매몰차게 굴어야겠다는 생각을 하며, 단단하게 마음을 다잡고 나니 이미 시간이 꽤나 지난 상태였다.

그 덕분에 화인은 평소와 다르게 해가 중천에 떠서야 한새의 집 안으로 모습을 드러냈다.

지친 얼굴을 한 그녀가 습관처럼 한새에게 조금이라도 더 가까이 붙어 있기 위해 그의 방문 앞에 쭈그리고 앉을 때였다.

벌컥!

마치 기다렸다는 듯이 한새의 방문이 열렸다.

거짓말처럼 그녀가 엉덩이를 바닥에 붙이자마자 열린 문틈 사이로 한새의 말끔한 모습이 보였다.

그는 여느 때와 조금도 다름없는 모습이었다.

화인은 자신이 하마터면 그에게 키스를 허락할 뻔했다는 사실이 떠올라 아직은 그와 얼굴을 마주하는 게 조금 불편했다.

그런 마음을 감추기 위해 그녀가 더 딱딱하게 굳은 얼굴로 말했다.

"뭐야? 날 기다리기라도 한 거야?"

불쾌함이 가득 담긴 그녀의 말투에 한새가 어처구니없다는 표정으로 대꾸했다.

"무슨 소리야? 운동하러 나가는 사람한테."

자세히 들여다보니 그의 말처럼 한새는 간편한 트레이닝복을 입고 있는 상태였다. 하지만 단순히 운동하러 나왔다고 하기엔 타이밍이 너무 완벽하게 일치했기에 그녀가 의심스러운 눈빛으로 쳐다볼 수밖에 없었다.

그런 노골적인 그녀의 시선을 받으면서도 한새의 표정은 일말의 변화가 없었다.

오히려 한 치의 망설임도 없이 바깥으로 휘적휘적 걸어 나가면서 건조한 목소리로 그녀를 향해 이렇게 말했다.

"집에 먼지 많더라, 돌아올 때까지 청소라도 좀 해 놔."

"뭐?"

그녀가 황당하다는 듯이 쳐다봤지만 뒤도 돌아보지 않고 사라져 버린 그가 알 리는 없었다.

그가 어제 한 고백 때문에 밤새도록 머리가 혼란스러웠던 그녀와 달리 한새는 너무나도 멀쩡했다.

그 사실이 화인은 도무지 납득이 가질 않았다.

"……뭐야 대체."

이 알 수 없는 전개가 당황스러웠지만 화인은 일단 자리에서 일어나 그의 말대로 청소기를 한 번 돌렸다.

위이이잉—

어찌 됐든 자신은 한새의 집에 얹혀사는 처지였고, 하릴없이 농땡이를 부리면서 월급만 받아먹을 생각은 없었으니까.

그렇게 이 커다란 단독주택을 청소하고 잠시 소파에 앉아서 쉬고 있자니 다시 한새가 들어왔다.

그는 그녀에게 시선조차 주지 않는데도 이상하게 자꾸만 신경 쓰였다.

'의식하지 마.'

화인이 괜히 시선을 정면으로 고정시킨 채 딴청을 부리고 있었다.

그가 자신에게 한 마디라도 말을 걸면 차갑게 쏘아붙여 주리라 다짐하고 있었는데, 웬걸 한새는 그대로 그녀가 있는 자리를 지나쳐 자신의 방 안으로 들어가 버렸다.

아마 운동을 하고 들어온 상태라 씻으러 간 것 같았다.

그런데 뭔가 자꾸만 예상과 다르게 돌아가는 상황에 찝찝한 기분이 드는 건 왜일까.

마치 지금 이 상황을 놓고 보자면 오히려 자신을 무시하는 건 한새 같았다.

'정말 인간들은 이상해.'

자신을 좋아한다던 그의 감정이 오래가지 못할 거라는 건 이미 짐작하고 있었던 바였다. 하지만 이렇게 하루도 채 지나지 않아서 바뀔 거라고는 정말 꿈에도 몰랐다.

"……허."

화인은 기가 막혀서 허탈하게 웃음만 지을 뿐이었다.

여기까지만 해도 그녀를 당황스럽게 만들기는 충분했는데 그 뒤에 한새의 행동들은 더욱 가관이었다.

"나 커피 한 잔만 타 줘."

이게 어디까지 하나 두고 보자는 심정으로 화인이 군말 없이 커피를 타 줬다. 그랬더니 그녀가 타 준 커피를 보고는 이렇게 말하는 게 아닌가.

"내가 차가운 걸로 타 달라고 말 안 했나? 뜨거운 거 말고 차갑게 다시 타 줘."

육두문자가 목구멍까지 치미는 걸 꾹 참은 채, 그녀가 속으로 인내심을 수십 번 되새기며 다시 아이스커피를 대령했다.

그러자 이번에는 그가 무심한 얼굴로 이렇게 말했다.

"배 안 고파? 나 집밥 먹고 싶은데 요리할 줄 알지?"

뻔뻔한 얼굴로 자신에게 이것저것 시키는 한새를 보고 있자니 화인이 참다못해 드디어 폭발하고야 말았다.

그녀가 와락 얼굴을 찡그리며 그에게 따지듯이 물었다.

"내가 운전기사로 취직했지, 가정부로 들어왔어? 뭐 이렇게 해 달라는 게 많아!"

"스케줄이 전부 취소돼서 내가 집에만 있어야 하는 상황인데 그럼 운전기사도 할 일이 없는 거잖아. 한동안은 이런 거라도 도와줘야 하는 거 아냐?"

듣고 보니 사실 그의 말이 틀린 건 아니다. 두 사람이 고용주와 고용인의 관계인 건 맞았으니까.

하지만 아무리 생각해도 바로 어제 고백을 해 놓고 오늘 이렇게 안면 몰수 하는 건 이해가 가질 않았다.

화인이 기가 막힌다는 표정으로 말했다.

"너, 나 좋아한다고 그러지 않았어?"

그 말에 한새가 무표정 얼굴로 힐끔 그녀를 바라보며 나지막이 대답했다.

"그래서 내가 매달릴 줄 알았어?"

너무나도 태연한 그의 대답에 도리어 화인의 말문이 막혔다.

그래, 사실은 그렇게 생각했다. 당연히 포기하지 않는다기에 매달릴 거라 예상할 수밖에 없었다.

밤새 고민한 자신의 행동이 한순간 우습게 느껴질 정도로 이렇게 태세 변환이 빠를 거라고는 짐작도 하지 못했다.

좋아한다고 해서 잔뜩 신경 쓰이게 만들 때는 언제고 이렇게 당당한 태도라니.

화인이 잔뜩 미간을 찌푸린 채로 못마땅하다는 듯이 말했다.

"그래서 지금 나랑 뭐하자는 건데? 날 상대로 밀당이라도 하겠다는 거야?"

"글쎄, 밀당이든 뭐든 너를 꼬실 예정이긴 하지."

너무나도 뻔뻔한 그의 말에 화인의 입이 자신도 모르게 벌어졌다.

이런 행동을 백날 해 봐라 내가 넘어가나!

버럭 소리치고 싶은 걸 그녀가 간신히 참아 냈다. 여기서 더 흥분해 봤자 자신이 지는 것 같았으니까.

그녀는 그저 어처구니없다는 표정으로 진지하게 말할 뿐이었다.

"누군지 몰라도 너랑 만날 여자가 불쌍하다."

"잘 모르나 본데, 내가 내 여자한테는 아주 따뜻한 스타일이거든."

한새의 말에 화인은 콧방귀를 뀔 뿐이었다.

정말 웃기고 자빠졌다는 생각밖에 들지 않았다.

좋아한다면서 이렇게 손가락 하나 까딱 안 하고 가만히 앉아서 이것저것 시키는 주제에 따뜻하긴 개뿔.

그녀가 내놓고 조금도 믿지 못하겠다는 표정을 짓고 있자 한새가 나지막한 목소리로 다시 말했다.

"넌 왜 이렇게 사람 말을 못 믿어?"

"신빙성이 있어야 믿든가 말든가 하지."

그녀의 강한 부정에 순간 한새의 표정이 미묘하게 변했다.

무심한 듯 그녀를 바라보던 그가 어느덧 유혹적인 표정을 지으며 마치 도발하는 것처럼 말했다.

"시험해 볼래?"

"뭐?"

화인이 갑자기 무슨 소리냐는 듯이 그를 빤히 쳐다볼 때였다.

그가 마치 악마의 속삭임처럼 매혹적인 목소리로 나직이 말했다.

"정 못 믿겠으면, 나랑 한번 사귀어 보자고."

생각지도 못한 한새의 폭탄 발언에 화인이 깜짝 놀라기는 했지만 그뿐이었다.

곧이어 그녀가 시큰둥한 표정으로 대답했다.

"내가 미쳤어?"

마치 이런 하찮은 속임수에 넘어가지 않는다는 듯한 그녀의 반응에 한새는 픽하고 작게 웃을 뿐이었다.

한새는 지금 본인의 행동이 마치 초등학생 남자아이처럼 유치하다는 사실을 잘 알고 있었다. 하지만 생각보다 좋아하는 여자애를 괴롭히는 게 재밌기는 했다.

어렸을 때 괜히 호감이 가는 여자애를 괴롭히는 마음이 이제 와서야 이해가 되기 시작했으니 말이다.

한새가 미련 없다는 듯이 고개를 휙 돌리며 나른한 목소리로 말했다.

"싫으면 말고."

조금 전까지만 해도 먼저 사귀자고 유혹했으면서 이렇게 또 금세 물러서 버리는 그를 바라보며 화인의 표정이 점점 황당하게 변해 갔다.

정말 어이가 없었다. 이런 게 인간들이 하는 연애 방식인가 싶을 정도다. 아주 사람을 들었다 났다 요물이 따로 없다.

'이제부터 내가 신경을 쓰나 봐라.'

쓸데없이 그의 고백을 진지하게 받아들인 자신의 잘못이 컸다. 그는 자신이 생각한 것보다 훨씬 더 가벼운 마음인 게 분명하다. 그렇지 않고서야 벌써부터 이렇게 자신을 가지고 장난을 치진 않았을 테니까.

기가 막혀서 화인이 헛웃음을 토해 낼 때였다. 한새가 그녀를 향해 눈길조차 주지 않은 채로 무뚝뚝하게 말했다.

"나 밥 먹고 싶으니까 요리 좀 해 보지?"

"나한테 반찬 맡겨 놨어?"

"그럼 어떡해? 이런 상황에 나가서 사 먹을 수도 없고, 이제는 시켜 먹는 음식들도 지겨운걸. 그래도 나보다는 네가 더 나을 거 아냐."

"뭘 보고 그렇게 생각하는 건데? 여자라고 다 요리 잘하는 줄 알아?"

"내가 그런 방면에 유달리 소질이 없기도 하고……."

한새는 말을 하면서 느릿하게 화인을 향해 고개를 돌렸다.

그러자 두 사람의 시선이 허공에서 딱 마주쳤다. 한새가 장난 스럽게 웃으며 말을 이었다.

"뭐, 나랑 사귄다고 하면 요리 정도는 내가 직접 해 줄게. 말했 다시피 이래 봬도 내 여자한테는 잘하거든."

"됐다. 너랑 말을 말아야지."

화인이 그 말만 남기고 짜증 난다는 듯이 부엌으로 몸을 돌렸 다.

더 이상 입씨름을 하느니 그냥 요리를 하겠다는 뜻이었다.

지금까지 같이 식사를 했던 두 사람이었기에 한새가 배달 음 식에 질려 버린 것처럼 그녀 또한 그런 음식들이 달갑지는 않은 상태였다.

어찌 됐든 식사는 해야 했으니 더 이상 말싸움을 이어 가는 것 보다 직접 몸을 움직이는 것을 택한 것이다.

다만 이런 자신의 처지가 못마땅한 화인이 부엌으로 걸어가면 서 한새를 향해 나지막이 읊조렸다.

"……너 진짜 내가 나중에 죽여 버릴지도 몰라. 조심하는 게 좋을 거야."

확실히 대악마라서 그런 건지 경고하는 목소리에서 한기가 느 껴질 만큼 위협적이었다.

그런데 한새에게는 왜 이런 모습들조차 귀엽다고 느껴지는 것 일까.

그는 정말이지 자신의 마음을 모르겠다고 생각하면서 입가에 지어지는 미소를 억지로 참았다. 아주 콩깍지가 씌어도 단단히 씌인 것이 틀림없었다.

그렇게 화인이 부엌으로 완전히 사라지자 한새는 뒤늦게 그녀 가 서 있던 방향을 쳐다봤다.

최대한 눈길을 주지 않으려고 노력했을 뿐, 한새의 모든 신경 은 처음부터 그녀를 향해 쏠려 있었다.

어찌 아니겠는가. 지금까지 살아오면서 처음으로 좋아한다고 느낀 여자다. 더구나 바로 어제 고백을 한 상황이기도 했다.

조금 전에 사귀자고 한 말도, 그녀가 해 준 음식이 먹고 싶은 것도 모두 진심이다.

하지만 이렇게 장난스럽게 다가가지 않으면 바로 도망가 버리는 여자라서 하는 수 없이 이런 유치한 방법을 쓰고 있는 중이었다.

'……하루 만에 눈이 퀭해져서는.'

평상시와 달리 어젯밤 자신의 방문 앞에 나타나지 않는 그녀의 모습을 보며 얼마나 신경이 쓰였는지 모른다.

매일 밤 그곳에 있던 그녀가 한순간 보이지 않자 한새는 텅 비어 버린 빈자리를 바라보며 알 수 없는 허전함을 느껴야 했다.

고백을 받자마자 이렇게 대놓고 피하는 그녀를 보고 있자니 당연히 생각이 많아질 수밖에 없었다.

한새는 바보가 아니었다.

그녀가 자신의 곁에 있기 위해 지금까지 얼마나 많은 노력을 해 왔는지 누구보다 잘 알고 있었다.

그런데 자신에게 좋아한다는 말을 들었다고 처음으로 이렇게 밤새도록 떨어져 있게 된 것이다.

그게 그녀에게 어떤 의미인지 한새가 백 퍼센트 알 수는 없었지만 그래도 어렴풋이 짐작은 할 수 있었다.

'특별히 이번 한 번만 봐주는 거야.'

비록 거절당하기는 했지만 이렇게 자신의 고백을 진지하게 생각해 주었다는 사실에 나름의 배려를 해 주고 있는 중이었다.

그녀를 생각하던 한새가 못마땅하다는 듯이 혀를 찼다.

"……쯧."

이래 봤자 알아주는 사람은 아무도 없는데 누군가를 좋아한다는 게 일단 손해를 안고 시작하는 일 같았다.

'다른 누구도 아닌 너니까, 네가 불편해하니까 이렇게 신경 써주는 거야.'

원래 자신은 이런 캐릭터가 아니었다.

지금까지 아무런 대가도 없이 이런 짓을 한 적은 단 한 번도 없었다.

'그러니까……'

내 마음에 멋대로 들어와 놓고.

'마음대로 멀어질 생각은 하지 마.'

한새는 지난번에 말했던 것처럼 그녀를 포기할 마음이 조금도 없었다.

방금 전과는 달리 지금 그의 눈동자에는 복잡한 감정이 가득 담겨 있었다. 그리고 그 뜨거운 시선은, 그녀가 있는 방향에서 쉽게 떨어질 줄을 몰랐다.

*　　*　　*

어느덧 화인이 요리를 하러 부엌에 들어간 지 두 시간이 지났다.

한새는 이제 배가 고프다 못해 점점 감각을 잃어 가고 있는 상태였다.

그가 더는 기다리지 못하고 부엌 안으로 성큼 걸음을 옮겼다. 그러자 무언가를 열심히 휘젓고 있는 그녀의 뒷모습이 보였다.

그가 조금 더 가까이 다가가자 충격적인 장면이 눈에 들어왔다.

"……!"

화인은 커다란 냄비 안에다가 새까만 액체를 끓이고 있었다.

누구보다 진지한 표정으로 몰두하고 있는 그녀의 모습은 마치 동화책 속에서 나오는 마녀가 마법의 약을 만드는 장면을 연상케 했다.

조용히 그녀의 뒤편으로 다가간 한새가 나지막한 목소리로 물었다.

"지금 뭐하는 거야?"

"……어?"

갑작스럽게 들려온 그의 목소리에 화인이 깜짝 놀라 뒤를 돌아보았다. 하지만 한새의 시선은 여전히 그녀가 젓고 있는 냄비 안을 향했다.

언뜻 보면 짜장 같기도 했지만 그렇게 믿기엔 걸쭉한 한약과 더 비슷한 느낌이었다. 풍기는 냄새가 묘하게 역한 게, 마치 몸에 좋은 한약재를 넣은 듯했으니까.

"이건 무슨 약이야?"

한새는 그녀가 무슨 마법이라도 부리는 건가 싶어서 신기하다는 듯 물어본 것이었다.

그런데 그의 말을 들은 화인의 표정은 급격하게 어두워지기 시작했다. 곧 그녀가 자그마한 목소리로 중얼거리듯 말했다.

"……된장찌개야."

"뭐?"

한새는 깜짝 놀라서 자신도 모르게 입을 벌리고 말았다.

말을 듣고 보니 진득해 보이는 검은 액체 사이에서 희미하게 건더기로 추정되는 것들이 보였다. 물론 그게 두부나 감자, 애호박이라고 믿을 수는 없었지만 말이다.

진심으로 그녀가 말로만 듣던 흑마법이라도 사용하는 줄 알았다. 그런데 이게 사람이 먹는 음식이라고 하니 당황스럽게 느껴질 수밖에 없었다.

그의 난감한 표정을 읽은 것인지 화인이 와락 얼굴을 찡그리며 변명하듯이 입을 열었다.

"그러니까 내가 요리 못 한다고 했잖아."

한새는 잠시 그녀의 얼굴을 빤히 쳐다보다가 이내 믿을 수 없다는 듯이 나지막한 목소리로 말했다.

"내 귀가 잘못된 게 아니라면, 이게 네가 끓인 된장찌개란 말이지?"

도대체 뭘 넣은 건지는 모르겠지만, 비주얼은 먹으면 최소 사망이라고 적혀 있는 듯했다.

한새가 자신을 뚫어지게 쳐다보고 있자, 화인은 괜스레 울컥하고 성질이 났다. 집을 나와서 자취한 지는 꽤나 오래되었지만 지금까지 혼자 요리를 해 먹은 적은 없었다.

"이제 알겠지? 앞으로는 나한테 시키지 말고 네가 직접 해. 이 걸 보고도 너보다 더 나을 것 같다는 소리는……."

"크크큭."

갑자기 들려오는 그의 웃음소리에 화인이 제 할 말을 다 하지도 못한 채 말을 멈추고 말았다.

어느샌가 고개를 숙인 그에게서 억눌린 웃음소리가 새어 나오고 있었기 때문이다. 뭐가 그리 웃긴지 어깨를 들썩이는 그를 보고 있자니 화인은 괜스레 민망해지기 시작했다.

그녀가 애써 얼굴을 딱딱하게 굳히며 입을 열었다.

"뭐가 그렇게 웃겨?"

못마땅해 보이는 그녀의 질문에 한새가 숙이고 있던 고개를 들었다. 그렇게 그의 얼굴을 확인하게 된 그녀는 깜짝 놀랄 수밖에 없었다.

그가 정말로 환하게 웃고 있었으니까.

"힘들면 힘들다고 말을 하지, 이걸 두 시간 동안이나 붙잡고 있는 미련한 여자가 어디 있어?"

누가 이한새 아니랄까 봐 입에서 고운 소리는 안 나왔지만, 이상하게도 지금은 기분이 나쁘지 않았다.

오히려 마음 한구석이 찌르르하고 울리는 기분이었다.

'……뭐지?'

화인이 약간 어리둥절한 표정으로 서 있자 한새가 손을 들어 그녀의 머리를 쓰다듬어 주었다.

슥슥.

손길을 피하지 않은 채 가만히 그를 올려다보고 있자 그가 아직도 웃음기가 묻어 있는 목소리로 말했다.

"잘했어."

지금까지는 그에게 망친 요리로 구박을 받을 거라고 생각했기 때문에 어떻게든 만회를 하려고 했다. 그래서 이렇게 오랜 시간이 걸린 것이다.

그런데 정말로 뜬금없이 칭찬을 받고 있었다.

화인은 이 상황이 조금도 납득이 가질 않아 그에게 물어볼 수밖에 없었다.

"나 정말 궁금해서 그러는데, 대체 뭘 보고 잘했다고 칭찬하는 거야?"

사실대로 고백하자면 냄비는 다시 사용하지 못할지도 모른다.

슬쩍 본 그는 아직 눈치채지 못한 것 같지만, 화인은 자신이 사용한 냄비 바닥이 온통 새까맣게 타 버렸다는 사실을 잘 알고 있었다.

그뿐인가. 온갖 음식 재료를 집어넣느라 주방도 엉망이었다.

밥은 먹지도 않았는데 설거지가 하늘에 닿을 만큼 쌓여 있었고, 음식물 쓰레기도 가득 차다 못해 넘쳐흐르고 있었다.

냉장고 안에 그나마 들어 있던 식재료도 전부 사용한 상태라서 이제는 더 이상 뭘 하기도 힘들었다.

그런데 여기서 어딜 어떻게 봐야 잘했다는 소리가 나오는 건지 도통 알 수가 없었다.

영문을 모르겠다는 그녀의 표정에도 한새는 그런 건 전혀 상관없다는 듯이 말했다.

"뭐, 무서워서 맛은 못 보겠지만 그래도 날 위해서 해 준 요리
니까."

중요한 것은 바로 이것이다.

그녀가 자신을 위해서 잘하지도 못하는 요리를 해 주었다는 것.

지금 한새의 눈에 비친 그녀는 사랑스럽기 짝이 없었다.

이 부엌에서 혼자 얼마나 고생을 한 건지, 군데군데 땀을 흘린
자국이나 은연중에 부끄러워하는 모습이 보여 참을 수가 없을
정도다.

예전이라면 모르겠지만 지금은 충분히 안다. 그녀가 얼마나
자신의 쑥스러워하는 마음을 감추고 싶어 하는지.

이런 상황이면 괜스레 더 딱딱한 표정을 짓는다는 것도, 감정
을 감추고 싶을 땐 입술을 살짝 깨물어 참는 버릇이 있다는 것도
말이다.

지금은 그 모든 것이 전부 눈에 들어왔다.

한새가 그녀를 그윽한 눈빛으로 쳐다보자, 화인이 고개를 휙
돌리며 변명하듯 말했다.

"딱히 너 때문에 그런 거 아니거든?"

그저 오기였을 뿐이다.

한새를 위해서가 아니라 그저 잘 풀리지 않는 일에 대한 집착
같은 것이었다.

그런데 마치 자신 때문에 고생한 것이라고 착각하는 그를 보

고 있자니 갑자기 불편해졌다.

하지만 한새는 그녀의 말을 듣는 둥 마는 둥, 냄비 안에 들어 있는 정체불명의 된장찌개를 들여다보며 나직이 중얼거렸다.

"기념으로 사진이라도 찍어 둘까?"

그는 정말 진심인 듯했다.

막 주머니에서 휴대폰을 꺼내려는 그를 향해 화인이 슬쩍 미간을 찡그리며 으르렁거리듯이 말했다.

"그만두지 못해?"

이게 사진으로 남으면 왠지 두고두고 놀림거리가 될 것 같은 예감이 들었다. 하지만 그런 그녀의 부끄러운 마음과 달리 한새는 여전히 기분이 좋아 보였다.

그는 그저 주방을 한 번 둘러본 뒤 나지막이 이렇게 말할 뿐이었다.

"너랑 나랑 둘이 살려면 가정부는 있어야겠다."

"누가 너랑 같이 산대?"

"몰랐어? 우리 지금도 같이 살고 있는 중이야."

"넌 여기에 살고 난 저기 별채에서 사는데, 그게 어떻게 같은 집이야?"

"남들은 그걸 같은 집이라고 하지."

화인은 뭔가 더 말하고 싶어서 입술을 달싹거렸지만, 이내 다시 조용히 입을 다물었다.

이런 생활도 길어 봤자 몇 년밖에 남지 않았다.

마치 언제까지나 함께할 거라는 듯한 그의 말에 화인은 어떤 대답도 할 수가 없었다.

갑자기 조용해진 그녀를 향해 한새가 나지막한 목소리로 다시 말했다.

"……고생했어."

순간 낯 뜨거워지는 느낌에 그녀가 시선을 회피하며 투덜거리 듯이 입을 열었다.

"억지로 시킬 때는 언제고 이제 와서 왜 이래?"

한새는 사실 그녀가 해 준 음식이 먹고 싶어서 괜스레 고집을 부린 것이었다. 차마 사실대로 말하지 못하는 그는 그저 음식점 전단지를 찾아 발길을 돌렸다.

"배고프지? 뭐 먹을래?"

조금 전까지만 해도 집에서 한 밥이 먹고 싶다고 노래를 부르 던 그가 이렇게 망친 음식을 보고도 여전히 즐거워하는 모습은 어딘가 이상했다.

그리고 자신의 마음도……

한순간 바람이 훅 스며드는 것 같이 간지러운 느낌에 화인은 애꿎은 이마만 찡그릴 뿐이었다.

2

영영 이대로

어두운 밤.

찬우와 전화 통화를 하고 있는 한새의 표정은 좋지 못했다.

그럴 수밖에 없었다. 전혀 생각지도 못한 소식을 듣고 있는 중이었으니까.

─솔트에서 저번에 계약한 광고 촬영을 진행하자는데 어떻게 생각해? 네 일정 비어 있을 때 들어가길 바라더라고.

"이런 상황에서 나랑 한 계약을 미루자는 것도 아니고 광고를 찍자고?"

─그러게 말이야. 지금 네 이미지가 조금씩 살아나고 있는 건 사실이지만, 그래도 아직 다들 눈치만 보고 있는 상황인데 좀 희한하긴 해.

"……대체 무슨 꿍꿍이인 거야?"

한새의 솔직한 심정 같아선 더 이상 솔트와 엮이고 싶지 않았다.

자신을 모함한 게 박해준이라고 확실히 밝혀진 건 아니지만, 그게 아니더라도 화인이와 연관이 되어 있는 곳이라 가능하면 피하고 싶은 심정이다.

하지만 이미 계약으로 묶여 있는 상태라 그게 말처럼 쉽지가 않았다.

한새가 중얼거리듯이 다시 말했다.

"뭐, 피할 수 없으면 즐기는 수밖에."

ㅡ응? 뭐라고?

"아냐, 그래서 그쪽에서 제시한 정확한 일정이 언젠데?"

ㅡ거기선 빠르면 빠를수록 좋다고 그러지.

"그럼 우리도 그에 맞춰서 최대한 빨리 잡아 봐. 어차피 한가하던 차에 가서 일이나 해야지."

한새가 이렇게 쉽게 승낙할 거라고 생각하지 못한 찬우는 감격에 찬 목소리로 대답했다.

ㅡ헐, 네가 드디어 철들었구나!

사실 의견을 물어보는 것처럼 말하고 있었지만, 찬우는 꽤나 긴장을 하고 있는 상태였다.

에이전시 대표는 혹시라도 솔트에서 계약을 취소하자는 말이 나오기 전에 무조건 촬영을 진행하라는데 그걸 한새가 쉽게 수

락할 것 같지가 않았다.

가뜩이나 처음부터 솔트와의 계약 조건이 너무 좋아서 억지로 밀어붙인 부분이 없지 않아 있었다.

그런데 그 후부터 안 좋은 일만 생기고 있는데다가 한새도 은연중에 솔트를 싫어하는 눈치라서 내심 죄책감도 느꼈었다.

그러던 중에 한새가 이렇게 별다른 말없이 자신이 하자는 대로 따라와 주니 기분이 좋아질 수밖에 없었다.

그런 찬우의 감정을 눈치챈 한새는 픽하고 작게 웃으며 나직이 말했다.

"어차피 일인데 내가 마냥 싫다고 할 수도 없는 거잖아. 새삼스럽게 왜 이래."

한새는 오랜 경력으로 이 바닥의 사정을 잘 알았다.

가뜩이나 불안정한 자신의 상황에서 아무런 이유도 없이 광고 촬영을 거부할 수는 없었다.

애초부터 정황상 불가능한 일이라고 여겼기에 더 이상 미련을 두지 않은 것이다.

그럼에도 찬우는 얌전히 따라와 주는 한새의 태도가 좋은 건지 여전히 싱글벙글이었다.

―내가 당장 내일로 일정을 잡았다고 해도 나중에 말 바꾸기 없기야.

"그렇게 불안하면 통화 내용을 녹음해 놓든가."

―아, 그런 방법이 있었지!

한새 딴에는 비꼬아서 말을 한 것인데, 그걸 또 그대로 받아들이니 기가 막힐 수밖에 없었다.

하지만 찬우도 그런 그의 마음을 잘 알고 있었기에 장난스럽게 웃음을 흘릴 뿐이었다.

한새는 이내 해준의 얼굴을 머릿속에 떠올리며 다시 입을 열었다.

"저번에 알아봐 달라고 했던 IG건설 유현무 이사는 어떻게 됐어?"

—열심히 알아보고 있는 중이니까 조만간 연락해 줄게.

"빨리 좀 부탁해, 시간이 얼마 없거든."

이런 시기에 광고 촬영을 하자는 게 아무리 생각해도 의심스러웠다. 그렇기에 박해준이 정말 자신을 모함하려고 했던 사람인지 빨리 확인할 필요가 있었다.

뭔가 꿍꿍이가 있는 거라면 저번처럼 가만히 앉아서 당해 줄 생각은 추호도 없었으니까.

한새의 검은 눈동자가 순간 날카롭게 번뜩였다.

"그럼 촬영 일정 나오면 말해 줘."

서로 간에 전할 말은 다 했다는 생각에 슬슬 전화를 끊으려는 찰나였다.

조금 전보다 낮아진 찬우의 목소리가 수화기를 통해 들려왔다.

—너, 나한테 다른 할 말은 없냐?

"무슨 말?"

―네가 고용한 여자 운전기사에 대해 말이야.

찬우의 입에서 나올 거라고 생각지도 못했던 화인에 대한 언급에 한새는 의아할 수밖에 없었다.

"무슨 소리야?"

―발뺌하지 말고 솔직히 털어나 봐, 너 그 여자랑 썸타는 사이 맞지?

"뭐?"

약간 당황한 듯한 한새의 반응에도 찬우는 개의치 않았다. 이미 냄새를 맡았으니까.

애초부터 두 사람은 그냥 고용주와 고용인의 관계라고 하기엔 뭔가 수상쩍은 부분이 많았다.

하지만 천하의 이한새가 자신의 여자 운전기사한테까지 손을 뻗치진 않을 거란 생각에 솔직히 지금까지는 방심하고 있었다.

그런데 아무래도 눈치가 있다 보니 슬슬 깨달을 수밖에 없었다.

스토커가 나타나서 불을 지르려고 할 때, 한새는 자신의 몸을 던져 그 여자를 구해 냈다.

말도 안 되는 일이었다. 자신이 아는 한새는 결코 그렇게 정의 감이 투철한 남자가 아니다.

그뿐인가.

곧바로 여자를 공주님처럼 안은 채 집 안으로 사라지지를 않나, 나중에 가서 보니 한새는 웃통을 홀딱 벗고 있기까지 했다.

후다닥 달려가 버리는 그녀의 뒷모습을 보고 있자니 '아, 무슨 일 있어도 단단히 있었구나.'라고 자연스럽게 깨달을 수밖에 없었다.

이루 말할 수 없는 정황 증거들이 넘쳐 나는 상황이다.

"……그런 거 아니야."

나지막이 부정하는 한새의 말에도 찬우는 귓등으로 흘려들을 수밖에 없었다.

―아니긴 뭐가 아니야 인마. 내가 바보도 아니고, 솔직하게 말해 봐.

한새는 자신도 모르게 작게 한숨을 내쉬었다.

이런 식으로 다른 사람에게 자신의 감정을 들킬 줄은 몰랐다.

아니, 어쩌면 주머니 속에 송곳처럼 불쑥 튀어 나가 버리는 자신의 감정 때문에 그동안 조심하지 못한 것도 사실이다.

"사실 내가……."

―그래.

"그 여자 좋아해."

―뭐, 뭐라고?

찬우의 입이 떡하고 벌어졌다.

아무리 둘 사이가 의심되어서 물어봤다고는 하나, 천하의 이 한새의 입에서 이런 말까지 듣게 될 줄은 꿈에도 몰랐다.

더구나 그 여자가 좋다고 쫓아다니는 게 아니고 한새가 좋아하는 거란다.

솔직히 믿을 수가 없었다.

―……너 진심이야?

찬우의 떨리는 목소리에 한새는 어처구니가 없다는 듯이 대꾸했다.

"다 알면서 물어본 거 아니었어?"

―넌 남녀가 썸을 탄다고 그게 다 좋아하는 건 줄 알아? 그냥 그런 사이인 줄 알았지, 설마 네 입에서 좋아한다는 말이 나올 거라고는 상상도 못 했다.

"그게 뭐야."

―그래서 사귄 지는 얼마나 됐어?

"우리 안 사귀는데."

―좋아한다면서 왜 안 사겨?

"……내가 싫대."

한새의 대답에 찬우가 믿을 수 없다는 듯이 크게 소리쳤다.

―뭐어!

그 덕분에 한새는 귀가 아파서 휴대폰을 뗐다가 다시 귀에 갖다 댔다.

"아, 형 귀 아파."

―지금 그게 중요해? 그 여자가 너한테 싫다고 그랬다고?

"그래서 나 짝사랑 중이야."

―……허.

말도 안 된다는 생각이 들었다.

한새가 누구인가.

아무리 요새 추문에 휩싸였다고는 하나 그래도 변함없이 안기고 싶은 남자 1위였다.

그런 그에 비해 운전기사인 화인은 너무나도 평범했다. 정확히는 특별한 게 없다는 말이 맞을 것이다.

그런데 두 사람의 입장이 바뀌어도 단단히 바뀌어 있었다.

꼭 이번이 아니더라도 평상시에 한새에게 목을 매는 건 항상 여자 쪽이었다. 그런데 지금은 반대로 그가 매달리고 있었다.

찬우는 지금까지 두 사람 사이에 흐르는 미묘한 기류를 눈치채고 있었기에 그가 하는 말이 거짓이 아니라는 사실을 어렴풋이 짐작할 수 있었다.

그래서 더 놀랍고 충격적이었다.

─그 여자 어디가 좋은 거야?

믿을 수 없다는 듯이 물어 오는 찬우의 말에 한새는 잠시 멈칫할 수밖에 없었다.

어디가 좋은지 딱 꼬집어서 말할 수는 없었다. 지금은 그녀의 모든 부분이 다 좋았으니까.

"굳이 설명하자면……."

─어, 뭔데?

"나랑 닮은 것 같아."

─너랑?

"응, 어렸을 때의 나랑."

한새의 대답에 순간 찬우는 자신도 모르게 숨을 들이켜고 말았다.

그를 처음 만났을 때의 모습을 똑똑히 기억하고 있었기 때문이다. 어쩌면 자신이 유달리 그에게 약한 이유도 그 때문인지도 모른다.

그런데 그런 한새와 그 여자가 닮았다고?

찬우가 어떤 말을 해야 할지 몰라 머뭇거리고 있을 때였다.

한새가 먼저 입을 열었다.

"아직은 내 감정뿐이니까 그냥 모른 체해 줘."

──……나만 모른 체 한다고 그냥 넘어갈 수 있는 상황인 거야?

"워낙 꼬시기 힘든 여자라 짝사랑으로 끝날지도 모르지."

한새의 입가에 자조적인 미소가 지어졌다. 그러곤 곧이어 그의 입에서 나지막한 목소리가 흘러나왔다.

"……그렇게 놔두진 않을 생각이지만."

찬우는 그저 지금까지 워낙 여자한테 관심이 없었던 한새를 놀리기 위해 꺼낸 말이었다.

그 상대가 화인이라는 게 그다지 마음에 들지는 않았지만, 이미 두 사람의 관계가 진전되고 있는 상태였기에 더 이상 참견할 생각은 없었다.

하지만 만약 그의 감정이 이렇게까지 심각한 줄 알았다면 진작 물어봤을 것이다.

복잡한 머릿속을 간신히 정리한 찬우가 나직이 말했다.

─일단 알았어.

"믿고 얘기한 거니까, 약속 지켜."

─알았다고, 인마.

"그럼 자, 형."

그렇게 한새의 짤막한 인사를 끝으로 전화가 끊어졌다.

찬우는 조용히 휴대폰을 내려놓고 자신도 모르게 잠시 멍하니 앉아 있었다.

왠지 조금 전에 한새가 했던 말이 이상하게도 머릿속을 떠나지 않았다.

그와 처음 만났던 날이 눈을 감으면 바로 어제 일처럼 생생하게 떠올랐다.

그는 마치 상처 입은 짐승의 눈동자를 하고서는 자신을 올려다보며 물었다.

"그래서 모델하면 얼마나 버는데?"

찬우는 개인적으로 꽃에만 가시가 있다고 생각하지 않는다.

아름다운 것에는 분명 가시가 존재했다. 그게 어떤 형태로든.

그리고 한새에게 있는 그 가시는 단번에 상대방을 위협할 만큼 날카로웠고, 아슬아슬하게 느껴질 정도로 위태로웠다.

누구의 접근도 허용하지 않겠다는 배타적인 소년이 자라 여기까지 성장했다.

　지금은 그 가시를 잘만 숨기고 다녔지만, 결코 사라질 리 없다고 여겼다.

　그런 그가 여자를 좋아하게 됐단다.

　더구나 짝사랑을.

　그것도 다른 누구도 아닌 자신을 닮은 것 같다는 여자와 말이다.

　"……하아."

　사내자식이니 알아서 하겠지 라는 생각이 드는 반면에 자꾸만 걱정이 들었다.

＊　　＊　　＊

　솔트와의 광고 촬영은 일사천리로 진행되었다.

　불과 며칠 사이에 완벽히 일정이 잡혀서 한새는 예상보다 빨리 촬영장으로 복귀해야만 했다. 그런 그의 등 뒤로는 화인의 모습도 보였다.

　"안녕하세요."

　"어머! 한새 씨, 어서 와요."

　촬영 스태프들과 짤막하게 인사를 나누며 한새는 천천히 자신의 자리로 걸어갔다.

　그는 잠시 의자에 앉아 대기를 하며 느릿하게 세트장을 한번 둘러보았다.

이곳으로 오기 전, 광고 촬영에 대한 콘셉트는 이미 확인한 상태다.

이번에 새롭게 런칭한 솔트의 신 메뉴를 선전하는 내용으로, 쉽게 말하자면 여타의 다른 음식 광고들처럼 스테이크를 맛있게 먹으면 된다.

그래서 오늘은 점심도 굶고 온 상태였다.

어차피 이곳에서 배가 터지도록 먹을 거라는 걸 이미 알고 있었으니까.

한새의 옆에 그림자처럼 우두커니 서 있던 화인이 나지막한 목소리로 말했다.

"물이라도 갖다 줄까?"

생각지도 못한 그녀의 질문에 한새가 약간 의아하다는 표정으로 바라볼 수밖에 없었다.

"……갑자기 물은 왜?"

"너 목 마를까 봐 물어본 거야, 아니면 말고."

그녀 딴에는 그가 안 좋은 일이 생기고 난 뒤에 처음으로 촬영하는 것이라서 신경을 써 준 것이었다.

그런데 그가 조금 당황스럽다는 듯이 쳐다보자 괜스레 민망해질 수밖에 없었다.

'하여간 생각해 줘도 지랄이야.'

표정을 구기는 그녀를 바라보며 한새는 알게 모르게 입가에 미소를 지었다.

이제야 그녀가 자신에게 그런 질문을 한 이유를 눈치챘기 때문이다.

"걱정 돼?"

그의 말뜻을 단번에 알아차렸지만 화인은 짐짓 아무것도 모르는 척 다시 되물었다.

"뭐가?"

한새는 자신을 걱정해 놓고 발뺌하는 그녀를 바라보며 조금 전보다 더욱 짙게 웃을 뿐이었다.

그때였다. 카메라 감독이 촬영장 안으로 들어오며 사람들을 향해 소리쳤다.

"자자, 촬영 시작합시다."

그 커다란 목소리에 한새가 자리에서 느릿하게 일어났다.

그리고 세트장 쪽으로 몸을 돌리며 화인의 머리를 가볍게 쓰다듬어 주었다.

일순 묘한 기분이 들어 그녀의 몸이 경직되었다.

요즘 들어 자꾸 자신의 머리를 강아지처럼 쓰다듬어 대는 그의 손길이 마음에 들지 않았다.

"뭐야?"

낮게 으르렁거리는 그녀를 향해 한새가 나지막한 목소리로 말했다.

"걱정하지 말고 있어, 잘하고 올 테니까."

자신에게만 들릴 정도로 작게 속삭이는 그의 목소리가 어딘가 간지럽게 들렸다.

뒤늦게 화인이 힐끔 눈동자를 돌렸을 때는 이미 그대로 스쳐 지나가 버린 그의 뒷모습만 보일 뿐이었다.

"……누가 걱정을 했다고."

자신은 그저 본분에 충실했을 뿐이다.

인간으로서 따지자면 고용주와 고용인의 관계이기도 했고, 대악마의 입장으로 봐도 그는 그녀가 마땅히 챙겨야 할 인간이었다.

그런데 주제도 모르고 자꾸 자신을 타이르듯이 대하는 그의 태도가 못마땅했다.

하지만 그런 생각들과 달리 그녀의 눈길은 쉽사리 한새에게서 떨어지지 못했다.

그때부터 시작된 촬영은 쉽사리 끝날 줄을 몰랐다.

감독이 계속 컷을 외치며 마음에 들지 않는다는 기색을 비춰 왔기 때문이다.

그럼에도 한새는 프로답게 얼굴색 하나 변하지 않은 상태였다.

그것을 바라보던 화인은 새삼 대단하다는 생각이 들었다. 지켜보고 있는 자신조차 몇 번이나 울컥할 정도인데 그는 태연하기 그지없었다.

그렇게 장작 몇 시간이 흘렀다.

계속 이어진 촬영으로 어느새 저녁 식사를 할 시간이 찾아왔다.

"잠시 쉬었다가 갑시다. 간단하게 식사하실 분은 하세요."

촬영을 잠시 멈추는 감독의 사인이 떨어지자, 지금까지 고생한 스태프들이 몸을 막 일으키려는 찰나였다.

입구에서부터 웅성거리는 목소리가 들려왔다.

자연스럽게 그곳으로 시선을 주니, 촬영장 안으로 들어오고 있는 여러 명의 사람들이 보였다.

이곳과 어울리지 않게 단정한 양복을 입고 있는 그들은 중년의 나이로, 한눈에 딱 보아도 꽤나 고위 간부인 것 같은 분위기를 풍기고 있었다.

그리고 그자들의 선두에 서 있는 남자는 화인도 익히 잘 아는 얼굴이었다.

그는 바로 해준이었으니까.

"부사장님이 어찌 여기까지……."

"촬영하느라 고생하시는 분들을 격려하는 차원에서 잠시 들렀습니다."

해준은 말을 하면서 눈으로는 재빨리 화인을 찾아 헤매었다.

그리고 얼마 가지 않아 자신을 조금 놀란 눈빛으로 바라보고 있는 그녀를 발견할 수 있었다.

그의 입가에 잔잔한 미소가 번졌다.

"제가 밥차를 불렀으니 다들 나가서 식사하시죠."

해준의 말에 촬영장의 분위기가 한순간에 들떴다. 가뜩이나 다들 굶주려 있던 참이라 밥차가 왔다는 소식이 기쁘지 않을 리 없었다.

얼굴이 잘 알려지지 않은 탓에 해준이 누군지 모르는 사람도 많았지만, 곧이어 그가 솔트의 부사장이라는 사실이 사람들의 입에서 입으로 번져 나갔다.

"부사장님, 잘 먹을게요."

"멋쟁이!"

해준에게 천연덕스러운 감사 인사를 남긴 스태프들이 휘황찬란한 음식이 차려진 곳을 향해 대거 이동했다.

해준도 자신의 뒤를 따라온 이들을 돌아보며 말했다.

"여러분도 식사 안 하셨으면 하고 가시죠, 저는 개인적인 용무가 있어서 잠시 둘러보다 가겠습니다."

갑작스러운 그의 행보에 덩달아 여기까지 쫓아온 인사들은 떨떠름한 표정을 지을 수밖에 없었다. 하지만 딱히 반박을 하는 사람은 없었다.

혹여 꼬투리라도 잡히진 않을까 지레 겁을 먹고 쫓아온 것이었으니까.

그리고 해준은 그런 그들의 속마음을 꿰뚫고 있었다.

화인을 만나러 온 이 자리에 이렇게 사람들을 주렁주렁 달고 온 게 마음에 들지 않았지만, 이곳에 오기까지 딱히 쫓아낼 명분이 없었다.

하지만 이들 중에 이런 자리에서 식사를 하고 싶어 하는 사람은 단 한 명도 없다는 걸 알고 있다.

그렇기에 해준은 사실상 그들에게 이제 그만 가 보라는 축객령을 내린 것이나 다름없었다.

"저희가 부사장님 용무가 끝날 때까지 기다릴 테니, 함께 좋은 곳으로 가시는 게 어떻겠습니까?"

말귀를 알아듣지 못한 누군가가 해준을 향해 가식적인 웃음을 지으면서 제안했지만 그게 통할 리 없었다.

"괜찮습니다. 전 여기서 식사하고 퇴근할 테니 괜히 기다리지 말고 들어가 보세요."

"아, 그럼 저도 여기서 같이 식사를……."

"그렇게 하세요. 저는 아는 사람이 있어서 그분과 함께 식사하겠습니다. 맛있게 드시고 가시죠."

해준은 곧바로 자신을 항시 따라다니는 비서를 바라보면서도 말을 덧붙였다.

"이 비서도 그만 퇴근해요. 전 여기에서 바로 들어갈 테니까."

"아, 네 부사장님."

주변을 순식간에 정리한 해준은 화인이 있는 곳을 향해 일직선으로 다가갔다.

저벅저벅.

갑작스러운 그의 등장에 화인은 잠시 놀라긴 했지만, 이내 그런가 보다 하고 넘길 수 있었다.

하지만 이렇듯 자신을 향해 똑바로 다가오고 있는 해준을 보고 있자니 의아해질 수밖에 없었다.

어느새 바로 코앞까지 다가온 그가 밝게 웃는 얼굴로 입을 열었다.

"누나."

어렸을 때와 달리 이제는 자신보다 키가 훌쩍 커 버린 동생이지만, 그는 아직도 이렇게 천진난만한 목소리로 자신을 불렀다.

화인이 떨떠름한 표정으로 대답했다.

"왜?"

"같이 밥 먹어요."

생각지도 못한 그의 제안에 화인은 마땅히 할 말을 찾지 못했다.

잠시 고민하던 그녀가 방금 전과 똑같이 물었다.

"……왜?"

"어차피 식사하실 거잖아요, 저도 이왕 온 김에 여기서 먹고 갈 거니까 같이 먹어요."

자신을 향해 가볍게 말을 건네는 그를 바라보며 화인은 뭔가 기분이 이상했다.

왜냐면 자신과 그는 이렇게 가벼운 대화를 나눌 수 있는 사이가 아니었으니까.

적어도 화인은 지금까지 그렇게 생각하고 있었다.

특별히 해준을 싫어한 적은 없다. 오히려 그가 자신을 그리 달가워하지 않을 거라고 예상했었지.

어느 날 아버지의 손을 잡고 나타나서 자신이 가지고 있는 모든 것을 빼앗아 간 아이지만, 그게 분명 그의 탓은 아니었다.

그 사실을 그녀 또한 잘 알고 있었기에 미워하는 마음은 남아 있지 않았다.

그는 그저 불편한 동생이었을 뿐이다.

화인이 잠시 대답을 하지 못하고 머뭇거리자, 해준이 다시 조르듯이 말했다.

"오랜만에 같이 먹어요, 누나."

같이 밥 한 끼 먹는 게 그리 어려운 일은 아니었다.

그런데도 은연중에 자신의 눈치를 살피고 있는 그를 보고 있자니 괜스레 마음이 약해지는 건 사실이었다.

"그래, 알았어."

시원스러운 그녀의 대답에 해준의 표정이 밝게 변했다.

막 그가 다시 입을 열려는 찰나, 어느새 두 사람의 곁으로 다가온 커다란 그림자가 하나 있었다.

곧이어 그들의 바로 옆에서 허스키한 목소리가 흘러나왔다.

"어디 간다고?"

고개를 돌려 보니 훤칠한 키의 한새가 못마땅한 눈빛으로 두 사람을 쳐다보고 있었다.

그럼에도 화인은 아무렇지 않게 대답했다.

"해준이랑 가서 밥 먹고 올게."

"나는?"

갑작스러운 한새의 말에 화인은 당황할 수밖에 없었다.

방금 전까지 스테이크를 실컷 먹은 그가 당연히 밥을 먹을 리가 없다고 생각했기 때문이다. 오히려 소화제를 먹으면 모를까.

"넌 가서 쉬어야지."

"쉬었다가 먹으면 더 안 들어가."

한새는 그녀를 향해 짤막하게 대꾸하고는 이내 해준을 향해 고개를 돌렸다.

"이런 곳에서 다 보네요."

"그러게요."

"광고 촬영장에 밥차까지 쏘시는 부사장님은 지금까지 처음 만나 봅니다. 굉장히 친절하신가 보군요."

"저희 회사와 관련한 일에 대해선 나름 살뜰히 챙기려고 노력 중입니다. 계속 촬영하셨으면 더 이상 식사하기 힘드실 텐데 그냥 쉬고 계시는 게 어떨지?"

"아뇨. 제가 원래 그런 체질이라서요. 그럼 저희는 식사하러 가 보겠습니다."

휘익─

한새가 손을 뻗어 화인의 손목을 쥐었다.

그것을 본 해준의 미간이 미세하게 꿈틀거렸다.

그가 그대로 그녀를 끌고 나가려고 하자, 이번엔 해준이 그녀의 반대편 손을 잡아챘다. 그러곤 불쾌한 목소리로 나지막이 말했다.

"누나는 이미 저랑 식사를 하기로 약속을 했습니다."

"제가 밥을 안 먹을 줄 알고 약속을 잡았나 봅니다. 저랑 먼저 선약을 했으니 양보하시죠."

화인은 두 사람 사이에 눈에 보이지 않는 스파크가 튀는 것만 같다는 생각이 들었다.

가만히 두 남자를 바라보다가 그녀가 나지막한 목소리로 말했다.

"일단 이 손부터 놓지."

불쾌함이 담겨 있는 그녀의 목소리에 해준이 재빨리 잡고 있던 손목을 놓아 주었다. 한새가 마구잡이로 끌고 가려고 하자 자신도 모르게 잡아 버린 것이다.

하지만 그가 손을 놓았음에도 불구하고 한새는 그녀의 손목을 놓을 생각이 없어 보였다.

그런 한새의 태도에 해준의 표정이 딱딱하게 굳어졌다.

하지만 그가 뭐라고 입을 열기도 전에, 화인의 말이 더 빨리 나갔다.

"너도 놔, 아파."

한새는 그제야 잡고 있던 그녀의 손을 놓아주었다. 자신도 모르게 너무 세게 쥐고 있었다는 자각이 들었기 때문이다.

화인은 자신의 손목을 다른 손으로 쓰다듬으며 슬쩍 미간을 찡그렸다.

"갑자기 나한테 왜 이래."

그녀의 투덜거리는 목소리에 해준은 언짢은 기색을 숨기지 않은 채로 한새를 향해 말했다.

"원래 그렇게 여자한테 함부로 대합니까?"

"말을 너무 비약해서 하시는군요."

"누나가 손 놓으라고 하는 말 못 들었어요?"

"놓으란다고 놓고, 하지 말란다고 안 하면 연애는 대체 어떻게 합니까?"

뻔뻔한 표정으로 되묻는 한새를 바라보며 해준은 자신도 모르게 어금니를 깨물었다.

처음부터 그가 마음에 들었던 적은 단 한 번도 없었다.

화인은 사이가 안 좋아 보이는 두 남자를 바라보다가 나지막한 목소리로 말을 했다.

"나 배고픈데 여기서 더 할 거면 그냥 밥 먹으면서 하지."

그 말에 두 남자의 시선이 동시에 화인을 향했다.

마치 누구랑 식사를 할 거냐는 질문이 담겨 있는 듯한 시선이었다.

갑자기 어린아이처럼 구는 두 남자의 반응에 화인은 떨떠름한 표정으로 양쪽을 바라보다가 이내 나지막한 목소리로 말했다.

"그냥 이렇게 셋이서 먹으면 안 돼?"

*　　*　　*

화인을 가운데에 두고, 양옆에 해준과 한새가 나란히 앉았다.

색다른 조합에 주변 사람들의 시선이 자연스레 몰릴 수밖에 없었다. 하지만 정작 가운데에 앉아 있는 화인은 아무것도 개의치 않은 듯 묵묵히 밥을 먹고 있을 뿐이었다.

한새는 이 상황이 매우 내키지 않았다.

사실 그는 밥 한 숟가락도 떠먹기 힘들 정도로 배가 부른 상태였다.

더구나 장시간 촬영과 마음이 맞지 않는 감독 때문에 피곤하기도 했다.

하지만 그놈의 질투가 뭔지……

화인과 해준이 같이 식사를 한다는 걸 알게 된 이상 물러설 수가 없었다.

그가 본의 아니게 눈앞에 있는 음식들을 깨작깨작 먹으며 슬쩍 화인이 있는 방향으로 고개를 돌렸다.

그녀는 아주 배가 고팠던 모양인지 열심히 입을 움직이고 있었다. 그런 모습을 쳐다보고 있자니 이상하게 기분이 조금 나아졌다.

오랜 시간 촬영장에 있었으니 화인도 많이 힘들기는 할 것이다.

'……너 때문에 내가 정말 별 걸 다 해 본다.'

지금까지 이런 감정은 순전히 다른 사람들의 얘기였는데, 어느새 자신이 겪고 있었다.

본인이 지금 엄청 유치하다는 사실을 잘 알고 있었지만 그래도 양보할 수는 없었다.

한새가 그녀의 밥 먹는 모습을 바라보며 알게 모르게 입가에 미소를 짓고 있을 때였다.

스윽—

허겁지겁 먹고 있던 화인의 숟가락 위로 계란말이 하나가 올라왔다.

가만히 그녀가 먹는 모습을 지켜보던 해준이 계란말이를 하나 집어서 올려 준 것이다.

화인이 의아한 표정으로 해준을 빤히 쳐다보고 있자, 그가 희미하게 웃으며 말했다.

"누나가 계란말이 좋아한 게 생각나서요, 아직도 잘 먹어요?"

"응."

그녀는 가볍게 고개를 한번 끄덕이고는 그가 숟가락 위에 올려 준 계란말이를 그대로 받아먹었다.

한새는 자신이 한 번도 해 본 적 없는 행동을 너무나도 자연스럽게 하는 해준의 모습에 불편한 표정을 지어 보였다.

무엇보다 아무거나 덥석덥석 받아먹는 그녀가 못마땅해서 반듯한 이마가 더욱 짙게 찡그려졌다.

해준은 다시 그녀를 바라보며 말했다.

"누나, 천천히 먹어요. 모자라면 다른 거라도 더 가져다 줄 테니까."

"나 신경 쓰지 말고, 너나 많이 먹어."

퉁명스러운 그녀의 대답에도 해준은 이 순간이 행복에 겨워 죽을 것만 같았다.

물론 여기서 한새를 뺀다면 더없이 완벽하겠지만 말이다.

가지고 온 음식들을 순식간에 뚝딱 비운 화인을 바라보며 해준이 다시 입을 열었다.

"더 드릴까요?"

"아니, 괜찮아."

해준을 향해 손을 저은 화인이 말없이 한새의 앞에 놓여 있는 음식을 자기 쪽으로 가져왔다.

갑작스러운 그녀의 행동에 한새가 이해가 안 된다는 듯이 물었다.

"뭐하는 거야?"

"내가 먹어 줄 테니까, 무리하지 말고 쉬고 있어."

"나 원래 이렇게 먹는다니까."

화인은 그의 말을 무시하며, 여전히 무뚝뚝한 표정으로 이렇게 대답할 뿐이었다.

"소화제 가지고 온 거 있으니까 나중에 줄게."

한새가 잠시 당황한 얼굴로 그녀를 바라보다가 이내 슬쩍 고개를 돌렸다.

지금 자신의 얼굴이 붉어졌을지도 모르겠다는 생각이 들었기 때문이다.

시큰둥한 말투 속에서 자신에 대한 배려가 느껴져서 괜스레 가슴이 설레어 왔다.

가만히 두 사람을 지켜보던 해준은 알 수 없는 패배감을 느껴야만 했다.

분명 조금 전까지만 해도 화인의 옆에서 같이 식사를 하고 있다는 사실에 더없이 행복했었다.

그런데 깨닫고 만 것이다.

지금 저 두 사람의 관계가 자신과 비교할 수 없을 정도로 훨씬 더 친밀하다는 것을.

식사를 시작한 후, 그녀는 한새에게 시선을 준 적이 단 한 번도 없었다. 그런데 은연중에 그가 먹고 있는 걸 신경 쓰고 있었던 것이다.

해준은 손에 쥐고 있던 젓가락을 말없이 내려놓았다.

방금 전까지만 해도 꿀맛같이 달콤하게만 느껴졌던 식사가 한순간에 쓰게 변해 버렸다.

*　　*　　*

곧이어 촬영이 재개되었다.

오랜 시간 촬영을 했음에도 불구하고 조금도 흐트러지지 않는 한새의 모습을 물끄러미 바라보다가 화인이 조심스럽게 바깥으로 나왔다.

멀리 갈 수는 없었다.

한새와 일정한 거리 이상을 떨어지면 형벌의 기간이 줄어드는 효과를 받지 못했으니까.

그래도 바깥의 밤공기가 차가워서 흐릿해지던 정신이 조금은 깨어나는 기분이 들었다.

"하암—."

화인이 바닥에 쪼그려 앉아선 늘어지게 하품을 하고 있을 때였다.

그녀가 여기로 나오는 것을 어떻게 알았는지, 어느새 해준이 옆으로 다가오고 있었다.

"왜 여기 나와 있어요?"

그의 목소리에 화인이 슬쩍 고개만 들어서 얼굴을 확인하고는 나지막한 목소리로 대답했다.

"졸려서. 요즘 통 못 잤거든."

그녀는 다시 한새의 방문 앞에서 잠을 청하게 되었지만, 그에게 고백을 받은 이후부터는 이상하게 불편한 마음이 생겨서 뒤척거리게 되었다.

그래서 요 며칠은 전처럼 푹 잠들 수가 없었다.

눈을 감으면 자꾸 그가 키스를 하고 싶다고 조르는 상상이 떠오르곤 했으니까.

"그럼 안에 들어가서 자요."

걱정스러움이 묻어 나오는 해준의 말에 화인은 피식하고 웃으
며 대답할 뿐이었다.

"안에서 다들 열심히 일하고 있는데 나만 자고 있으면 좀 그렇
잖아. 여기서 잠 깨고 들어가야지."

그녀의 말에 해준은 자신의 차에 가서 한숨 붙이라는 말을 하
고 싶었지만, 어차피 그녀가 들을 것 같지 않았기에 다시 입을 다
물 수밖에 없었다.

잠시 말이 없던 해준이 다시 나지막한 목소리로 말했다.

"그럼 좀 편하게라도 앉아 있어요. 어차피 금방 들어갈 거라면
서요."

"그럴까."

화인은 쪼그려 앉았던 자세에서 곧바로 등을 벽에 기댄 편한
자세로 바꿔 앉았다.

해준 역시 마찬가지로 비싼 양복이 구겨지는 줄도 모르고 그
녀의 옆에서 편한 자세로 앉아 있었다.

가만히 앉아 있던 화인이 문득 생각난 듯 물었다.

"그런데 넌 언제 가려고?"

그 질문에 순간 해준의 말문이 막혔다.

사실 언제 가든 상관없었다.

아니, 오히려 빨리 사라지는 편이 나을 것이다.

촬영장 안에 있는 사람들이 자신의 존재를 불편해할지도 몰랐
으니까.

다 알고 있었지만 이렇게 화인의 옆에 있고 싶어서 조금만, 조금만 더 하고 미루고 있는 중이었다.

잠시 고민을 하던 해준이 자그만 목소리로 변명하듯이 입을 열었다.

"곧 들어가긴 해야죠. 그런데 저도 결과물이 궁금하기도 하고……."

투욱—

해준이 말을 하고 있는 와중에 무언가 어깨에 닿는 느낌이 들었다.

의아한 마음에 슬쩍 고개를 돌려 보았더니 그것은 다름 아닌 화인의 머리였다.

두근두근.

그 사실을 안 심장이 미친 듯이 뛰기 시작했다.

그녀가 자신의 어깨에 기대 고른 숨을 내쉬고 있다는 게 느껴졌다.

"조금 있다 들어갈 거면 잠깐 어깨 좀 빌리자. 십 분만 자고 일어날게."

엄청 피곤한 모양인지 이미 목소리가 잠결에 빠져 있었다.

해준은 분명 편한 자세로 앉아 있었던 것 같은데, 그녀가 머리를 기대는 순간부터 온몸이 뻣뻣하게 긴장이 되었다.

손가락 하나도 까딱할 수 없었다.

새근새근거리며 자신의 옆에서 자고 있는 그녀가 깰지도 모르니까.

별 하나 보이지 않는 어두운 밤하늘을 올려다보면서도 이상하게 가슴이 벅차올랐다.

그녀의 옆에만 있으면 자신은 고아원에 버려진 어린 꼬마 아이로 돌아가는 것 같았다.

지금은 힘도 세지고 키도 크고, 많은 것을 가지고 있음에도 불구하고 언제나 그녀의 앞에선 내세울 게 하나도 없는 기분이다.

'……누나 알아요?'

오늘이 세상의 마지막 날이라고 해도 좋을 것 같았다.

정말이지, 이 순간이 제 인생의 마지막 장면이라고 해도 행복할 것 같았다.

'영영 이대로 시간이 멈춰 버렸으면 좋겠어요.'

3
날 이용해도 좋아

한새가 솔트의 광고 촬영을 하는 동안 해준은 시도 때도 없이 나타나곤 했다.

그 이유가 아무리 봐도 화인을 만나기 위해서인 것 같아 신경이 쓰였다. 하지만 그렇다고 자신이 그의 출입을 제한할 수는 없었다.

요 며칠 줄기차게 나타나는 해준을 떠올리며 한새가 못마땅한 표정으로 말했다.

"너 오늘은 그냥 집에 가서 쉬는 게 어때?"

그의 말에 화인은 생각할 가치도 없다는 듯 단번에 대답했다.

"싫어."

"……후."

하여간 말 참 안 듣지 라는 생각이 들었지만, 한편으론 이미 그녀가 이렇게 대답하리라는 것을 짐작하고 있었다.

자신의 곁에 있어야만 형벌의 기간이 줄어들었기 때문에 그녀가 떨어지고 싶어 할 리 없다.

오죽하면 매일 밤마다 자신의 방문 앞에서 잠을 청할 정도인데 하루 종일 떨어지자는 자신의 말을 순순히 따를 리가 없었다.

"……신경 쓰여 죽겠네."

나지막한 그의 중얼거림에 화인이 의아한 표정으로 되물었다.

"뭐가?"

"몰라서 물어?"

"응, 뭔데?"

정말 모르겠다는 듯이 물어 오는 그녀의 질문에 한새는 자꾸 널 찾아오는 동생 때문이라고 사실대로 대답하려다가 참았다.

혈연관계가 아니라 해도 그는 법적으로 그녀의 남동생이 맞다.

특별한 이유도 없이 그런 대상에게까지 질투를 하는 치졸한 모습을 보이고 싶진 않았다.

목구멍까지 치민 그 말을 간신히 누르며 한새가 그녀를 향해 나지막이 말했다.

"너…… 나한테 빨리 빠져라."

마치 명령조 같은 그의 말에 화인이 무슨 뜻이냐는 듯이 쳐다볼 때였다.

확!

한새가 그녀의 얼굴을 두 손으로 감싸 쥐며 다른 곳으로 시선을 돌리지 못하게끔 고정시켰다.

그러자 화인은 강렬하게 두 눈을 빛내는 그의 얼굴을 똑바로 마주 볼 수밖에 없었다.

갑작스러운 그의 행동에 그녀가 순간 놀라기는 했지만, 이내 얼굴을 찌푸리며 입을 열었다.

"이거 안 놔?"

"자꾸 조바심이 나서 안 되겠어."

자신의 여자가 아니라는 생각에 쉽게 떼어 놓을 수가 없다.

만약에라도 누가 그녀를 가로채 갈까 봐 불안해졌다.

분명 자신의 눈에만 이렇게 예쁘게 보이는 건 아닐 텐데, 혹시라도 누군가 자신처럼 그녀를 노리고 있을까 봐.

"나한테만 예뻐야 돼. 남들한테도 그렇게 보이지 말고."

어둡게 가라앉은 한새의 눈동자를 가만히 바라보던 화인이 기가 막힌다는 표정을 지어 보였다.

그녀가 곧이어 협박하듯이 낮게 읊조렸다.

"발로 차 버리기 전에 놔라. 너 촬영만 아니었으면 지금 한 대 맞았어."

함부로 다가오는 그를 혼쭐내 주고 싶은 마음이 굴뚝같지만, 그러기엔 혹시라도 촬영에 지장이 생길까 봐 참을 수밖에 없었다.

하지만 험악한 경고를 듣고도 한새의 입가에는 희미한 웃음이
감돌았다.

이런 점까지 귀엽게 느껴지는 걸 보면 중증인 게 틀림없었다.

그런데 막상 이런 자세로 그녀의 얼굴을 가까이에서 들여다보
고 있자니, 불현듯 그녀와 입을 맞추고 싶다는 충동이 들었다.

저 선홍빛의 입술에 유혹을 당하는 느낌이다.

그녀의 보드라운 입술에 입을 맞출 때의 감촉이 생생히 떠올
랐다.

숨이 막히도록 저 입술을 탐닉하고 싶다는 욕구를 가까스로
자제하며 그가 손을 느릿하게 떼었다.

그녀의 얼굴을 감싸 쥐고 있던 그의 손이 다시 바닥으로 스르
륵 내려갔다.

"……너야말로 운 좋은 줄 알아."

곧 촬영에 들어가야 하는 게 아니었다면, 이렇게 쉽게 물러나
지 못했을 수도 있다.

한새의 말뜻을 이해한 그녀의 얼굴이 더욱 찡그려졌다.

인간의 마음이 얼마나 얄팍한 것인지 잘 알면서도 이렇게 그
가 뜨거운 눈빛으로 자신을 쳐다볼 때면 저도 모르게 이따금씩
현혹이 되고 만다.

마치 그가 자신을 원해서 어쩔 줄 몰라 하는 것만 같이 느껴져
서.

화인은 앞으로 더욱 경계해야겠다는 생각을 마음속 깊이 되새

졌다. 그리고 그런 마음을 증명하기라도 하듯이 그녀가 단호한 목소리로 말했다.

"네가 원하면 누가 허락해 준대?"

한새는 불쾌한 표정을 짓고 있는 그녀의 얼굴을 바라보다가 나지막한 목소리로 물었다.

"나, 너한테 그렇게 매력 없어?"

"그러니까 들이대지 마."

"말해 봐, 정말 한 군데도 네 마음에 드는 구석이 없는 거야?"

"그런 건 알아서 뭐하게?"

귀찮다는 기색이 역력한 그녀의 말투에도 한새는 물러설 생각이 없었다.

왜냐면 자신에겐 정말 심각한 문제였으니까.

"그래도 한 가지 정도는 괜찮다고 생각되는 부분이 있을 거 아니야?"

"말을 말자."

화인은 아예 상대를 안 하겠다는 듯이 고개를 획 돌렸다.

그런 그녀를 향해 한새가 어쩔 수 없다는 듯이 나직한 목소리로 말했다.

"네가 원하는 거……."

"……?"

"소원 한 가지 들어줄게."

그딴 거 필요 없다고 대답하려던 화인의 머릿속에 순간 꽤 나쁘지 않은 거래라는 생각이 들었다.

고작 말 한마디로 한새에게 자신이 원하는 일을 시킬 수 있는 거니까.

잠시 고민하던 그녀가 마음에 든다는 듯이 고개를 끄덕이며 말했다.

"좋아."

"그럼 말해 봐. 대신 솔직하게 대답해야 돼."

생각보다 진지한 한새의 얼굴에 화인은 그저 말없이 고개만 끄덕였다.

굳이 거짓말을 할 이유는 없었다.

왠지 조금은 긴장한 듯 보이는 그를 쳐다보며 잠시 생각을 정리한 화인은 느릿하게 입을 열었다.

"네 얼굴, 꽤 마음에 들어."

한새는 그녀의 대답이 예상외라는 듯이 순간 놀란 표정을 짓다가 이내 고개를 반대 방향으로 돌렸다.

얼굴이 뜨거웠다. 보나 마나 빨개졌을 게 뻔했다.

괜스레 손등으로 입가를 훔치며 그가 조금 부끄러운 듯이 물었다.

"내 얼굴이 네 취향이란 거야?"

"뭐, 나쁘지 않아."

퉁명스러운 그녀의 목소리와 달리 한새는 이 상황이 생각보다 무척이나 쑥스러웠다.

지금까지 잘생겼다는 칭찬은 수도 없이 많이 들었지만, 이 외모로 태어나서 이렇게 감사한 적은 처음이었다.

대체 자신의 얼굴에 어떤 점이 그녀의 마음에 드는지 몰랐지만 그게 뭐라도 좋았다.

한 부분이라도 그녀가 좋아할 수 있다는 게 중요했으니까.

"……소원은 뭔데?"

"흐음."

잠시 고민을 하던 화인이 딱히 떠오르는 게 없는지 그를 향해 다시 입을 열었다.

"생각날 때 말해 줄게."

"그런 게 어디 있어?"

"나중에 쓰면 안 된다는 조건은 없었잖아."

그건 안 된다고 더 우길 수도 있었지만 한새는 지금 기분이 썩 나쁘지 않았기에 금세 알겠다는 듯이 고개를 끄덕여주었다.

사실 자신은 이미 화인이 원하는 걸 무시할 수 없을 만큼 그녀에게 푹 빠져 있는 상태였다.

그러니 그게 무슨 소원이라도 상관없었다. 어차피 들어줬을 테니까.

"나중에 말해."

생각보다 순순히 물러나는 한새의 태도에 그녀가 의외라는 눈빛으로 바라볼 때였다.

똑똑.

두 사람이 들어와 있는 대기실에 누군가의 노크 소리가 들려왔다.

그게 이제 촬영을 시작할 거라는 신호라는 사실을 잘 알았기에 한새가 나직한 목소리로 대답했다.

"지금 나갈게요."

그렇게 두 사람은 다시 촬영장을 향해 걸음을 옮겼다.

사실 이 정도 기간이면 이미 광고 촬영이 끝나고도 남았을 시간이다. 그런데 감독이 이런저런 부분을 테클 걸면서 자꾸만 지연시키고 있는 중이었다.

그래서 촬영장으로 가는 한새의 마음이 그리 편치만은 않았다.

화인도 그와 같이 움직이다 보니 이런 상황을 자연스럽게 눈치챌 수밖에 없었다.

촬영장이 점점 가까워지자 그녀가 나직한 목소리로 먼저 말을 꺼냈다.

"금방 끝날 테니까 기운 내."

뭔가 제법 위로다운 그녀의 말에 한새는 자신도 모르게 픽하고 웃고 말았다.

"너만 그 자리에 있으면 상관없어."

"무슨 소리야?"

영문을 모르겠다는 듯이 쳐다보는 그녀의 얼굴에 한새가 조금 전보다 낮아진 목소리로 대답했다.

"……그냥 어디 가지 말라고."

촬영 도중에 해준과 화인이 같이 사라지면 신경이 쓰여서 도통 집중을 할 수가 없었다.

당연한 말이지만 사람들은 한새가 어떤 계약으로 묶여서 이 광고를 찍게 되었는지, 그의 상태가 어땠는지를 감안해서 봐주지 않는다.

설령 그것이 악덕 계약이었든, 아니면 또라이 같은 감독을 만나 욕을 먹으면서 촬영을 했든 간에 중요한 건 결과물인 것이다.

그렇기에 한새는 지금까지 자신의 얼굴이 나가는 이상, 뭔가가 마음에 들지 않더라도 최선을 다해서 완벽하게 해내려 노력했다.

자신은 프로였으니까.

그런데 화인이 있어야 할 자리에서 모습을 감추면 자꾸만 신경이 쓰여서 어쩔 줄을 모르겠다.

일을 하는 와중이라 가능하면 사심을 섞지 않으려고 노력하고 있었지만 그게 쉽지가 않았다.

"어?"

갑작스러운 화인의 감탄사에 한새의 시선이 그녀가 바라보는 방향으로 향했다.

그러자 가장 보고 싶지 않은 얼굴이 촬영장에서 보여 왔다.

바로 해준이었다.

그가 먼저 도착해서 자신들을 기다리고 있는 상황에 한새는 기가 막힐 수밖에 없었다.

"누나."

화인을 발견한 그가 환한 얼굴로 그녀를 향해 성큼성큼 다가 왔다.

한새는 그 모습이 마음에 들지 않아 자신도 모르게 슬쩍 미간 을 찌푸렸다.

자신이 이렇게 질투심이 많다는 사실이 새삼 놀라웠지만 어쩔 수가 없었다.

저 눈빛……

해준이 그녀를 바라보는 시선은 아무리 봐도 단순한 남동생이 아니었다.

그것은 사랑에 빠진 남자의 눈과 매우 닮아 있었다.

그래서 불안했다.

점점 자신들을 향해 가까이 다가오는 그를 바라보며 한새의 표정이 복잡하게 변해 갔다.

* * *

한새가 촬영하는 모습을 조용히 바라보고 있는 화인의 옆에는 해준이 서 있었다. 고작 며칠이었지만 여러 번 보다 보니 이제는 꽤나 익숙해진 장면이었다.

그가 그녀의 옆모습을 바라보며 말을 건넸다.

"누나 이따가 저녁 같이 먹을까요?"

화인은 그의 말에 고개조차 돌리지 않은 채 단번에 대답했다.

"안 돼."

"그럼 내일은요?"

"내일도 안 돼."

"주말에는……?"

해준의 똑같은 질문에 화인이 차가운 목소리로 단호하게 말했다.

"밖에서 너랑 밥 먹을 시간 없어."

그동안 조금은 가까워지지 않았을까 기대했는데 그건 순전히 해준의 착각이었다.

두 사람은 여전히 일방적인 관계였다.

하지만 이렇게 시간이 흘러갈수록 해준의 속은 바짝 타들어 갔다.

한새의 광고 촬영이 끝나 버리면 이제 그녀의 얼굴을 볼 구실이 없어지기 때문이다.

그래서 그 전에 어떻게든 그녀에게 다가갈 빌미를 만들기 위해 노력 중이지만 아무런 방법도 통하지가 않는 상황이었다.

사실 어떻게든 시간을 더 마련하기 위해서 이미 끝나 버린 광고 촬영을 감독을 협박해 계속 같은 장면을 찍게 만들고 있는 중이다.

하지만 이것도 한계가 있었다.

곧 다시 그녀와 멀어질 텐데 해준은 그게 죽을 만큼 싫었다.

"······누나는 왜 날 만날 시간은 없어요?"

사뭇 처량하게 느껴지는 해준의 질문에 드디어 화인의 시선이 그를 향해 돌아갔다.

그녀가 의아하다는 표정으로 물었다.

"너는 왜 그렇게 날 만나고 싶은데?"

정곡을 찌르는 물음에, 순간 해준은 말문이 막혀 아무런 대답도 할 수가 없었다.

그녀에겐 그저 몇 년 만에 보는 피 한 방울 안 섞인 동생의 투정 같은 것으로 보이는 걸까.

문득 그런 생각이 들자 이 상황이 더욱 막막하게 느껴졌다.

어떤 대답을 해야 할지 몰라 고민하던 해준이 무겁게 입을 열었다.

"내가 누나 보고 싶어 하면 안 돼요?"

"이상하긴 하지. 몇 년 만에 만나서 이렇게 친한 척 구는 게."

조금도 돌려서 말하지 않는 그녀의 직설적인 대답이었다.

생각해 보면 화인의 입장에서는 그렇게밖에 느껴질 수 없을지도 모르겠다.

한 번도 자신의 마음을 내비친 적이 없었으니까.

항상 남동생이라는 허울 좋은 이름 뒤에 숨어 있었을 뿐이다.

지금도 마찬가지였고······.

"표현하지 못했을 뿐, 저는 처음부터 누나랑 친하게 지내고 싶었어요."

처음으로 자기 자신에게 의문이 들었다.

그동안 자신은 말하지 못했던 걸까. 아니면 하지 않았던 걸까.

"아주 오랫동안…… 그랬어요."

마치 어려운 고백이라도 내뱉는 듯한 그의 모습에 화인은 잠시 아무런 말없이 그를 바라봤다.

불현듯 머릿속에는 어렸을 때 인간들이 찾아와서 '나 너랑 친하게 지내고 싶어.'라고 수줍게 말을 하던 기억이 떠올랐다.

물론 그때와는 조금 다르게 느껴지긴 했지만, 결론적으로 따지자면 같은 말이었다.

'친하게 지내고 싶다라……'

지금까지 해준의 이런 마음에 대해 일절 몰랐던 건 사실이다.

인간 세상으로 쫓겨나고 난 다음엔 제 코가 석 자라 주변을 돌아볼 경황이 없었다.

사실 그가 자신을 어떻게 생각하든 그건 관심 밖의 일이기도 했고.

'설마 저번에 집으로 돌아오라고 했던 것도 이런 이유였던 건가?'

지금까지 그녀가 본 인간들은 욕심이 많았다.

그런데 해준은 그가 가지고 있는 많은 것들을 위협할 수 있는 자신의 존재를 고작 친해지고 싶다는 이유 때문에 돌아오라고 제안을 한 거라는 말이 된다.

'정말 알다가도 모르겠다.'

화인은 앞뒤가 맞지 않는 그들의 마음을 이해할 수가 없었다.

하지만 해준의 진심이 어느 정도는 와 닿았다.

조금 더 두고 봐야 알겠지만, 목적이 있어서 접근한 게 아니라면 그가 거짓말을 할 이유는 없었으니까.

"네 마음은 잘 알겠어. 그런데……."

말을 하면서 화인은 자신의 손가락으로 촬영을 하고 있는 한새를 가리켰다.

해준의 시선이 자신도 모르게 그녀의 손가락을 따라 그를 바라보게 되었을 때였다.

다시금 그녀의 목소리가 이어졌다.

"나 쟤 옆에서 못 떨어져."

생각지도 못한 화인의 대답에 해준이 얼굴이 절로 찌푸려졌다.

이해할 수가 없었다.

마치 한새의 옆에서 벗어나지 못하는 게 선택 사항이 아니라 강제적인 느낌이 들었기 때문이다.

"왜요?"

지금까지 해준은 다른 사람들에게 보여 주는 모습과 화인을 대하는 모습이 완전히 달랐다.

그런데 지금의 그는 자신도 모르게 평상시처럼 날카로운 질문을 쏟아 내고 있었다.

"왜 이한새 옆에서 못 떨어지는 건데요?"

"이유는 네가 알 거 없고."

한새와 자신이 엮이게 된 이유를 그에게 설명해 줄 순 없었다.
그러려면 자신이 대악마인 사실부터 이해시켜야 할 테니까.

그리고 사실 그녀조차도 인간이 가진 마력의 파장이 자신에게
이런 영향을 끼칠 거라고는 상상하지 못했었다.

대악마인 자신도 알지 못하는 일을 그 누구도 명확하게 설명
할 수 없을 것이다.

그렇지만 기적 같은 일은 이미 벌어졌다.

화인은 저도 모르게 형벌의 시간이 새겨져 있을 자신의 어깨
를 힐끔 내려다봤다.

한새의 곁에서 머문 뒤부터 빠른 속도로 형벌의 시간이 줄어
들고 있다. 이 속도라면 몇 년 안에 본래의 모습으로 되돌아갈
수 있었다.

그리고 그건 화인이 가장 바라는 일이었다.

가만히 그녀를 바라보던 해준이 어두운 표정으로 입을 열었
다.

"혹시 이한새를 좋아하는 겁니까?"

그의 질문에 화인의 표정이 와락 찌푸려졌다.

벌써 이와 비슷한 말을 몇 번이나 들었는지 모르겠다.

"그런 거 아니야."

딱 잘라 말하는 그녀의 대답에도 해준은 믿지 못하겠다는 듯
이 재차 입을 열었다.

"그럼 설명이 안 되잖아요, 누나가 이렇게 이한새한테 집착하

는 게.”

“내가 널 납득시켜야 하나?”

차가운 화인의 말투에 해준은 자신도 모르게 입을 다물고 말았다.

사실이다.

설령 그녀가 한새를 좋아한다고 해도 자신이 어쩔 수는 없었다.

하지만 이 터질 것만 같은 감정도 자신이 어찌할 수 있는 게 아니었다.

해준이 침울한 목소리로 다시 말했다.

“그럼 제가 어떻게 해야 누나한테 가까워질 수 있는 건지 알려 주세요.”

“……?”

화인은 조금 놀란 눈빛으로 그를 바라볼 수밖에 없었다.

이따금 해준은 비 오는 날 버려져 있는 강아지처럼 슬픈 눈동자로 자신을 쳐다보곤 했다.

마치 지금처럼.

은근히 사람의 마음을 약하게 만드는 그의 분위기에 화인은 미미하게 얼굴을 찌푸렸다.

“너, 친구 없어?”

굳이 자신에게 놀아 달라고 하는 그의 마음을 이해할 수가 없었다.

하지만 그녀의 질문에도 해준은 처연하게 웃으며 대답할 뿐이었다.

"저는 친구 말고 누나가 필요해요."

화인은 그와 말을 하면 할수록 그동안 자신이 생각했던 해준의 이미지와 사뭇 다르다는 걸 느낄 수 있었다.

그가 이렇게 자신의 말을 잘 듣고, 따를 줄은 예상치 못한 일이었다.

"……네가 이렇게 나오니, 나도 뭐라고 대답해야 할지를 모르겠다."

이 상황을 은연중에 어색해하는 화인의 모습에도 해준의 표정은 변함없이 진지했다.

여기까지 오는데도 너무 오랜 시간이 걸렸다.

그녀의 옆자리에 서 있는 사람이 다른 누구도 아닌 자신이길 바란다. 그리기 위해선 앞으로 가야 할 길이 더 멀었다.

"누나……."

해준이 나지막한 목소리로 재차 입을 열 때였다.

감독의 커다란 목소리가 촬영장 안에 울려 퍼졌다.

"30분 휴식 시간을 갖고 다시 갑니다."

그 말에 화인의 시선이 자연스럽게 해준에게서 다시 한새를 향해 돌아갔다. 그러자 이곳을 뚫어지게 바라보고 있는 한새의 눈동자와 정면으로 눈이 마주쳤다.

그 순간 이상하게도 찌릿하고 전기가 흐르는 느낌이 들었다.

어딘가 못마땅한 표정의 한새를 바라보다가 화인이 입을 열었다.

"그럼 나 간다."

짤막한 그 말만 남긴 채, 화인은 뒤도 돌아보지 않고 한새를 향해 다가갔다.

"아……."

해준이 저도 모르게 그녀를 붙잡기 위해서 손을 올렸다가 차마 잡지 못한 채 조용히 내렸다.

점점 멀어지는 그녀의 뒷모습을 바라보는 해준의 마음은 말로 표현할 수 없을 만큼 착잡했다.

그녀와 가깝게 지내고 싶다는 자신의 감정을 밝힌 것은 분명 잘한 행동이었다. 지금까지에 비해 발전한 것도 사실이다.

하지만 그녀와 함께하는 게 쉽지만은 않은 일이라는 걸 곧바로 깨달아야만 했다.

한새의 곁에서 떨어질 수 없다는 그녀의 목소리가 해준의 머릿속을 가득 메웠다.

'……어떻게 해야 이쪽으로 돌아봐 주실 거죠?'

두 사람이 대화를 나누는 모습을 물끄러미 바라보며 해준은 자신도 모르게 주먹을 세게 쥐었다.

더는 이렇게 기다리고 싶지 않았다.

그녀가 제 발로 자신에게 올 수 없다면, 그녀가 남아 있을 장소를 없애서라도 저를 돌아보게 만들고 싶었다.

마지막에는 결국 여기로 올 수밖에 없도록.

'이한새.'

해준의 눈동자에 순간 차가운 한기가 어렸다.

그가 이번에 사기 행각을 벌였다는 누명을 뒤집어쓰고 얼마나 많은 고생을 했는지 모르겠지만, 그건 이제 시작에 불과하다.

앞으로 벌어질 일들은 더욱 쉽지 않을 테니까.

온갖 추문이란 추문을 전부 이한새의 이름 앞으로 엮어 놓을 것이다.

'이번에도 막아 볼 테면 막아 봐.'

한새가 밑바닥으로 떨어질 때까지 결코 멈추지 않을 생각이다.

그러면, 그렇게 하다 보면……

화인은 결국 그의 곁에 남아 있기가 힘들어질 것이다.

그녀가 그와 떨어질 수 없다고 하니, 한새를 저 멀리 치워 버리는 수밖에.

누군가는 이런 자신의 마음을 알아채고 손가락질할지도 모르겠다.

하지만 상관없었다.

지금 자신의 손에 힘이 있는데, 그걸 사용하지도 않은 채 가만히 앉아서 빼앗길 만큼 자신은 성인군자가 아니었으니까.

'이한새, 누군가를 원망하고 싶다면 힘이 없는 자기 자신을 탓하도록 해.'

자신은 비겁하더라도 힘을 써서 그녀를 빼앗을 테니까.

마음을 정한 해준의 눈에는 시리도록 서늘한 빛이 감돌았다.

*　　　*　　　*

촬영을 끝낸 한새가 옷을 갈아입고 바깥으로 나왔다.

그런데 문제는 화인의 모습이 어디에도 보이지 않는다는 사실이다.

'이 여자가 어딜 간 거야?'

뭔가 이상하다는 생각이 들어서 그녀가 있을 법한 곳들을 위주로 찾아다녔지만, 아무 곳에서도 그녀의 흔적을 발견할 수 없었다.

불현듯 머릿속에 해준의 얼굴이 떠올랐지만, 그는 촬영 중간에 할 일이 있다면서 먼저 사라진 터였다.

혹시 그가 다시 나타난 건가?

처음에는 의아했을 뿐이지만, 점점 시간이 흐를수록 불안한 마음이 생겨났다.

타앙!

한새가 옥상으로 올라가 거칠게 문을 열어젖혔다.

혹시 모르니 가장 높은 곳에서 그녀의 모습을 찾아보려는 생각이었다.

휴대폰을 쥔 한 손으로는 계속 그녀에게 전화를 거는 중이다.

그렇게 긴 다리로 휘적휘적 옥상을 걸으며 주변을 살펴보고 있을 때였다.

"……!"

마침 그의 눈에 화인의 모습이 들어왔다.

순간 안도하는 마음과 함께 울컥 화가 치밀었다.

'이 여자가 전화도 안 받고, 저기서 대체 뭐하는 거야?'

여기서 큰 소리로 부르면 들릴지도 모르겠다는 생각에 막 입을 열려고 할 때였다.

털썩—

혼자 서 있던 그녀가 갑자기 누가 민 것처럼 제자리에서 넘어졌다.

곧이어 그녀가 허공에다 대고 뭐라고 말을 하는 모습이 보였다.

'……뭐지?'

의아하게 느껴질 수밖에 없었다.

잠시 그 모습을 지켜보고 있자니, 이번엔 근처에 있던 쓰레기통이 그녀를 향해 날아가는 게 보였다.

마치 누군가가 그것을 들어서 그녀에게 던진 것처럼.

한새가 깜짝 놀라서 자신도 모르게 그녀의 이름을 다급하게 불렀다.

"박화인!"

옥상 난간을 잡고 있던 그의 손에 저절로 힘이 들어가서 주먹이 하얗게 변했다.

하지만 그의 목소리가 저기까지 들리지 않는 건지, 화인은 바닥에 넘어진 상태로 커다란 쓰레기통에 정통으로 맞고 말았다.

카앙!

커다란 소리가 여기까지 들려오는 것 같았다.

그 쓰레기통 안에 들어 있던 온갖 더러운 것들이 바깥으로 쏟아져 그녀를 덮었다.

이 말도 안 되는 상황을 목격하게 된 한새의 눈에 갑자기 그녀의 주변을 맴도는 희끄무레한 존재들이 흐릿하게 보이기 시작했다.

"……저게 뭐야?"

*   *   *

화인은 오늘따라 끈질기게 자신을 괴롭히는 하급 악마들을 노려보았다.

"이것들이 진짜."

분에 찬 그녀의 목소리에 하급 악마들은 더욱 신이 나서 꺄르르 웃을 뿐이었다.

─하하하, 저 꼴을 좀 보라지.

지금 그녀는 쓰레기통 안에 있던 음식물을 뒤집어쓴 상태라 눈 뜨고 볼 수 없을 만큼 더러웠다.

얼굴을 잔뜩 찡그린 그녀가 손등을 들어 얼굴을 스윽 닦아 냈다.

　―아 너무 웃겨서 죽을 것 같아. 대악마가 저런 꼬락서니
라니.

자신을 조롱하는 그들을 향해 화인이 나지막한 목소리로 말했
다.

"지금 내 모습 똑똑히 봐 둬."

　―네가 굳이 말하지 않아도 두 눈으로 잘 구경하고 있는
중이야.

"……나중에 너희들의 모습이 더욱 비참할 테니까."

　―뭐?

기필코 그렇게 만들고야 말겠다는 강한 의지가 그녀에게서 느
껴졌다.

아무리 인간의 몸에 갇혀 있다고 해도 그녀는 대악마다.

머리끝까지 화가 난 그녀가 쏟아 내는 기운은 다른 평범한 존
재들과 판이했다.

그래서인지 그녀에게 아무런 힘이 없다는 사실을 잘 알면서
도, 이런 모습을 직접 눈으로 보고 있자니 자신들도 모르게 소름
이 돋았다.

그만큼 화인의 기세는 위협적이었다.

지금까지는 이런 그녀를 괴롭히는 게 더욱 즐거웠지만 지금은
뭔가 달랐다.

그녀가 자신들을 가만두지 않을 거라고 저주한 적은 수도 없

이 많았지만 이번은 왜인지 정말로 무섭게 느껴졌다.

그 정확한 이유를 알 수는 없었지만, 아마 인간 중에 꽤나 강한 마력을 가지고 있는 남자와 연관이 되어 있는 게 아닌가 추측할 수 있었다.

그자와 함께 있으면 자신들이 접근하지 못했으니까.

그 사실이 계속 찜찜하던 찰나, 화인이 이렇게 나오는 걸 보아하니 더욱 자신들이 모르는 뭔가가 있는 게 아닐까 하는 불안감이 생겼다.

하지만 그녀에게서 공포를 느낀다 해도 이미 돌이키기엔 너무 늦었다.

대악마인 그녀가 자신들을 결코 용서할 리 없다.

그러니까 후회가 되면 될수록, 더욱 거칠게 괴롭히는 수밖에 없었다. 설령 당할 때 당하더라도 지금 더 강한 건 자신들이었으니까.

―굳이 나중을 생각할 필요가 뭐 있어. 지금 당장 눈앞에 있는데!

하급 악마들을 굳이 기분 나쁜 기색을 감추지 않았다.

화가 난 그들은 오히려 화인을 어떻게 하면 더욱 괴롭힐 수 있을지 주변을 둘러보며 찾는 중이었다.

그러다가 마침 그들의 눈에 들어온 것이 있었다.

더러운 쓰레기통을 뒤집어써도 조금도 굴하지 않는 그녀에게 안성맞춤인 것이었다.

─이번에도 어디 큰소리를 칠 수 있는지 어디 보자.

악독한 눈빛을 띤 그들이 순식간에 허공을 날아갔다.

그들이 노리고 있는 것은 바로 옆 건물 공사장에 있는 커다란 유리였다.

지금까지 화인을 향해 날카로운 것을 던진 적은 한두 번이 아니다. 그럼에도 하급 악마들이 이걸 선택한 이유는 바로 크기의 차이 때문이었다.

유리병이나 머그잔같이 작은 물건이 아니라, 이걸 그대로 맞으면 그녀는 전신이 난도질당할 것이다.

더럽혀진 걸로는 눈 하나 깜짝 안 하는 걸 보니, 이번엔 몸서리치도록 고통스럽게 만들어 주고 싶었다.

상처가 순식간에 낫는다고 해도 고통이 없는 것은 아니었기에 표정마저 완벽히 감출 수는 없었다.

오히려 이를 악문 채로 참는 모습이 더욱 괴롭히고 싶어진다는 걸 알까.

─낄낄.

눈짓으로 서로의 생각을 공유한 그들이 하얀 이를 드러내며 즐겁다는 듯이 웃어 보였다.

하급 악마들의 행동에 화인도 그들이 노리는 게 무엇인지 자연스레 알아차릴 수밖에 없었다.

으득.

그녀가 자신도 모르게 어금니를 깨물었다.

분했다.

고작 이런 놈들에게 이렇게 당하고 있어야 한다는 사실이 미치도록 분하다.

곧이어 다가올 고통보다 아무것도 할 수 없다는 현실이 자신을 더욱 비참하게 만들었다.

'……제기랄.'

이 자리에서 일어서서 도망친다고 해도 하급 악마들에게 뒤를 잡힐 게 뻔하다.

그렇게 아등바등하며 그들의 손에 놀아나느니 차라리 담담히 고통을 맞이하는 게 마지막 남은 자존심을 지키는 방법이었다.

모든 걸 포기한 그녀가 자신도 모르게 두 눈을 감을 때였다.

"박화인!"

자신을 다급하게 부르는 허스키한 목소리가 뒤편에서 들려왔다.

사아아아—

그와 동시에 주변의 공기가 변하기 시작했다.

굳이 고개를 돌리지 않아도 지금 자신을 향해 다가오는 남자가 누구인지 단번에 알아차릴 수밖에 없었다.

이런 상황에서 자신을 구해 줄 수 있는 인간은 우습게도 단 한 사람밖에 없었으니까.

화인의 고개가 천천히 소리가 들려온 방향을 향해 돌아갔다.

그러자 한새가 거친 숨을 몰아쉬며 자신을 향해 뛰어오고 있는 모습이 눈에 들어왔다.

그가 이렇게 다급한 표정을 짓고 있는 모습은 처음 보는 듯했다.

"여긴 어떻게 알고……."

화인의 말이 채 끝나기도 전이었다.

와장창창!

하급 악마들이 그녀에게 던지려던 유리가 중간에서 산산조각 나며 깨어졌다.

다행히 때마침 등장한 한새 덕분에 화인의 몸에 닿기 전에 깨져 버린 것이다.

하급 악마들의 모습도 거짓말처럼 허공에서 사라져 버렸다.

후두두둑.

하늘에서 빗줄기처럼 유리가 쏟아져 내렸다.

그러자 길거리를 지나다니던 사람들이 깜짝 놀라 비명을 지르는 소리가 희미하게 들려오는 듯했다.

쫘악!

순식간에 바로 앞까지 다가온 한새가 우악스러운 손길로 그녀의 어깨를 잡아챘다.

그러고는 동시에 떨어져 내리는 유리 가루를 막아주기 위해, 자신이 입고 있던 상의를 끌어올려서 화인의 머리 위를 감쌌다.

거의 안기다시피 가까워진 탓에 그의 체취가 훅하고 밀려 들어왔다.

거친 숨소리와 함께 그의 얼굴에 흐르고 있는 땀방울이 한새가 이곳까지 얼마나 다급하게 뛰어온 것인지 대신 설명해 주는 듯했다.

"너, 어디 다친 데 없어?"

자신을 붙잡고선 어디 다친 곳이 없나 살펴보는 그의 눈동자에선 걱정스러움이 잔뜩 묻어 나왔다.

괜스레 목구멍이 시큰한 느낌이 들어 그녀가 고개를 반대편으로 돌리며 말했다.

"괜찮아."

한새가 잡고 있던 그녀의 어깨를 자신 쪽으로 확 끌어당겼다.

와락.

한순간에 그의 품 안에 안기게 된 그녀의 눈동자가 커졌다.

하지만 이내 지금 자신의 행색이 말도 안 되게 더럽다는 사실을 깨닫고 서둘러 입을 열었다.

"나, 지금 나 엄청 더러워."

"그딴 게 무슨 상관이야, 내가 너 때문에 정말 미치겠다. 사람을 왜 이렇게 걱정시키는 거야?"

잔뜩 화가 난 그의 목소리를 듣고 있는데도, 이상하게 푸근하다는 생각이 들었다.

두근두근.

미친 듯이 뛰고 있는 한새의 심장 소리가 들려와서인지도 모르겠다.

화인은 평소처럼 그를 뿌리칠 생각도 하지 못한 채, 가만히 그의 품에 기대어 스르륵 눈을 감았다.

힘들었다.

지금은 잠시만 누군가에게 기대어 쉬고 싶었다.

그리고 한새의 품은 생각 외로 너무나도 따뜻해서 마치 위로를 받는 느낌이었다.

*   *   *

한새는 화인을 데리고 차로 향했다.

정신을 차린 그녀가 자신이 운전을 하겠다고 했지만, 한새가 양보할 리 없었다.

그 덕분에 그녀는 오랜만에 편하게 조수석에 앉아서 집으로 향하는 중이었다.

다만 지금 두 사람의 행색이 엉망이라 차 안에는 음식물 쓰레기 냄새로 가득 찼다. 하지만 두 사람 모두 그에 대해선 한마디도 하지 않았다.

화인은 딱히 말을 할 기분이 아니었고, 한새의 머릿속은 복잡했다.

그렇게 무거운 침묵이 감도는 상태로 한참을 갈 때였다.

한새가 낮은 목소리로 먼저 말을 꺼냈다.

"언제부터야?"

조금 뜬금없이 느껴지는 질문이었다.

하지만 화인은 그가 무엇을 물어보는지 정확하게 알아차릴 수 있었다.

그는 지금 하급 악마들로 인해 괴롭힘을 당하기 시작한 게 언제부터인지를 묻고 있는 것이다.

그녀가 나직하게 대답했다.

"……처음부터."

콰앙!

한새가 말없이 핸들을 주먹으로 쳤다.

그는 말을 하지 않았을 뿐, 아직까지도 매우 화가 난 상태였다.

한새가 이글거리는 눈동자로 조수석에 앉은 화인을 쳐다보며 조금 전보다 더욱 낮아진 목소리로 되물었다.

"왜 나한테 말 안 했어?"

"내가 너한테 뭐라고 설명을 해야 했는데?"

"이상한 존재들이 널 괴롭힌다고 말을 했어야지. 지금까지 상처 하나 남지 않아서 몰랐잖아."

"말을 한다고 달라지는 건 아무것도 없어."

차가운 그녀의 대답에 한새는 속이 쓰려 왔다.

어쩌면 화인의 말이 맞을지도 모른다. 그녀가 이렇게 괴롭힘을 당한다는 사실을 알고도 그가 해 줄 수 있는 일은 많지 않으니까.

"……그래도 말해."

"그래 봤자 변하는 거 없다고."

"말하라고, 너한테 중요한 일."

하지만 그렇다고 모든 사람들이 자신에게 닥친 시련을 혼자 헤쳐 나가는 건 아니었다.

가뜩이나 외톨이인 주제에 아무에게도 말하지 않은 채 혼자서 끙끙 앓았을 거라고 생각하니 더욱 화가 치밀었다.

"아무 말도 안 하니까, 내가 바보처럼 아무것도 모르잖아."

화인은 마치 자신의 일처럼 화를 내는 그를 바라보며 순간 할 말을 잃었다.

잠시 그를 빤히 쳐다보던 그녀가 이해가 안 간다는 듯이 물었다.

"……네가 뭔데?"

한새는 그저 자신과 악마와의 계약을 나눈 인간이었다.

그가 가진 마력의 파장이 특이해서 기적처럼 그녀의 형벌의 시간을 줄여 주는 용도인 것이다.

고작 그뿐이다.

그동안 몇 번 입맞춤을 나누긴 했지만, 그렇다고 두 사람이 특별한 사이가 된 건 아니었다.

화인의 싸늘한 반응에 한새가 어딘가 서글픈 표정으로 그녀를 바라보며 말했다.

"모르겠어?"

질문은 그녀가 먼저 던졌는데 도리어 그가 다시 물어 오고 있었다.

화인이 영문을 모르겠다는 듯이 그를 쳐다보고 있자, 한새가 나지막한 목소리로 다시 말했다.

"너한테 푹 빠진 바보잖아."

그의 대답을 들은 순간 화인의 눈동자가 크게 뜨여졌다.

그가 이런 말을 할 거라고는 꿈에도 생각하지 못했다.

한새가 자신에게 고백을 해 온 건 사실이지만, 이미 그의 마음은 가벼울 거라고 혼자서 단정을 지어 버린 상태였다.

그런데 이렇게 뜨거운 눈빛으로 자신을 쳐다보고 있는 그를 보고 있자니, 지금까지 자신이 그의 무엇을 보고 있었던 건지 혼란스러워졌다.

마음이 복잡했다.

자신 때문에 더러워진 그의 옷. 걱정스러움이 가득 담긴 그의 눈빛.

그리고 무엇보다도 너무나도 따뜻했던 그의 품 안.

그가 화를 내면 낼수록 자신의 마음속에 쌓여 있던 울분이 조금씩 사라지는 느낌이다.

이 이율배반적인 마음을 스스로도 이해할 수가 없었다.

'이한새, 도대체 네가 뭔데…….'

나한테 이런 감정을 느끼게 하는 거야.

그녀의 알 수 없는 눈빛을 고스란히 받고 있던 한새가 곧이어 나직하게 말했다.

"겁먹지 마, 너한테 안 매달려."

한새가 핸들을 쥐고 있지 않은 다른 손으로 그녀의 얼굴을 가볍게 쥐었다. 그러곤 엄지손가락으로 스윽 볼에 묻은 먼지를 쓸어서 닦아 주었다.

자신의 곁에 있어야 하는 화인의 처지를 이용할 생각은 없다.

계약은 계약이고, 마음은 마음이다.

그녀에게로 자꾸만 향하는 자신의 마음을 멈출 수는 없었지만, 그렇다고 그녀를 불편하게 만들고 싶진 않았다.

"내가 널 보는 만큼 날 봐 달라고 안 할 테니까. 제발 다치지 좀 마."

여전히 화를 내고 있는 듯한 목소리와 달리 그녀의 볼을 쓰다듬는 그의 손길은 부드럽기 그지없었다.

곧이어 얼음처럼 딱딱하게 굳어 있는 그녀에게서 손을 뗀 그가 아무렇지 않다는 표정으로 물었다.

"방금 전에 그것들은 뭐야?"

"……."

여전히 입을 꾹 다물고 있는 그녀를 향해 한새가 나지막이 한숨을 내쉬며 재차 입을 열었다.

"너랑 계약한 사람으로서 묻는 거니까 말해 봐."

화인은 굳이 대답할 필요성을 느끼지 못했지만, 어차피 그도 알게 된 이상 더 감춰 봤자 아무 의미도 없었다.

더군다나 굳이 숨길 이유가 있는 것도 아니었기에 이내 화인의 입이 느릿하게 열렸다.

"……하급 악마야."

"그 조그만 게 하급 악마라고?"

"네 눈에도 보였어?"

"자세히는 못 봤지만 희미한 형체가 보였어."

아무리 하급 악마라 해도 보통 인간들의 눈에는 절대로 보이지 않는 존재들이었지만, 확실히 마녀의 피를 이어받은 한새에게는 다른 모양이었다.

지금까지 그의 근처에 다가오지 못해서 눈으로 보지 못했을 뿐, 가까이 접근하면 그들의 형체 정도는 알아차릴 수 있는 듯했다.

"원래대로라면 아무것도 아닌 것들인데, 내가 인간의 몸에 갇힌 걸 알고부터 괴롭히기 시작했어. 지금은 아무런 힘도 남아 있지 않은 상태니까."

그녀가 애써 담담한 목소리로 말하고 있었지만, 그동안 그들 때문에 얼마나 불쾌했는지 굳이 더 듣지 않아도 자연스레 느낄 수 있었다.

"피할 수 있는 방법은 없어?"

한새의 질문에 화인이 힐끔 그를 쳐다보며 나지막한 목소리로 대답했다.

"네 옆에 있으면 돼."

끼익!

두 사람이 타고 있던 차가 순식간에 코너로 돌아서며 급정거

했다.

그로 인해 깜짝 놀란 화인이 눈을 동그랗게 뜨고 그를 향해 소리쳤다.

"너 미쳤어?"

"그 중요한 얘길 왜 이제야 하는 거야?"

기가 막힌다는 한새의 표정에 그녀가 도리어 어처구니없다는 듯이 되물었다.

"그러니까 내가 계속 네 옆에 있고 싶다고 말했잖아."

"그렇게 말하면 내가 알아들어?"

"그럼 뭘 어떻게 말해야 되는데?"

"……하."

한새가 순간 어이가 없다는 듯 한숨 같은 헛웃음을 내뱉었다.

화인은 이유를 모르겠다는 듯이 그를 바라보며 재차 입을 열어 물었다.

"그 반응은 뭐야?"

한새는 그 말에 대답도 없이 그저 세웠던 차를 다시 움직일 뿐이었다. 그가 정면으로 시선을 고정시킨 채 단호하게 말했다.

"너, 이제부터 내 옆에서 떨어질 생각 하지 마."

화인은 그의 대답이 왜인지 자신의 귀를 간질인다는 생각이 들었다.

아마 그만큼 달콤하게 들렸기 때문일 것이다.

그런데 문제는 그의 곁에서 이득을 볼 수 있다는 것 때문만이 아니라는 거다.

순수하게 그의 말이 기쁘게 다가왔다.

자신을 이렇게까지 걱정해 주는 그의 모습이 싫지가 않았다.

'대체 이 마음은 뭐지?'

화인은 난생처음 느껴보는 감정에 머리가 복잡했다.

잠시 고민하던 그녀가 나지막한 목소리로 중얼거리듯이 말했다.

"……머리 아파."

한새는 차가 신호에 걸리자마자 곧바로 그녀가 앉아 있는 조수석의 방향으로 몸을 숙였다.

스윽.

갑작스럽게 다가오는 그의 상체에 화인은 자신도 모르게 숨을 들이마셨다.

그러자 그가 조수석 의자를 뒤로 젖혀 주었다.

뭐하는 짓이냐는 그녀의 눈빛에 한새가 부드러운 목소리로 말했다.

"지금부터 안전 운전할 테니까, 좀 더 눈 붙여."

별것도 아닌 자신의 중얼거림에 이렇듯 즉각 반응하는 그의 태도를 보고 있자니 순간 기가 막혔다.

"그런 건 그냥 말로 해도 알아들어."

"자꾸 나한테 발톱 세우지 말고 쉬고 있어."

한새는 조금 전 하급 악마들에게 괴롭힘을 당하는 그녀의 모습을 본 상황이다.

당연히 화가 나기도 했지만, 걱정되는 마음이 더 컸다.

"……하아."

화인이 작게 한숨을 내쉬었다.

지금 누구 때문에 머리가 아픈 건데.

그녀가 더는 생각하기 싫다는 듯, 그가 뒤로 젖혀 준 의자에 그대로 고개를 파묻었다.

정말 큰일이었다.

이렇게 눈을 감고 있으니 더욱 확연하게 와 닿고 말았다. 지금 이 자리가 이토록 편안하게 느껴지다니.

기존에 한새의 곁에 있으면 형벌의 시간이 줄어들기 때문에 안심이 되던 마음과는 달랐다.

마치 이한새라는 인간 남자에게 보호를 받는 기분이 들었다.

천하의 대악마인 자신이 말이다.

*   *   *

차가 집 앞 주차장에 도착했다.

화인이 먼저 현관문을 열고 집 안으로 들어가자, 뒤편에 서 있던 한새가 나지막이 말했다.

"먼저 씻고 있어."

"왜? 어디 가게?"

"너 밥 안 먹었잖아. 더 늦기 전에 배달을……."

"너 요즘 들어 왜 이렇게 내가 밥 먹는 거에 신경을 쓰는 거야?"

그녀는 귀찮으니 대충 먹고 살자는 의도로 꺼낸 말이었다.

그런데 한새의 움직임이 마치 정곡을 찔린 사람처럼 순간 멈칫했다.

그가 느릿하게 그녀를 향해 고개를 돌리자, 어둡게 가라앉은 그의 눈빛이 선명하게 보여 왔다.

"그러게. 네가 좀 알려 줄래?"

"뭘?"

"……내가 왜 이렇게 너한테 신경을 쓰는지."

생각지도 못한 한새의 말에 화인은 저도 모르게 당황하고 말았다.

순간 말문이 막힐 수밖에 없었다.

곧 정신을 차린 그녀가 미미하게 얼굴을 찌푸리며 한새를 향해 나지막이 말했다.

"내가 그걸 어떻게 알아? 충고하는데 나중에 후회하기 전에 이쯤에서 그만둬."

괜스레 더 차갑게 말을 내뱉은 그녀가 그대로 욕실을 향해 걸어갔다.

한새는 그녀의 뒷모습을 물끄러미 바라보다가 그저 픽하고 웃을 뿐이었다.

저렇게 엉망인 모습으로 그런 말을 해 봤자 조금도 먹히지 않는다는 걸 모르는 모양이다.

화인은 어떨 때 보면 마치 상처를 입은 짐승과 같았다.

자신의 곁에서 겨우 숨을 쉬는 그녀를 끌어안아 주고 싶지만, 문제는 이 상처 입은 짐승은 자신의 손길을 원하지 않는다는 것이다.

오히려 자신이 그녀가 제 곁에 머물러 쉬어 주기를 바라고 있었다.

언제부터였을까.

저 가녀린 어깨를 보듬어 안아 주고 싶다는 생각이 들기 시작했던 게.

*   *   *

두 사람이 샤워를 마친 뒤 간단하게 식사를 끝내고 나니, 어느새 어둑한 밤이 되어 있었다.

한새는 평소처럼 자신의 방 침대에 있었고, 화인도 마찬가지로 그의 방문 앞에 몸을 눕혔다.

머리만 대면 잘 것만 같이 피곤했는데, 이상하게 정신이 또렷해지는 느낌이었다.

그녀가 머릿속에 떠오르는 잡생각들을 지우며 서둘러 잠을 청하려고 할 때였다.

"거기 안 불편해?"

눈을 감고 있는 상태에서 한새의 허스키한 목소리가 들려왔다.

화인은 여전히 입을 꾹 다문 채, 굳이 대꾸하지 않았다.

그런 그녀의 모습을 물끄러미 지켜보던 한새가 다시 나지막한 목소리로 말했다.

"안 자고 있는 거 다 알거든. 너 잠들면 코 고는 소리 엄청 시끄러워서 다 티나."

그의 말에 발끈한 그녀가 감고 있던 눈을 번쩍 떴다.

그 상태로 순식간에 고개를 치켜든 그녀가 못마땅하다는 표정으로 한새를 흘겨보며 말했다.

"누가 코를 곤다고 그래?"

그 모습에 한새가 저도 모르게 낮게 웃음을 흘렸다.

그러자 화인의 표정이 점점 험상궂게 변해 갈 때였다.

툭툭.

한새가 자신의 침대 옆자리를 손바닥으로 두드렸다.

그 의미를 알아차리지 못한 화인이 무슨 뜻이냐는 듯이 쳐다봤다.

곧이어 한새의 입에서 마치 유혹하듯이 나지막한 목소리가 흘러나왔다.

"내 옆에 와서 자."

4
언제나 그랬듯이

나이가 들어 온통 새하얗게 새어 버린 머리를 지니고 있었지만, 이상하게도 범상치 않은 느낌을 풍기는 할아버지가 의자에 앉아 있었다.

그 강렬한 분위기는 부리부리한 눈매와 꼬장꼬장해 보이는 인상 때문만은 아니었다.

가만히 앉아 있기만 해도 저절로 상대방을 압도하는 기운이 자연스럽게 흘러나오고 있었다.

"내가 여기서 더 참아야 하나?"

할아버지의 불쾌함이 가득 담긴 목소리에, 그의 앞에 서 있는 중년의 남자가 송구스럽다는 듯이 어쩔 줄 모르는 얼굴로 서 있었다.

탕!

그러자 할아버지가 못마땅하다는 듯이 책상을 손바닥으로 쳤다.

그 손바닥 바로 아래에는 내일의 날짜가 찍혀 있는 신문들이 놓여 있었다.

가장 크게 적혀 있는 헤드라인 기사는 이것이었다.

《이한새, 신인 여배우 성추행하다.》

"자꾸 긁어 부스럼을 일으키는 놈이 누군지 알아봤어?"

할아버지의 질문에 중년의 남자가 이번엔 기다렸다는 듯이 서둘러 입을 열었다.

"조사해 본 바로는 솔트의 부사장 박해준이라고 합니다."

"건방지게⋯⋯."

나지막이 중얼거리던 할아버지가 마침내 마음의 결심을 한 듯 단호한 목소리로 말을 이었다.

"신문사에 연락해서 기사 전부 수정하라고 해."

"어떻게 수정할까요, 회장님?"

"한새가 뉘 집 자식인지 밝혀. 다시는 하찮은 것들이 함부로 건드리지 못하게."

"그, 그럼 가만히 계시지 않으실 텐데⋯⋯."

중년 남자의 말을 자르며 할아버지가 조금 전보다 더욱 낮아진 목소리로 대답했다.

"불러들여."

말을 하는 할아버지의 시선이 일순 어딘가 조금 먼 곳을 향했다.

한새를 보지 못한 지 꽤 많은 시간이 흘렀다. 이제는 슬슬 얼굴을 보고 싶던 참이었다.

"제깟 놈이 어쩔 거야, 난 더 이상 참을 수가 없으니 기사를 보면 알아서 찾아오겠지."

*   *   *

침대 위에 비스듬히 앉아 있는 한새는 굉장히 요염했다.

그가 잘생겼다는 사실은 이미 알고 있었지만, 이따금씩 시선을 확 사로잡을 만큼 강렬한 분위기를 풍겨 오는 순간이 있었다.

지금이 그랬다.

그의 뜨거운 시선이 자신을 똑바로 직시하고 있었다.

거기다 남자라고 하기엔 지나치게 매끈해 보이는 피부와 누군가가 심혈을 기울여 조각한 듯한 오뚝한 콧날, 날카로운 턱선. 그리고 희미한 웃음기가 맴도는 입술까지.

숨이 막힐 정도로 강렬한 수컷 냄새를 풍기고 있는 것과 동시에 마치 아름다운 피조물을 감상하는 것 같은 기분을 들게 만들었다.

두근.

이상하게 심장박동이 조금 빨라지는 게 느껴졌다.

화인은 괜스레 미미하게 인상을 찌푸리며 한새를 향해 퉁명스
럽게 말했다.

"내가 거길 왜 가?"

"내 옆에 있고 싶다며."

"거기까지 안 가도 돼. 이 정도로만 붙어 있어도 충분해."

"내가 더 가까워지고 싶어."

한새의 위험한 발언에 화인이 순간 황당하다는 표정으로 그를
바라봤다.

"지금 나 유혹하는 거야?"

"그럴 리가."

나지막이 부정하는 목소리와 달리 그는 찌를 듯이 강렬한 시
선으로 그녀를 바라보고 있었다.

마치 아주 맛있는 먹잇감을 눈앞에 둔 맹수 같은 눈빛이었다.

앞뒤가 맞지 않는 그의 행동에 화인이 저도 모르게 딱딱하게
굳어 갈 때였다.

한새의 허스키한 목소리가 다시 들려왔다.

"그리고 뭔가 착각하는 모양인데, 네가 거기서 잔다고 해도 안
전한 건 아니야."

그와 그녀의 거리는 고작해야 열 걸음 남짓이었다.

한새가 마음만 먹으면 언제라도 순식간에 거리를 좁힐 수 있

을 정도로 가까웠다.

"그래서? 지금 날 어떻게 해 보기라도 하겠다는 거야?"

금방이라도 위협할 것처럼 들리는 그의 말에 화인은 불쾌한 기색을 숨기지 않고 드러냈다.

그러자 한새가 고개를 저으며 나지막이 말했다.

"안 건드려. 너 손끝 하나도 안 건드릴 테니까, 이리 오라고."

화인은 이해가 되지 않았다.

건드릴 생각도 아니라면서 왜 자신을 옆자리로 불러들이려 하는 건지.

"왜? 내가 납득할 수 있는 이유를 대 봐."

"이미 말했잖아."

"뭘 말했다는 거야?"

"그 자리 불편하지 않느냐고."

"······!"

생각지도 못한 그의 대답에 화인은 깜짝 놀랄 수밖에 없었다.

자신이 바닥에서 자는 게 불편해 보여서 곁으로 오란다.

이게 말이 되는 건가?

화인이 여전히 이해가 안 간다는 듯이 재차 물었다.

"내가 불쌍해 보였으면 왜 이제까지 내버려 두다가 지금에서야 이런 말을 하는 건데?"

한새가 그 말에 대답하기 위해 입술을 달싹거리다 다시 조용히 다물었다.

정확히 따지자면, 말하지 않은 게 아니라 못 한 거였다.

손을 내밀면 금방이라도 달아나 버릴 것 같은 여자라서 다시는 여기서 잠들지 않을까 봐.

자신만 괜히 그녀의 빈자리를 바라보면서 허전함을 느끼게 될 것 같아서 말하지 못했다.

왜 굳이 오늘에서야 이런 말을 할 용기를 냈냐고 묻는다면 자신도 딱히 할 말이 없었다.

그냥 그녀와 더 가까워지고 싶었다.

오늘따라 조금 더 함께 있고 싶을 뿐이다.

그녀는 타당한 이유를 대라고 했지만, 그런 게 있을 리가 없었다.

한새가 나직한 목소리로 말했다.

"이유 설명했잖아, 여기서 뭘 더 어떻게 납득시켜 줘야 돼?"

"너, 날 대체 뭐라고 생각하는 거야? 내가 대악마라는 걸 잊어버린 건 아니지?"

"잘 알고 있어."

"그런데 너와 내가 잘될 가능성이 있다고 생각하는 거야?"

그녀의 단도직입적인 질문에 한새는 말문이 막혀 왔다.

자신이 그녀와 이뤄질 가능성 따위 계산할 수 있을 리가 없다.

이미 그렇게 잔머리를 굴릴 수 있는 시기 따윈 지나 버렸다.

"……그런 거 몰라. 지금은 내 앞에 있으니까."

조금 전보다 낮아진 그의 목소리에서 화인은 왜인지 진심이 느껴졌다. 차분하게 가라앉은 그의 눈동자가 더 이런 생각을 들게 하는지도 모르겠다.

화인은 순간 골치가 아파서 얼굴을 찡그릴 수밖에 없었다.

곧이어 그녀가 못마땅하다는 표정으로 그를 향해 재차 입을 열었다.

"너 내가 몇 년이나 사는 줄은 알아? 난 인간처럼 수명이 짧지 않아."

"그래서?"

생각보다 아무렇지 않은 표정으로 되묻고 있는 한새를 보고 있자니 도리어 화인이 당황스러웠다.

"모르겠어? 네가 나중에 늙어도 난 지금과 조금도 달라져 있지 않을 거야."

한새는 마치 지금 이 순간이 영화에서나 보던 상황 같다는 생각이 들었다.

영생을 사는 존재와 짧은 인생을 살아가는 인간의 러브 스토리.

문제는 그녀와 자신 사이에 아직 러브라는 단어가 끼어들지도 못했다는 사실이지만 말이다.

잠시 생각하던 한새가 나지막한 목소리로 말했다.

"……그래도 상관없어."

"뭐?"

"네가 나한테서 절대 눈 돌리지 못하게 만들 거야. 언제까지나 나만 바라볼 수밖에 없도록 반짝반짝 빛나 주지."

당당한 그의 대답에 화인은 저도 모르게 헛웃음이 터져 나올 뻔했다.

어딘가 뻔뻔하게 들리는 그의 대답이 기가 막히기도 했지만, 동시에 왜인지 한새답다는 생각이 들었다.

가까스로 웃음을 참아 낸 그녀가 한새를 바라보며 재차 입을 열었다.

"너랑 나는 살아가는 수명이 달라."

"짧은 시간이라도 네 기억에 남을 수는 있잖아."

"너 다른 악마가 어떻게 생겼는지도 모르면서, 대체 그런 자신감은 어디서 나오는 거야?"

"나도 살면서 얼굴로 꿀려 본 적은 없거든. 너도 제일 마음에 드는 게 내 얼굴이라며."

정곡을 찌르는 그의 말에 화인은 순간 아무런 반박도 할 수 없었다.

사실이다.

한새는 전혀 인간답지 않은 생김새였다.

처음 볼 때부터 느꼈지만 그는 악마나 가지고 있을 법한 완벽한 외모를 가지고 있었다.

아니, 사실 악마 중에서도 그처럼 자신의 시선을 사로잡은 이는 없었다.

하지만 화인은 그걸 사실대로 말해 줄 생각은 없었다. 어차피 그는 다른 악마들을 볼 기회 따위 없을 테니까.

"그거 엄청 큰 착각이야. 너 정도 외모는 마계에 가면 아주 널리고 널렸거든."

그녀의 비아냥거림에 한새의 얼굴이 살짝 찡그려졌지만, 이내 아무렇지 않다는 듯이 나직하게 말했다.

"그건 나중의 일이고, 난 지금 눈앞에 있는 현실이잖아."

한 마디도 지지 않는 한새의 말에 화인은 결국 두 손을 들 수밖에 없었다.

그의 말이 틀린 건 아니었으니까.

그녀가 아무런 말이 없자, 한새가 다시 한 번 자신의 옆자리를 손바닥으로 툭툭 치며 말했다.

"이제 그만 좀 오지?"

"안 간다니까."

"안 건드린다고."

"그래도 안 가."

한새 딴에는 그녀를 옆에 두고도 손끝 하나 건드리지 않겠다는 건 큰 결심이었다.

그런데 그녀는 그러든지 말든지 전혀 침대로 올 생각이 없어 보였다.

어떻게 하면 그녀를 자신의 옆으로 불러들일 수 있는지에 대해 온갖 생각들이 머릿속에 떠올랐다가 사라졌다.

하지만 그중의 무엇도 눈앞에 무심한 표정으로 누워 있는 그녀를 움직일 수 있는 방법은 없어 보였다.

남은 건 하나, 그가 가장 자신 없는 것이었다.

한새가 느릿하게 입을 열었다.

"오늘 하루만이야, 두 번은 이런 말 안 해. 내일 침대를 하나 더 들이든 할 테니까."

억지라도 좋다.

단 하루만이라도 좀 더 가까이 있고 싶었다.

"……오늘은 내 옆에서 자."

한새의 절절한 감정이 느껴지는 진심 어린 말에 화인은 딱딱하게 굳을 수밖에 없었다.

더 이상 바닥에서 자는 걸 보고 있지 않겠다는 듯한 그의 말에 마음이 복잡해졌다.

잠시 아무런 말이 없던 그녀가 중얼거리는 듯한 목소리로 말했다.

"……너 정말 나를 좋아하는구나."

이제는 확실히 깨닫고 말았다.

이렇게까지 감정을 내비치는데 지금까지 알아차리지 못한 것도 바보 같았다.

얼마 안 가 변해 버릴 인간의 마음이라고 해도, 그는 지금 온 힘을 다해 자신의 감정을 표현하고 있었다.

잠시 망설이던 그녀가 이내 마음을 다잡고는 단호한 목소리로 말했다.

"거기, 내 자리 아니야."

많은 의미가 함축되어 있는 말이었다. 그래서 순간 한새의 가슴이 아려 왔다.

전력을 다해 진심을 내보여도 통하지 않는다.

그 사실이 상상 이상으로 아프게 다가왔다.

"그런 게 어디 있어. 이 자리에 이름이라도 적혀 있어?"

"그런 뜻이……."

화인이 말을 자르며 한새가 재차 입을 열었다.

"네가 안 오면 내가 그리로 갈 거야."

"갑자기 웬 오기야?"

"지금 오기가 생기게 만들었잖아."

미미하게 미간을 찌푸리며 고집을 부리고 있는 한새를 보고 있자니, 지금 그녀가 한 말이 얼마나 마음에 안 드는지 알 수 있을 것 같았다.

화인이 어처구니없다는 표정으로 말했다.

"나한테 선택권을 준 거 아니었어? 그리고 네 감정을 강요하지 않겠다면서."

"정확히는 매달리지 않겠다고 했지, 꼬시지 않는다고는 말 안 했어."

"지금 이게 날 꼬시는 거야?"

"맞아, 그러니까 이리 와."

막무가내로 나오는 그의 태도에 화인은 기가 찰 수밖에 없었다.

예전부터 느꼈던 거지만, 이 남자는 아주 요물이 따로 없었다.

좋아한다고 했다가 한순간 방심하게 만들더니, 갑자기 이렇게 훅 치고 들어온다. 미리 대비조차 하지 못하게끔 말이다.

그가 귀찮아 죽겠다는 생각이 드는 반면에 이상하게 싫지만은 않은 기분이다.

인간 세상에서 살면서 너무 심심했던 걸까?

그러고 보니 어느샌가부터 시간이 조금 빠르게 흐르기 시작했다.

무슨 짓을 해도 하루를 보내기가 힘들었는데 요즘은 문득 정신을 차려 보면 이삼 일이 지나가 있었다.

'……대체 뭐하는 건지.'

그는 자신에게 마음을 준다는 게 정확히 어떤 의미인지 알지 못한다.

인간으로서 온전히 살고 싶다면 오히려 그녀를 밀어내야 하는 게 옳았다.

아직 한새가 알지 못하는 많은 것들이 그녀의 뒤에 감춰져 있었다.

자신이 왜 인간 세상으로 내려와야 하는 형벌을 받고 있는지도 모르는 주제에 그는 겁도 없이 좋아한다는 감정을 표현하고 있다.

화인이 아무 말도 하지 않자, 참다못한 한새가 다시 입을 열었다.

"나한테 아무 감정도 없다면서 이 침대에 올라오지 못하는 이유가 뭐야?"

"……!"

핵심을 찌르는 그의 말에 화인은 속으로 뜨끔할 수밖에 없었다.

사실 그의 곁에 있을 수만 있다면 무슨 짓이든 마다하지 않았던 게 바로 그녀다. 그런데 왜 지금은 다가가지 못하는 걸까.

화인도 스스로에게 질문을 던질 수밖에 없었다.

아무런 대답도 하지 못하는 그녀를 바라보며, 한새가 나지막이 말했다.

"날 이용해도 좋아."

진심이 통하지 않는다면 이런 이해관계라도 좋았다.

무조건 자신이 손해라는 건 알지만, 그런 것을 계산하지 못할 만큼 빠졌으니까.

"내 옆에 있어야 형벌의 시간도 줄이고, 하급 악마도 피할 수 있다며."

그의 말은 틀리지 않았다. 누구보다 화인이 그 사실을 잘 알았다.

망설일 이유 따윈 없다.

한새의 말대로 그의 곁에 있어야만 하는 이유가 명확했으니까.

따지고 보면 조금 더 편한 자리에서 잘 수 있는 것뿐이다. 아침마다 딱딱한 바닥에서 자서 허리가 아파 오는 고통도 사라진다.

화인이 계속 한 마디도 하지 않은 채 입을 다물고 있자, 더 이상 기다리다 못한 한새가 나지막한 목소리로 재차 입을 열었다.

"셋 셀 때까지 안 오면 내가 간다."

대놓고 협박하는 그를 바라보면서 화인의 눈빛이 복잡하게 변해 갔다.

"하나, 둘⋯⋯."

그가 세는 숫자를 들으며 화인이 벌떡 자리에서 일어났다.

한새는 순간 그녀가 그대로 별채로 가 버리는 건 아닐까 하는 생각이 들어, 저도 모르게 긴장하는 눈빛으로 바라보고 있을 때였다.

타박타박.

그녀가 자신이 있는 침대를 향해 한 발자국씩 가까이 다가오기 시작했다.

그 모습이 왜인지 감동스러워서, 한새는 가만히 지켜보고 있을 수밖에 없었다.

화인은 자신의 베개를 침대 끄트머리에 올려놓고는 그대로 털썩 누웠다.

억지를 부린 건 자신이었지만 이렇게 가까이에 누워 있는 그녀의 뒷모습을 바라보고 있자니, 주책없게도 심장이 뛰기 시작했다.

두근두근.

자신의 침대에 그녀가 누워 있다.

그 사실 하나만으로도 이렇게 바보같이 가슴이 설레어 왔다.

자리에 누운 그가 화인의 뒷모습에서 시선을 떼지 못하고 있던 찰나, 등을 돌리고 있는 그녀에게서 나지막한 목소리가 흘러나왔다.

"……오늘 하루만이야."

화인은 그 말을 끝으로 눈을 질끈 감았다.

자신이 그를 피할 이유는 없다. 오히려 이 행동이 타당한 것이다.

그렇게 속으로 수십 번을 되뇌어야 했다.

한새는 자신도 모르게 흐릿한 미소를 입가에 지으며 대답했다.

"알아, 오늘 하루만인 거."

이유가 뭐라도 좋았다. 그녀가 더 이상 자신을 밀어내지 않고 이렇듯 먼저 다가와 준 게 기뻤다.

언제부턴가 이렇게 작은 일에 웃고, 울게 되어 버렸다.

그녀의 행동 하나하나에 의미를 두고, 그녀가 하는 말은 한 마디도 허투루 흘리지 못한다.

자꾸만 그녀 때문에 애가 타는 게 굉장히 억울한데 이게 또 굉장히 행복한 기분이다.

마치 하루에도 몇 번씩 천국과 지옥을 오고 가는 것 같은 느낌.

뒤돌아 누워 있는 그녀의 어깨를 보고 있자니 문득 끌어안고 싶다는 충동이 들었지만, 이미 약속한 게 있으니 눈으로 바라만 볼 뿐이었다.

그저 뒤통수를 바라보고 있는 것뿐인데 뭐가 이렇게 지루하지도 않은 걸까.

빤히 그녀를 쳐다보던 한새가 조심스럽게 손을 뻗었다. 그러곤 이불 위로 흩어져 있는 그녀의 머리카락을 몰래 만졌다.

'미치겠다, 좋아서.'

*   *   *

"지금 뭐라고 했습니까?"

해준은 출근하자마자 걸려 온 전화에 믿을 수 없다는 듯이 말했다.

재차 물어 오는 그의 질문에 용태가 낮은 목소리로 다시 대답했다.

―이한새가 제우 그룹 정 회장님의 외손자라고 합니다.

"……하."

말도 안 된다는 말이 목구멍까지 치밀었다. 이한새가 제우 그룹의 외손자라니…….

그렇다면 지금까지 자신에게 언론 플레이를 당하고 있을 이유가 없었다.

제우 그룹이 어디인가. 우리나라에서 세 손가락 안에 꼽히는 거대한 그룹이다.

그런 대재벌가의 자제가 지금까지 자신의 계략에 놀아났다는 게 말이 되지 않는다.

당연한 말이지만 해준보다 제우그룹이 가지고 있는 힘이 월등히 컸으니까.

하지만 용태가 허튼소리를 할 인물이 아니라는 걸 잘 알기에 해준은 곧 이게 현실이라는 걸 받아들여야만 했다.

순간 울컥하고 감정이 복받쳤다.

'······누나.'

이제는 힘으로 화인을 되찾아 올 수 없을지도 모른다.

자신의 손이 닿지 않는 저 먼 곳으로 그녀가 사라지는 상상이 떠올라 심장이 조여 오는 것 같았다.

해준이 아무런 말도 없자, 용태가 다시 입을 열었다.

―부사장님?

그 목소리에 정신을 차린 해준이 잔뜩 낮아진 목소리로 대답했다.

"차 준비 시키세요, 지금 이한새를 만나러 가야겠습니다."

*　　　*　　　*

이른 아침.

한새는 거의 뜬 눈으로 밤을 지새울 수밖에 없었다.

바로 자신의 곁에서 화인이 새근거리며 잠을 자고 있었으니까.

화인이 알면 기겁하겠지만 한새는 밤새도록 그녀가 자는 모습을 지켜보았다.

아무리 봐도 질리지가 않았다. 자신의 곁에서 곤히 잠을 자고 있는 그녀의 모습이 너무나도 사랑스러웠다.

어떻게 보면 손끝 하나 댈 수 없는 그림의 떡이나 다름없었지만 그래도 좋았다.

매일 저만치에 있던 여자가 오늘은 손을 뻗으면 닿을 거리에 있었으니까.

그녀를 바라보는 한새의 입가에 부드러운 미소가 지어질 때였다.

드르륵, 드르륵.

협탁 위에 올려놨던 휴대폰에서 진동이 울렸다.

그녀가 깰지도 모른다는 생각에 한새가 재빨리 일어나서 전화를 받았다.

그러자 찬우의 목소리가 들려왔다.

―일어났어?

"아침부터 무슨 일이야?"

자그만 목소리로 대답하며 한새가 조심스럽게 침대에서 몸을 일으켰다.

조금은 언짢아 보이는 그의 반응에 찬우가 억울하다는 듯이 대답했다.

―IG건설 유현무 이사에 대해 알아내면 언제든 바로 연락 달라면서.

"알아냈어?"

서둘러 방 밖으로 나온 한새의 눈이 반짝하고 빛났다.

지금껏 기다리던 소식이었다. 드디어 자신을 궁지로 몰아넣으려고 했던 범인이 누구인지 알아낼 수 있다는 생각이 들었다.

―당연히 그러니까 전화했겠지?

"말 돌리지 말고 빨리 말해 봐."

―유현무, IG건설의 후계자이자 나이는…….

세세한 정보부터 읊으려고 하는 찬우의 말을 자르며, 한새가 제일 궁금한 것부터 물어봤다.

"됐고, 혹시 유현무 이사가 박해준이랑 연관이 있어?"

―아주 밀접한 관계가 있지. IG건설이 힘들 때 도와준 게 바로 박해준이거든.

"……뭐?"

―지금도 두 사람이 연락하면서 엄청 친하게 지내나 보더라고.

직감적으로 느낄 수가 있었다.

더 이상 유현무에 대한 정보를 듣지 않아도 왠지 범인이 누군지 알 것만 같았다.

설마 하는 마음에 계속 확신을 갖지 못했던 인물.

화인의 법적인 남동생이자 자신과 광고 계약을 한 솔트의 부사장, 바로 박해준이다.

불현듯이 해준을 처음 만났던 날, 그가 했던 경고가 떠올랐다.

"계속 모델 생활 하면서 그 인기 유지하고 싶으면 누나랑 멀어지는 게 좋을 거야. 그렇지 않으면…… 너, 내가 가만두지 않을 거거든."

자신이 해준에게 좋은 감정을 갖고 있지 않듯이, 그 역시 자신을 그리 좋게 생각하지 않는다는 사실은 진작부터 알고 있었다.

하지만 이건 지금까지와 상황이 달랐다.

'박해준, 너란 말이지.'

화가 나는 것과 동시에 이 일을 어떻게 처리해야 할지 골치가 아팠다.

한새가 잠시 다른 생각을 하고 있는 사이, 그동안 전화로 계속 IG건설 유현무에 대해 주절거리던 찬우가 아무런 대답이 없는 그를 향해 다시 입을 열었다.

—야, 내 말 듣고 있어?

"일단 고생했어, 더 자세한 건 나중에 들을게. 지금 머리가 복잡해서 일단 끊자."

—뭐? 야 인마!

찬우가 뭐라고 시끄럽게 말하는 목소리가 들려왔지만, 한새는 망설임 없이 전화를 끊었다.

지금 그의 머릿속엔 화인을 쳐다보던 해준의 눈빛이 떠오르고 있었다.

아무리 생각해도 이해가 가질 않는다.

일반적으로 남동생이 제 누나에게 이렇게까지 신경을 쓰나?

그것도 피 한 방울 섞이지 않은 누나인 데다, 객관적으로 따지자면 그에겐 아무런 이득도 되지 않을 존재를.

결론은 하나밖에 없었다.

'……좋아한다는 거잖아, 박해준이.'

아예 가능성이 없는 일이 아니라는 걸 잘 알면서도, 마음 한편으론 그럴 리가 없다며 부정했었던 것 같다.

막상 이렇게 진실을 깨닫고 보니 머리가 더욱 복잡해져 왔다.

"후우."

그가 나지막이 한숨을 내쉴 때였다.

띵동—

벨이 울리는 소리가 들려왔다.

이 시간에 찾아올 사람이 없었기에 한새의 시선이 무심코 인터폰을 향했다.

그러자 거기에는 생각지도 못한 인물의 얼굴이 비춰지고 있었다.

바로 해준이었다.

한새는 자신의 집 거실에 앉아 있는 해준을 보고 있자니 왠지 모를 위화감이 느껴졌다.

사실 자신이 찾아가도 모자를 판국에 그가 직접 제 발로 찾아온 것이었으니까. 갑작스러운 그의 방문이 도무지 이해가 가질 않았다.

한새가 그를 빤히 쳐다보고 있자, 해준이 먼저 입을 열어 말했다.

"……왜 숨겼어요?"

뜬금없는 그의 질문에 한새가 영문을 모르겠다는 듯이 말했다.

"알아듣게 말하시죠."

"제우 그룹의 외손자가 왜 지금까지 정체를 숨기고 있었냐 이 말입니다."

또박또박 한 글자씩 내뱉는 해준의 말에 순간 한새의 눈동자가 커졌다.

그 사실에 대해 아는 이는 극히 드물었다.

아니, 정확히 외할아버지와 자신 빼고는 거의 아는 사람이 없다고 봐도 무방했다. 이 일에 대해선 매니저인 찬우조차도 알지 못했으니까.

"……그걸 어떻게?"

한새의 질문에 해준이 말없이 손에 들고 있던 서류를 탁자 위에 내려놓았다.

그러자 아직 공개되지 않은 오늘 날짜의 인터넷 기사가 눈에 들어왔다.

《특종! 이한새, 제우 그룹의 외손자로 밝혀져.》

그것을 확인한 한새의 미간이 와락 찌푸려졌다.

누가 꾸민 짓인지 굳이 보지 않아도 뻔했다. 이런 일을 할 사람은 자신의 외할아버지인 정준건뿐이었으니까.

'······망할 놈의 영감탱이.'

화가 치밀었지만 지금 중요한 건 그게 아니었다.

해준이 이 사실을 알고 자신의 집에 찾아왔다. 물론 이제는 기사로 곧 밝혀질 테니 세상 모든 사람들이 알게 되는 건 시간문제 겠지만.

상황을 파악한 한새가 곧이어 차분히 가라앉은 눈빛으로 해준을 향해 말했다.

"왜요? 언론 플레이로 엿 먹이려고 했는데, 제우 그룹 외손자 라고 하니까 겁먹었습니까?"

단도직입적인 그의 말에 이번엔 해준의 얼굴에 놀란 기색이 비쳤다. 아직 그가 사실을 알아차리지 못했을 거라고 생각했기 때문이다.

예상보다 빨리 자신의 정체가 밝혀진 게 마음에 들지 않았지만, 그렇다고 이제 와서 굳이 그 사실을 부정할 생각은 없었다.

"용케도 알아냈군요."

"날 찾아온 이유가 뭡니까? 제우 그룹 외손자라는 걸 알았으니 사과라도 하려고요?"

한새의 비꼬는 말에도 해준은 은연중에 눈동자를 굴리며 혹시 모를 화인의 모습을 찾았다.

두 사람이 같은 집에 사는 걸 알았기에, 그녀와 마주치진 않을까 신경이 쓰였다.

"……누나는 어디 있죠?"

한새는 자신의 말을 가뿐히 무시하는 그를 기가 막힌다는 듯이 바라보다가, 이내 고갯짓으로 굳게 닫힌 방문을 가리키며 말했다.

"저 방에서 자고 있어요."

그 말을 들은 해준의 얼굴이 순간 잔뜩 찌푸려졌다.

운전기사라면 당연히 별채에서 지내는 게 맞다. 그런데 지금 두 사람은 거의 동거를 하는 것이나 다름없어 보였다.

해준이 의심스러운 눈빛으로 그를 향해 물었다.

"설마, 저 방이 당신 방입니까?"

한새는 잠시 뭐라고 대답을 해야 할지 고민하다가 이내 고개를 끄덕였다. 틀린 말은 아니었으니까.

벌떡!

그러자 해준이 갑자기 앉아 있던 자리에서 몸을 일으켰다.

싸늘하게 굳은 표정만 봐도 지금 그가 얼마나 화가 났는지 똑똑히 전해질 정도였다.

그가 막무가내로 화인이 자고 있는 방 안으로 들어가려하자 한새가 그 앞을 막아섰다.

해준이 서슬 퍼런 눈빛으로 한새를 째려보며 낮게 말했다.

"비켜."

단번에 짧아진 그의 말에 한새는 저도 모르게 픽하고 낮게 웃음을 흘렸다.

사실 두 사람 사이엔 이게 더 어울렸다.

서로의 감정을 숨긴 채 존댓말을 하는 게 어떻게 보면 더 우스웠다.

"싫은데?"

한새의 대답에 해준의 표정이 더욱 일그러졌다.

"누나 더 이상 여기 안 둬, 내가 데리고 가겠어."

"안 됐지만, 나 저 여자랑 못 떨어져."

그의 말에 불현듯이 해준의 머릿속에 얼마 전에 화인이 했던 말이 떠올랐다.

"나 쟤 옆에서 못 떨어져."

아무리 생각해도 어딘가 이상한 말이었다.

마치 두 사람이 같이 있기를 원한다기보다 그럴 수밖에 없다는 말투.

하지만 지금은 그런 것에 일일이 신경을 쓸 여유가 없었다.

저 방 안에 화인이 어떤 모습으로 잠들어 있는지 모르겠지만, 해준은 지금 한새의 방에 그녀가 누워 있다는 사실만으로도 피가 거꾸로 솟는 것 같았다.

그가 부들부들 떨리는 주먹을 꽉 쥐어 간신히 누르며 나지막이 말했다.

"자꾸 내 앞을 막아서면, 한 대 칠지도 몰라."

금방이라도 터져 버릴 것 같은 해준의 상태를 바라보다가 한새가 무표정한 얼굴로 말했다.

"하나만 묻지. 무슨 권리로 화인이를 데려가겠다는 거야?"

"……!"

순간 말문이 막혔다.

해준이 내세울 수 있는 거라고는 남동생이라는 허울 좋은 이름뿐이었다.

가장 싫었지만, 가장 핑계대기 좋은 그 이름.

해준의 딱딱하게 굳은 표정을 바라보며, 한새가 다시 한 번 입을 열었다.

"언론 플레이를 한 게 너라는 걸 알았을 때, 화인이의 반응은 걱정도 안 되는 건가?"

꾸욱.

해준이 입술을 굳게 다물었다.

이 상황에서 동요하면 자신의 약점을 들킨다는 사실을 잘 알았지만, 그렇다고 흔들리는 눈동자까지 완벽하게 감출 수는 없었다.

지금까지 자신이 벌인 일을 화인이 알면 안 된다.

이제야 조금 가까워졌는데 그녀가 안다면 자신에게 마음 한자락 허락하지 않을 것이다.

한새가 제우 그룹의 외손자라는 게 밝혀지기 전까지는 어떻게든 자신의 힘으로 진실을 무마시킬 수 있다고 생각했다. 하지만 이렇게 된 이상 그가 손쓸 수 있는 방법은 없었다.

불현 듯 한새를 건드리면 가만두지 않겠다는 그녀의 서늘한 경고가 다시금 귓가에 들려오는 것만 같았다.

최대한 이성을 유지하려고 노력하며 해준이 낮은 목소리로 말했다.

"그래서 나랑 거래라도 하자는 거야? 네가 원하는 게 뭐야?"

"원하는 거라……."

한새라고 자신을 매장시키려고 했던 해준이 곱게 보이는 건 아니었다. 더구나 자기에게 적의를 드러낸 상대를 쉽게 용서할 수 있는 성격도 아니었다.

하지만 단 한 가지 사실 때문에 망설여졌다.

그가 조금도 마음에 들지 않았지만, 그래도 화인에게는 남동생이었으니까.

"후우."

한새가 나지막이 한숨을 내쉬고는 자신의 머리카락을 거칠게 쓸어 넘겼다.

그러곤 못마땅한 눈빛으로 해준을 가만히 쳐다보다가 잔뜩 낮아진 목소리로 다시 말했다.

"잘 들어, 처음이자 마지막으로 한 번만 봐주는 거니까."

"뭐?"

해준은 깜짝 놀랄 수밖에 없었다.

어떻게 보면 자신의 최고의 약점을 잡은 것이나 다름없다.

최대한 내색하지 않으려 했지만, 한새라면 눈치챘을지도 모른다고 생각했다.

그런데 이 좋은 기회를 날려 버린다니 쉽사리 납득이 가질 않았다. 잘만 이용한다면 자신을 마음대로 조종할 수 있는데도 불구하고 말이다.

해준이 이해가 안 간다는 표정으로 말했다.

"왜 나한테 그런 선심을 쓰는 거지?"

"이유야 어찌 됐든, 넌 화인이 동생이니까."

그 말에 해준은 가슴속에서 무언가 뜨거운 게 울컥하고 치밀어 올랐다.

가장 자존심이 상하는 말이었다.

연적이 아니라 그저 그녀의 남동생으로 분류된다는 사실이.

해준은 분노로 부르르 떨면서도 한새를 향해 그 어떤 반박도 하지 못했다. 어떤 모멸감을 감수하더라도 가장 최악의 상황은 화인이 이 사실을 아는 것이었으니까.

그것만큼은 막고 싶었기에 어떻게든 견뎌 내야 했다.

한새는 그런 해준의 모습을 가만히 바라보다가 나직하게 말했다.

"그냥 말하면 되잖아."

"……?"

뭔가 의미심장한 말이었다.

해준은 저도 모르게 눈을 크게 뜨고 그를 바라볼 수밖에 없었다.

지금까지 단 한 번도 누군가에게 자신의 감정을 들켜 본 적이 없었다.

그런데 뭔가 불길한 예감이 들었다.

다시금 흘러나오는 한새의 목소리에 해준은 자신의 예상이 틀리지 않았음을 알았다.

"좋아하는 거지? 박화인."

그 순간 해준의 표정이 와락 찌푸려졌다.

가장 들키고 싶지 않은 상대에게, 가장 감추고 싶었던 비밀이 까발려졌다.

"……네가 뭘 알아."

제우 그룹의 외손자 이한새.

태어날 때부터 모든 걸 다 가졌을 그가, 밑바닥에서부터 올라온 자신의 감정을 알 리 없었다.

부와 권력, 아름다운 외모와 사람들의 사랑.

그리고 자신이 그토록 원해 마지않던 화인 누나까지.

"모든 걸 다 가진 주제에 나 같은 놈의 마음을 어떻게 안다고 함부로 지껄이는 거야?"

지금까지 단 한 번도 그녀에게 마음 편하게 다가가 본 적이 없었다.

혹시라도 미움 받지는 않을까 전전긍긍하며, 어떻게든 도움이 되려고 노력했다.

그렇게 죽을 만큼 노력해서 간신히 여기까지 왔는데……

이제야 드디어 화인의 옆에 설 자격을 갖췄다고 생각했는데, 그가 모든 걸 망쳐 버렸다.

울분을 토해 내는 듯한 해준의 말에도 한새는 여전히 무심한 얼굴이었다.

그가 나지막이 대꾸했다.

"나야 모르지, 알고 싶지도 않고."

누구나 저마다 사정이란 게 있다. 해준에게도 분명 그녀의 남동생으로 살아오면서 말 못 할 서러움이 있었을 거라 짐작한다.

하지만 그렇다고 그게 그녀를 양보할 이유가 되지는 않았다.

"똑똑히 들어, 나도 무엇 하나 쉽게 얻은 적 없어. 그리고 그중에 박화인, 그 여자는 절대로 못 줘."

설령 자신이 그녀를 포기하지 않으면, 누군가 죽는다 해도 한새는 양보할 수 없었다.

이미 자신의 감정이 눈덩이처럼 커져서 다른 사람의 사정 따위 봐줄 여유는 없다.

한새의 진지한 분위기에 해준은 직감적으로 무언가를 깨달을 수밖에 없었다.

지금까지는 혹시나 화인이 그에게 빠지지 않을까 노심초사했었다. 그러는 와중에 미처 생각하지 못한 부분이 있었다.

"너 설마…… 화인 누나를 좋아하는 거야?"

단 한 번도 그가 누나에게 빠져서 허우적대고 있을 거란 상상은 해 본 적이 없었다. 설령 마음이 있다 하더라도 아주 가벼울 거라 여겼다.

그의 어장에 들어 있는 수많은 여자들 중에 한 명일 거라고 그렇게 생각했었다.

놀란 해준의 눈빛을 받으면서도 한새는 조금의 거리낌도 없는 목소리로 대답했다.

"그러니까 네 마음, 혹시라도 내가 전해 줄 거라는 기대는 하지 마."

바로 수긍해 버리는 그의 말에 해준의 심장이 쿵하고 바닥으로 떨어졌다.

한새의 나지막한 목소리가 연이어 들려왔다.

"치사한 짓을 해서라도, 박화인은 내가 가질 거니까."

한새의 진지한 눈빛을 보는 순간 해준은 아무런 말도 할 수가 없었다.

지금까지 단 한 순간도 마음에 들지 않았던 그다. 그런데 처음으로 자신과 닮은 부분이 있을지도 모른다는 생각이 들었다.

자신 역시 그와 다르지 않다. 다른 사람이 어떻게 되든 간에 화인만큼은 아무에게도 양보하고 싶지 않으니까.

해준이 낮은 목소리로 말했다.

"……누가 너한테 내 마음 전해 달래? 그런 거 바라지도 않아."

"그럼 다행이고."

"대체 언제부터 누나를 좋아한 거야?"

믿기지 않는다는 듯한 해준의 말투에 한새가 픽하고 낮게 웃음을 흘렸다.

그의 마음이 가볍지 않다는 사실을 알았지만, 지금은 마치 시스터 콤플렉스에 걸린 남동생 같아 보였기 때문이다.

그 웃음에 해준의 표정이 험상궂게 변했지만, 한새는 조금도 개의치 않은 채 대답했다.

"그게 왜 궁금한데? 중요한 건 내가 박화인을 아무한테도 양보할 생각이 없다는 거 아닌가."

"그건 너만 그런 게 아니야, 나도 마찬가지니까."

쉽게 정리가 될 마음이었다면 여기까지 오지도 않았을 것이다.

사랑이라는 게 참 힘들었다.

더구나 자신을 남동생으로밖에 보지 않는 누나를 사랑한다는 건, 전력을 다하지 않으면 이뤄질 가망성이 조금도 없는 일이었다.

처음엔 그의 방 안에 화인이 잠들어 있다는 사실에 미칠 듯이 화가 났지만, 침착하게 생각해 보니 얼마 전에 그녀가 한새에 대해 했던 말이 떠올랐다.

그를 좋아하냐고 물었던 자신의 질문에, 화인은 분명 아니라고 대답했었다.

그녀가 이런 부분에 대해 거짓말을 할 성격이 아니란 걸 잘 알았기에 조금은 안심이 됐다.

냉정함을 되찾은 해준이 나직한 목소리로 재차 입을 열었다.

"누나가 너를 좋아하지 않는다는 거 알고 있어, 설령 저 방에 화인 누나가 잠들어 있다고 해도 너와는 아무 일도 없었겠지."

방 안을 직접 들여다본 것도 아니면서 확신에 찬 듯이 말하는 그의 모습에 한새가 반박했다.

"뭘 믿고 그렇게 생각하는 건데?"

"어쨌든 너보다 누나랑 알고 지낸 시간은 내가 더 기니까. 누나가 쉽지 않다는 거 정도는 충분히 알고 있지."

사실 해준의 말은 정답이었다.

한새가 그녀를 침대에 눕히기까지도 협박하고 회유하고 온갖 방법을 다 써야 겨우 가능했던 일이다.

단번에 그 사실을 간파했다는 사실이 썩 좋지는 않았지만 그렇다고 없던 일을 만들어 낼 수는 없었다.

아무 말도 하지 않는 한새를 보며, 해준은 자신의 추측이 맞았다는 걸 알았다.

"……이렇게 라이벌이 나타날 줄이야."

자신을 바라봐 주지 않는 그녀에 대한 걱정만 했지, 설마 자신처럼 그녀를 좋아하는 남자가 나타날 줄은 몰랐다.

그것도 상대가 이한새라니.

충분히 가능할 수 있는 일임에도 자신도 모르게 방심하고 있었다. 처음부터 아주 마음에 들지 않더라니 결국 이런 관계가 되고 말았다.

해준은 자신의 앞에 서 있는 조각 같은 외모를 가진 한새를 못마땅하다는 듯이 쳐다봤다.

한새가 그의 시선이 불쾌하다는 듯이 입을 열었다.

"내가 왜 너랑 라이벌이라는 거야?"

"너도 누나를 짝사랑한다며."

"그래서 내가 너랑 같다고 생각해?"

해준은 순간 그의 말뜻을 이해할 수가 없었다.

설명을 원하는 듯 미간을 찌푸리며 한새를 바라보자, 그가 한층 낮아진 목소리로 대답했다.

"너는 네 마음을 고백할 용기도 없잖아, 남동생이란 이름 뒤에 숨어서 편안하게 머물러 있으면서 그게 어떻게 나랑 같다는 거지?"

한새는 이미 화인에게 직접적으로 싫다는 말까지 들었지만, 그럼에도 포기하지 못하고 그녀에게 끊임없이 대쉬하는 중이었다.

라이벌이라면 경쟁을 하는 상대를 가리키는 말인데, 지금 그녀에게 해준은 그저 남동생일 뿐이다.

결코 남자가 아니었기에 한새와 같은 출발선에 있다고 볼 수가 없었다.

해준의 얼굴이 일그러졌다.

"네가 뭔데……."

"싫다는 거절이 듣기 싫어서 숨어 있는 겁쟁이랑, 같은 취급 받는 거 불쾌하거든."

"……."

한새의 말이 비수처럼 날아와 가슴에 박혔다.

인정하고 싶지는 않았지만, 해준 스스로도 얼마 전에 의문을 품었던 부분이었다.

자신은 그동안 고백을 하지 못했던 걸까, 아니면 하지 않았던 걸까.

언젠가는 정면으로 부딪쳐야 한다는 걸 알면서도 자신도 모르게 계속 다음으로 미루게 되었다.

해준이 가라앉은 목소리로 말했다.

"같잖은 충고 잘 받아들이지, 그런데 부족한 거 하나 없이 자라 온 너한테 이런 말 듣는 거 굉장히 거북해."

마치 네가 뭘 아냐는 듯한 그의 말투에 한새가 쓴웃음을 지었다.

"제우 그룹이란 이름이 들어가니까 내가 달라 보이나 보지? 그래서 이렇게 자격지심이 생긴 건가?"

"처음 볼 때부터 일개 모델 주제에 너무 자신만만하다고 생각했어. 너도 그 이름값을 믿었던 거 아니야?"

해준의 질문에 처음으로 한새의 눈빛이 서늘하게 변했다.

제우 그룹, 그 이름만 들어가면 사람들의 시선이 이렇게 바뀐다.

'……아무것도 모르면서.'

단 한 번도 제우 그룹의 이름을 등에 업고 살아 본 적 없다.

모델로 여기까지 올라선 것도, 그리고 지금 자신이 가지고 있는 것 중에 단 하나라도 제우 그룹의 힘을 빌린 적은 없었다.

그럼에도 그 이름은 꼬리표처럼 한새의 뒤를 따라다녔다.

가능하다면 제우 그룹과 연관되고 싶지 않았는데 이제는 그것마저도 힘들게 되었다.

떠올리고 싶지 않은 기억이 생각나서 순간 한새의 표정이 차갑게 변했다.

하지만 그건 찰나의 순간일 뿐이었다.

곧이어 아무렇지 않다는 얼굴로 한새가 나지막이 입을 열었다.

"뭐, 네가 날 완벽하게 봐 주는 게 나쁘진 않아."

하지만 뒤이어 들려오는 한새의 목소리는 어딘가 위협적이었다.

"그런데 거기까지만 해. 잘 알지도 못하면서 지껄여대는 말을 오래 들어 줄 만큼 성격이 좋지 못하니까."

그의 경고가 불쾌했기에 해준의 표정도 역시 딱딱하게 굳어졌다.

자신이 여기까지 찾아온 이유는 이런 쓸데없는 대화를 하기 위해서가 아니었다.

물론 얼떨결에 두 사람의 관계에 대해 몇 가지 사실을 알게 되긴 했다.

한새가 그녀를 좋아한다는 것과 두 번째로 그녀는 그를 좋아하지 않는다는 점이다.

이것은 중요한 부분이었다.

그동안 자신이 은연중에 착각하고 있었던 부분을 바로잡아 주었으니까.

지금까지 혹시라도 화인의 시선이 한새를 향하지 않을까 끊임없이 걱정했었다. 진실은 정반대였지만.

머릿속으로 생각을 정리한 해준은 어차피 당사자인 화인도 만날 수 없는 마당에 더 이상 여기에 머물러 봤자 의미가 없다고 판단했다.

"내가 모르는 게 뭔지 모르겠지만, 여기서 더 대화를 나눠 봤자 무의미하다는 건 알겠어."

"배웅은 안 할 테니 잘 가."

쌀쌀맞은 한새의 반응에 해준이 곧바로 몸을 돌리려다가 멈칫했다.

그가 다시 느릿하게 고개를 돌려 한새를 쳐다보며 나직이 말했다.

"······어쨌든 고맙다는 인사는 하지."

결과적으로 봤을 때, 그를 묻어 버리려고 했던 자신의 행동을 비밀에 부쳐 준다는 건 꽤나 달콤한 제안이었다.

그게 남동생이라는 이유라는 게 마음에 들지는 않았지만 그래도 구분은 확실히 해야 했다.

해준이 다시 입을 열어 말했다.

"누나한테 말하지 않는다고 했으니, 그 말은 반드시 지키도록 해."

한새가 미미하게 미간을 찌푸리며 대답했다.

"그렇게 확인 사살하지 않아도 난 내가 한 말은 지켜. 그러니까 그냥 가."

해준은 말없이 그저 고개를 끄덕여 알겠다는 시늉을 해 보이곤 현관으로 향했다.

혼자서만 이곳을 나가는 기분이 썩 좋지는 않았지만, 지금 저 방으로 쳐들어간다고 해도 화인을 데리고 나올 수는 없을 거란 걸 알았으니까.

그렇게 해준의 모습이 시야에서 완전히 사라지자, 혼자 남겨진 한새가 소파에 털썩 주저앉았다.

머리가 복잡했다. 마음에 안 드는 게 한두 개가 아니었으니까.

잠시 생각을 정리한 한새가 휴대폰을 들고 어딘가로 전화를 걸었다.

뚜루루—

신호음이 울리다가 누군가가 전화를 받았다. 그러자 상대방은 한새가 전화를 할지 알았던 듯, 미리 준비한 말을 꺼냈다.

─도련님, 이게 어떻게 된 일이냐면요.

"설명할 필요 없습니다."

하지만 한새는 그의 변명을 들어 줄 생각이 없었다.

이유가 뭔지는 중요하지 않았다. 중요한 건 결국 그 영감탱이가 자신의 허락도 없이 제우 그룹의 외손자라는 그의 정체를 까발렸다는 사실이다.

"앞으로 제 얼굴 볼 생각하지 마시라고 전하세요."

한새의 폭탄선언에 수화기에서는 다급하게 목소리가 흘러나왔다.

─네? 그러지 마시고 직접 통화를…….

상대방의 격한 반응과 달리 한새의 표정은 고요하기 짝이 없었다. 그가 단호한 목소리로 다시 말했다.

"목소리도 듣기 싫습니다."

─도, 도련님.

"그러니 아저씨가 대신 전해 주세요. 처음부터 대단한 사이도 아니었지만, 이걸로 완전히 인연을 끊자고."

뭐라고 더 말하는 목소리가 들려왔지만, 한새는 더 이상 듣기 싫다는 듯 전화를 끊었다.

제우 그룹의 이름을 빌리지 않고 여기까지 온 건, 자신에게 자부심이자 마지막 남은 자존심이었다.

그런데 이제는 그것조차 지키기 힘들게 되었다.

"……후우."

그가 나지막한 한숨을 쉬고 있을 때였다. 갑자기 한새의 휴대폰이 진동을 마구 토해 내기 시작했다.

상대가 누군지 확인도 하지 않은 채 전화를 돌려 버리자 끈질기게 다시 걸어온다.

몇 번이나 반복되는 패턴에 한새가 짜증스러운 표정으로 휴대폰을 확인하자 부리나케 전화를 걸어오는 상대는 바로 찬우였다.

그제야 불현듯이 지금까지 자신의 비밀에 대해 몰랐던 찬우가 기사를 보고 놀랐을 거라는 생각이 들었다.

그 사실에 머리가 아파 와서 한새가 관자놀이를 누르며, 천천히 전화를 받았다.

그러자 예상대로 찬우의 커다란 목소리가 곧바로 들려왔다.

—야! 이한새!

"듣고 있어."

—이게 어떻게 된 일이야! 네가 제우 그룹의 외손자라니 대체 무슨 소리냐고!

"설명할 테니까, 진정 좀 해 봐."

—지금 내가 진정하게 생겼어?

잔뜩 흥분한 찬우의 목소리에 한새가 못마땅하다는 듯이 대꾸했다.

"그럼 진정하고 난 다음에 통화할까?"

그 말에 찬우는 곧바로 침착함을 되찾을 수 있었다. 그가 눈에 띄게 작아진 목소리로 대답했다.

—아니, 지금 진정했으니까 말해 봐.

잠시 입술을 달싹거리며 망설이던 한새가 이제는 감출 수가 없는 일이라 판단했기에 나지막이 말을 꺼내기 시작했다.

"날 낳아 준 엄마가 제우 그룹의 외동딸이야, 아버지랑 반대하는 결혼을 해서 나도 클 때까진 몰랐어."

—우리가 알고 지낸 게 얼만데 그걸 지금까지 숨긴 거야?

"친엄마는 날 낳자마자 돌아가셔서 얼굴도 기억 안 나는 사이야."

—아무리 그래도…….

"나 새엄마 손에서 자랐어. 제우 그룹이랑 나, 전혀 연관이 없는 사이나 다름없다고."

이상하리만치 단호한 한새의 목소리에 찬우는 당황할 수밖에 없었다.

그는 순간 하고 싶은 말이 목구멍까지 차올랐지만, 억지로 참아낼 수밖에 없었다.

한새와 하루 이틀 얼굴을 보고 지낸 사이가 아니니, 목소리만 들어도 그의 기분이 어떤지 정도는 대충 파악할 수 있었다.

그게 아니었다면 벌써 '네가 제우 그룹의 하나뿐인 외손자라는데 어떻게 아무 사이도 아니냐!'라고 큰소리를 쳤을지도 모르겠다.

찬우가 아무런 말이 없자 한새가 문득 떠오른 생각에 다시 입을 열었다.

"대표님한테 쓸데없는 생각하지 말라고 전해."

—내가 말한다고 들을 사람은 아니지만, 그래도 전해는 줄게.

"괜히 헛물 들이켜서 나랑 제우랑 엮으면, 계약 기간 끝날 때 후회할 거라고 해."

—에이, 아직 많이 남은 계약 기간이 여기서 왜 나와.

찬우가 어색하게 웃는 목소리를 들으며 한새가 나지막이 대꾸했다.

"나중에 다시 통화하자, 형."

그렇게 통화를 마친 한새가 지친 표정으로 휴대폰을 탁자 위에 내려놓았다.

불과 얼마 안 되는 시간 동안 많은 일이 벌어졌다.

그런데 그게 하나같이 다 마음에 안 드는 일이라, 한새가 소파 뒤로 고개를 젖힌 채 멍하니 천장을 바라보고 있을 때였다.

끼익—

방문이 열리는 소리가 들려왔다.

무심코 그리로 고개를 돌리니 이제야 일어난 듯한 화인의 모습이 보였다.

얼굴에 다크서클이 사라진 게 평소보다 더욱 푹 잔 듯했다.

'이 여자는 내 옆에서 저렇게 잘 잔 거야?'

왠지 조금 억울한 마음이 생길 정도로 오늘따라 화인의 피부가 보송보송해 보였다. 숙면이 피부에 가장 좋다더니 그게 틀린 말은 아닌 듯했다.

소파에 기대어 있는 그를 발견한 화인이 먼저 입을 열어 말했다.

"거기서 뭐해?"

"이런저런 일이 좀 있었어."

"이 시간부터?"

이제 막 해가 밝아 오는 아침이었다.

간밤에 잠을 얼마 못 자서인지 더욱 피곤해 보이는 한새의 얼굴을 들여다보며 화인은 고개를 갸웃거릴 수밖에 없었다.

한새 역시 그녀를 가만히 바라보다가 무심코 입을 열어 말했다.

"나, 사실 재벌이야."

"뭐?"

갑작스러운 그의 고백에 화인이 황당하다는 표정으로 바뀌었다.

그럼에도 불구하고 한새의 말은 멈추지 않고 이어졌다.

"제우 그룹이라고 우리나라에서 엄청 유명한데, 내가 거기 하나뿐인 외손자거든. 어때? 나 좀 달라 보여?"

오늘부터 세상의 모든 사람들이 알게 될 소식이었다. 그리고 동시에 큰 이슈였던 30억 사기 행각에 관한 논란도 쏙 들어가게 될 것이다.

제우 그룹의 외손자가 뭐가 아쉬울 게 있다고 사기를 치겠는가. 30억이라는 어마어마한 금액도 제우의 이름 앞에선 한낱 휴지 조각일 뿐이었다.

그저 제우 그룹이라는 이름 하나로 해결할 수 있는 일이 이렇게나 많았다.

포털 사이트에 들어가서 자신에 관련한 기사를 확인한 건 아니었지만, 그 정도는 굳이 눈으로 확인하지 않아도 자연스레 알 수 있는 것이다.

많은 사람들이 흥미를 가지고 떠들어 대겠지만, 한새만은 그 모든 것들이 죽을 만큼 싫었다.

자신이 선택할 수 있었다면 결코 제우 그룹의 힘을 빌려서 일을 처리하지 않았을 것이다. 설령 다시 모델 활동을 하지 못하더라도.

그래서 기분이 매우 불쾌했다. 자신의 의지와는 전혀 상관없이 흘러가는 일에 어쩔 수 없이 몸을 맡겨야 한다는 사실이.

화인은 아침부터 어딘가 삐딱해 보이는 한새를 바라보다가 어처구니없다는 듯이 말했다.

"네가 재벌인데 어쩌라고."

"……?"

왜일까. 그녀의 한 마디에 답답했던 가슴이 조금은 뚫린 기분이 들었다.

사실 자신이 재벌이라서 그녀가 조금이라도 좋아한다면, 그나

마 기분이 나아질 거 같다는 생각에 내뱉은 말이었다.

하지만 그런 그의 생각과 정반대로 화인은 무심한 표정을 지은 채 나지막이 말했다.

"넌 그냥 이한새잖아. 재벌이든 아니든 그게 대악마인 나한테 중요할 것 같아?"

그녀의 눈에 비친 한새는 어제와 오늘이 조금도 다르지 않았다.

최소한 그녀에게만큼은 제우 그룹이란 거대한 이름이 조금도 영향을 미치지 않는 것이다.

"큭……."

한새가 저도 모르게 낮게 웃음을 지었다. 그러다가 어느 순간 시원하게 웃음을 터뜨리기 시작했다.

갑자기 웃는 그를 바라보며 화인은 황당한 표정이 될 수밖에 없었다.

그녀가 그를 향해 물었다.

"아침부터 뭐 잘못 먹었어?"

"아니, 네가 좋아서."

이제야 알았다.

지금 화인이 한 말이 자신이 가장 듣고 싶던 말이라는 걸.

이 세상 모든 사람들이 이제부터 자신을 제우 그룹이란 이름 아래 놓고 본다고 해도, 단 한 명 그녀만은 그러지 않을 거라는 사실이 좋았다.

그녀에게 자신은 제우 그룹의 외손자가 아니라 그냥 이한새일 뿐이다.

화인이 고개를 절레절레 저으며 중얼거리듯이 말했다.

"아침부터 거침이 없네, 아주."

언제부턴가 한새는 듣는 이가 쑥스러울 정도로 직접적인 고백을 해 왔다.

이 자리가 불편해져서 그녀가 발길을 돌리려고 할 때였다.

한새의 나지막한 목소리가 그녀의 발목을 붙잡았다.

"나가자."

"뭐?"

"날씨도 좋은데 나가자고."

"뭐하게?"

그 질문에 한새의 머릿속에는 문득 하급 악마 때문에 쓰레기로 더럽혀진 그녀의 옷이 떠올랐다.

"글쎄, 간만에 쇼핑이나 할까?"

"엥?"

화인이 갑자기 무슨 소리 하냐는 듯이 쳐다보자, 그가 소파에 기댄 채로 자신을 향해 근사한 미소를 짓고 있는 모습이 눈에 들어왔다.

언제나 그랬듯이, 그는 오늘도 그녀를 유혹하고 있었다.

5
너도 혼자잖아

끼익—

화인은 목적지에 도착하자 자동차를 세웠다. 그러곤 눈앞에 보이는 3층짜리의 커다란 로드샵을 바라보며 인상을 찡그렸다.

당연했다. 억지로 끌려온 것이나 다름없었으니까.

"갑자기 웬 쇼핑을 하자는 거야?"

귀찮아 죽겠다는 듯한 그녀의 태도에도 한새는 아무렇지 않다는 듯이 대답했다.

"가지고 온 옷도 별로 없으면서, 사람이 사 준다고 할 때 그냥 받아."

"난 그거면 충분해. 그리고 너 이렇게 돌아다녀도 되는 거야?"

가뜩이나 한새에 관한 기사들로 시끄러운 때다. 그런데 그가 이렇게 버젓이 바깥출입을 하는 게 혹시 안 좋은 영향을 끼치진 않을까 신경이 쓰였다.

그리고 무엇보다 오늘따라 한새의 얼굴이 유달리 피곤해 보였다.

'집에서 잠이나 잘 것이지…….'

화인은 못마땅하게 그를 쳐다봤지만 한새는 그저 픽하고 낮게 웃을 뿐이었다.

"자숙이란 건 논란이 있을 때나 하는 거야."

그도 언론 매체에서 30억 사기 행각에 관한 이야기들이 쏟아져 나왔을 때는 집 밖으로 외출하는 것을 자제했었다.

하지만 오늘은 그때와 판이하게 달랐다.

제우 그룹의 하나뿐인 외손자라는 사실은 오히려 많은 이들을 열광하게 만드는 요소였다.

아마도 연예계 재벌이라는 타이틀로 수십여 개의 기사가 떴을 것이다. 어차피 누명도 벗은 마당에 설령 기자들에게 두 사람이 희희낙락하게 쇼핑을 즐기는 모습이 찍힌다 해도 상관없었다.

"그럼 네 옷이나 사. 부담스럽게 왜 내 옷을 사 주겠다는 거야?"

화인이 도무지 이해가 안 간다는 듯이 투덜거리자, 한새가 그녀의 말을 한 마디로 일축시켰다.

"군소리 말고 따라와. 너 어차피 내가 저 안으로 들어가면 따라올 수밖에 없잖아."

그 말에 화인은 순간 할 말이 잃었다.

여기까지 어쩔 수 없이 끌려온 이유도 바로 이것이었다. 한새가 간다는데 그녀가 따라가지 않을 수 없으니까.

어쩌다 보니 두 사람은 마치 실과 바늘이나 다름없는 처지였다. 그리고 이제는 그 사실을 너무나도 잘 아는 한새가 그것을 적절하게 이용하고 있는 중이었다.

화인이 어처구니가 없다는 듯이 입을 열었다.

"내 약점을 이런 식으로 이용할 거야?"

"……이런 식으로만 이용하는 걸 다행이라고 생각해."

마음 같아선 자신의 곁에 있어야만 하는 그녀를 조금 더 치사한 방법으로 사용하고 싶었다.

화인이 기가 막힌다는 듯이 물었다.

"여기서 뭘 더 어떻게 하고 싶은데?"

그러자 한새가 조금 전과 달리 한껏 낮아진 목소리로 대답했다.

"네가 생각하는 것보다……."

반칙이라는 걸 알면서도, 이따금 이기심이 치밀어 오른다.

온갖 수단과 방법을 가리지 않고서라도 그녀를 갖고 싶다는 욕심…….

"훨씬 위험하고, 나쁜 짓."

동시에 한새의 시선이 천천히 그녀를 향해 갔다.

강렬한 눈빛과 마주치자 화인은 저도 모르게 순간 몸이 경직되어 왔다.

"······!"

일순 차 안에 묘한 긴장감이 감돌았다.

화인은 그가 하는 말의 정확한 의미를 알 수는 없었지만 반대로 어렴풋이 짐작이 되기도 했다.

그래서 그게 뭐냐고 물어볼 엄두가 나질 않았다.

한번 귀로 들으면 다시 되돌릴 수 없을 것 같다는 생각이 들었기 때문이다.

화인이 아무런 말없이 딱딱하게 굳어 있자, 한새가 다시 나지막이 말을 이었다.

"그러니까 이 정도는 네가 양보해 줘."

"지금 그걸 나한테 말이라고 하는 거야?"

곧이어 화인의 얼굴에 불쾌하다는 감정이 뚜렷하게 드러났다.

하지만 한새는 그런 그녀를 보며 오히려 흐릿하게 웃을 뿐이었다. 이렇게 화를 내는 것이 무서웠다면, 애초에 시작도 하지 않았을 것이다.

"나 이러려고 돈 벌었던 거거든."

갑자기 무슨 말이냐는 듯이 그녀가 쳐다보자, 한새가 나지막이 다시 말을 이었다.

"좋아하는 여자한테 예쁜 옷 입히고, 맛있는 거 먹여 주고 싶어서."

"······?"

"내가 오늘 아침부터 일진이 아주 꽝이라, 그동안 하고 싶었던 거 하나 정도는 하려고."

"네가 하고 싶었던 게 내 옷을 사 주는 거란 소리야?"

말도 안 된다는 듯이 반박하는 그녀에게, 한새는 순순히 고개를 끄덕여 보였다.

그 모습에 도리어 화인이 당황할 수밖에 없었다. 대체 그런 게 왜 하고 싶었던 건지 이해가 가지 않았다.

영문을 모르겠다는 그녀의 표정에 한새가 다시 입을 열어 말했다.

"그러니까 오해하지 마. 이번 쇼핑은 널 위해서 나온 게 아니라 날 위해서니까."

평생 제우 그룹과 얽히지 않기를 바라면서 살아왔다.

그런데 이제는 자신이 좋던 싫던 간에 제우 그룹의 이름에서 자유로울 수 없는 삶을 살게 될 것이다.

그 사실이 머릿속에 떠오를 때마다 한새는 숨이 막혀 왔다.

그래서 그녀가 필요했다.

화인은 지금 자신에게 줄 수 있는 최고의 보상이었으니까.

'……너랑 데이트하고 싶어.'

차마 내뱉지 못한 말이 입 안을 맴돌았다.

자신의 옆에서 떨어질 수 없는 그녀를 데리고 이렇게 돌아다니는 게 얼마나 이기적인 행동인지 잘 안다.

하지만 오늘 하루만큼은 제 마음대로 하고 싶다는 욕심이 더욱 컸다.

화인이 한숨 같은 나직한 목소리로 말했다.

"넌 정말, 내 상식 밖의 인간인 거 알아?"

"네가 갖고 싶다는 거 다 사 주겠다고 한 게 이번이 처음은 아니잖아."

"난 갖고 싶은 거 없어."

단호한 그녀의 목소리에 한새가 저도 모르게 피식하고 작게 웃었다.

"알아. 그래서 오늘은 내가 갖고 싶은 거, 너한테 사 주려고."

한 마디도 지지 않으며 해사하게 웃고 있는 그를 보고 있자니, 화인은 왜인지 속이 답답해졌다.

자꾸만 저돌적으로 다가오는 그에게 속수무책으로 지고 있는 느낌이다.

가능하면 더 이상의 틈을 주고 싶지 않았지만, 그의 곁에 있어야 한다는 사실이 자꾸 족쇄처럼 발목을 붙잡는다.

화인이 여전히 못마땅하다는 듯이 앉아 있자, 한새가 먼저 차 문을 열고 바깥으로 나갔다.

그러곤 그녀가 타고 있는 운전석으로 가서 제 손으로 직접 문을 열어 주었다.

달칵.

바깥에 서 있는 그가 어서 나오라는 듯이 손을 내밀었다.

화인이 저도 모르게 그의 길고 커다란 손가락을 가만히 쳐다보고 있자니 한새의 허스키한 목소리가 다시금 귓가에 들려왔다.

"너도 이왕 인간으로 살게 된 거 조금 더 즐기도록 해."

그의 눈에 비친 화인은 언제나 길고양이처럼 금방이라도 떠날 준비를 하고 있었다.

그녀가 처음 자신의 집으로 올 때 들고 온 짐 가방이나, 어디에도 정을 붙이지 않으려는 태도도 그랬다.

한새는 그녀가 조금 더 예쁜 옷도 입고, 맛있는 것도 먹으면서 이 삶을 즐기기를 바랐다.

"……내가 그렇게 만들어 줄 테니까."

화인이 천천히 고개를 들어 그를 올려다보았다.

그러자 한새의 뒤에서 비추는 역광 때문인지 순간 눈이 부셔왔다.

그는 언제나 이랬다.

고작 인간 주제에 대악마인 자신이 쉽게 거부할 수 없는 유혹의 손길을 뻗어 온다.

이대로 그의 손을 잡아 버리면 그의 뜻대로 넘어가는 것 같아 썩 내키지는 않았지만…… 어차피 답은 하나밖에 없었다.

'……나는 네 옆에 있을 수밖에 없으니까.'

애초부터 선택지는 없다.

그렇기에 그의 손을 잡는 건 아무런 문제가 없는 거라고 자신을 납득시켰다.

스윽—

화인이 천천히 손을 뻗어 그의 손을 잡았다.

그러자 한새가 그림 같은 미소가 지으며 그녀를 바라봤다.

화인은 왠지 가슴 언저리가 간지러워서 그에게서 고개를 돌릴 수밖에 없었다.

한새를 따라 건물 안으로 들어온 화인은 저도 모르게 입을 살짝 벌릴 수밖에 없었다.

3층짜리 건물이었기에 내부가 작지는 않을 거라고 예상했지만, 자신이 생각했던 것 이상으로 더욱 휘황찬란한 곳이었다.

한새의 얼굴을 알아본 여직원이 재빠르게 두 사람을 향해 다가오더니 말을 건넸다.

"어머, 오랜만에 오셨네요."

"그동안 좀 바빴어요."

"마침 오늘 들어온 신상이 있는데 그거부터 보여드릴까요?"

상냥하게 웃으며 말을 하는 여직원을 향해, 한새가 고개를 저으며 나지막이 말했다.

"오늘은 제 옷 보러 온 거 아니에요. 여자 옷으로 좀 보여 주세요."

"여자 분이요?"

여직원의 시선이 자연스럽게 한새의 뒤에 서 있는 화인을 향했다.

그가 여자 옷을 사 주는 게 꽤나 의외인 듯 놀라는 눈치였지만, 금세 표정 관리를 한 그녀가 다시 사무적인 목소리로 말했다.

"그럼 이쪽으로 오세요."

그렇게 그녀를 따라간 곳에는 다양한 여자 옷이 걸려 있었다.

한새가 스윽 한번 눈으로 훑고는 옆에 서 있는 화인을 향해 다정하게 말했다.

"혹시 마음에 드는 거 있으면 골라 봐. 이왕이면 네 취향으로 사 줄 테니까."

화인은 어쩌다 보니 여기까지 그를 따라오긴 했지만, 사실 쇼핑에 그다지 흥미가 있는 건 아니었다.

하지만 굳이 사 주겠다는 거 더 이상 거절할 이유는 없었기에 그저 대충 구색만 맞춰 줄 생각이었다.

화인이 퉁명스러운 목소리로 말했다.

"난 아무거나, 그냥 옷이면 돼."

그녀의 대답에 한새의 입가에 묘한 미소가 지어졌다.

"그래, 그럼 내가 골라 주는 대로 입어 봐."

"대충 사면 되지, 뭘 입어 보라고 하는 거야."

투덜거리는 그녀의 말을 무시하며 한새는 주변을 둘러보며 옷을 고르기 시작했다. 순식간에 그의 손에 몇 벌의 옷이 집혔다.

한새가 그 옷을 화인의 품 안에 넘기며 나지막한 목소리로 말했다.

"이것부터 입어 봐."

"이, 이렇게나 많이?"

화인이 황당하다는 표정으로 그를 올려다보자 한새는 설핏 웃으며 말했다.

"이제부터 시작인데 벌써부터 이러면 어떡하나."

어딘가 사악해 보이는 그의 얼굴을 바라보며, 그녀가 못마땅하다는 듯이 눈살을 찌푸리자 옆에 서 있던 눈치 빠른 점원이 말을 보탰다.

"피팅룸은 저쪽이에요."

"아니……."

화인은 주춤거렸지만 능수능란한 점원의 안내에 얼떨결에 피팅룸 안까지 들어오고 말았다.

그녀가 양손 가득 쥐고 있는 옷을 한 곳에 내려놓으며 자신도 모르게 한숨을 내쉬었다.

"……하아."

대체 여기서 뭘 하고 있는 건지 모르겠다.

골치가 아프다는 듯이 미간을 찌푸리다가 한새가 골라 준 옷중에 아무거나 하나 손에 잡았다.

그리고 고개를 드는 찰나,

"아……."

정면에 있는 거울에 비춰진 자신의 모습이 눈에 들어왔다.

부스스한 머리에 푸석푸석한 얼굴은 제 눈으로 보기에도 결코 예쁘장한 외형은 아니었다.

언제부터였을까. 인간 세상으로 내려온 뒤로 거울을 자세히 들여다본 기억이 없었다.

이건 자신의 진정한 모습이 아니었으니까.

본래의 대악마인 모습과 인간으로 태어난 지금의 얼굴은 판이하게 달랐다.

어차피 형벌의 시간만 버티면 된다고 생각했기에 지금까지는 딱히 외모를 가꾸려 한 적이 없었다. 물론 그럴 만한 여유도 없는 삶이었지만.

그런데 왜인지 이런 자신의 모습을 발견하자 처음으로 가슴이 철렁 내려앉았다.

'지금까지 나…… 이런 모습이었던 건가.'

화인이 조심스럽게 손을 뻗어 거울 속의 자신의 얼굴을 쓸었다.

이질감이 느껴졌다.

거울 안에 있는 건 분명히 자신인데, 또한 자신의 모습이 아니었다.

꽈악—

화인이 저도 모르게 거울로 뻗었던 손가락을 세게 움켜쥐었다.

마음에 들지 않았다. 무엇이 이토록 마음에 들지 않는 건지 모르겠지만 모든 게 다 못마땅했다.

'……진정하자.'

갑자기 왜 이렇게 울컥한지 모르겠지만 아무런 문제가 되지 않는 일이다. 지금까지 이렇게 살아왔는데 이제 와서 괜스레 흥분할 필요는 없었다.

화인은 불쾌한 기분을 최대한 억누르며, 손에 쥔 옷으로 대충

갈아입었다.

끼익—

그녀가 피팅룸 바깥으로 나와 고개를 들자, 단번에 한새가 있는 곳이 사야에 들어왔다.

애써 찾을 필요도 없었다. 그가 자신의 눈길을 강제로 끌어당기는 그런 느낌이었다.

왠지 저 멀리 있어도 알아볼 수 있을 것 같았다.

완벽한 얼굴과 군더더기 없는 몸매가 풍기는 아우라가 그만큼 강력했기 때문이다.

화인은 저도 모르게 그를 부르려다가 멈칫하고 말았다.

순간 목구멍이 꽉 막힌 느낌이라 스스로도 고개를 갸웃할 수밖에 없었다.

'……뭐지.'

화인이 복잡한 표정으로 서 있자, 한새가 그녀를 발견하고 먼저 다가왔다.

순간 그의 눈에 이채가 어렸다.

항상 몸매가 제대로 드러나지 않는 옷만 입고 있다가 이렇게 제대로 차려입으니 완전히 다른 사람 같았다.

한새도 눈썰미가 있는 편이라 그녀가 제대로 꾸미면 몰라보게 예뻐질지도 모르겠다고 생각했지만, 이건 상상 이상이었다.

"생각보다……."

그의 시선이 저도 모르게 화인을 위아래를 훑었다. 그러곤 희미하게 웃으며 말을 이었다.

"너무 예쁜데?"

전혀 생각지도 못한 그의 칭찬에 일순 화인의 얼굴이 붉어졌다.

그녀가 민망함에 고개를 획 돌리며 한새를 향해 퉁명스러운 목소리로 대꾸했다.

"너 눈이 삐었구나. 이 정도 가지고."

"아니야, 이렇게만 꾸며도 너무 예뻐서 남한테 보여 주기 싫을 정도야."

한새의 말이 이어질수록 화인의 얼굴이 점점 더 붉게 물들기 시작했다.

그녀가 표정을 딱딱하게 굳히며 나지막한 목소리로 말했다.

"그만해. 더 하면 나 간다."

부끄러워하는 그녀를 바라보며 한새는 저도 모르게 낮게 웃음을 터뜨릴 수밖에 없었다.

지금 이 순간만큼은 그를 골치 아프게 했던 모든 일들이 머릿속에서 사라졌다.

눈앞에 서 있는 화인이 너무 귀여워서 죽을 것만 같았으니까.

그녀를 사랑스럽게 바라보던 한새가, 화인이 피팅룸 안에 들어간 사이에 고른 다른 옷을 들이밀며 말했다.

"이것도 입어 봐."

"아까 준 것도 많아."

"이건 너한테 진짜 잘 어울릴 거 같거든."

그 말에 무심코 한새가 준 옷을 내려다보자, 손바닥만 한 치마가 눈에 들어왔다.

화인이 눈살을 찌푸리며 그 치마를 다시 그에게 돌려주며 말했다.

"이건 너무 짧잖아."

"뭐 어때, 내 앞에서만 입으면 되지."

화인은 짓궂은 표정을 짓고 있는 그를 황당하게 바라볼 수밖에 없었다.

그런데 정말 이상했다.

피팅룸에서만 해도 갑자기 주체하지 못할 정도로 감정이 들끓었는데 지금은 많이 진정이 된 느낌이다.

여태껏 느껴 보지 못했던 색다른 감정에 의아한 마음이 들었지만, 자꾸만 자신을 피팅룸으로 밀어 넣는 한새 때문에 깊게 생각할 수가 없었다.

"대체 몇 벌이나 입어 보라는 거야?"

화인의 위협적인 목소리에도 한새는 천연덕스럽게 웃으며 대꾸할 뿐이었다.

"여기서 너한테 어울리는 옷이 없을 때까지."

화인은 몇 벌의 옷을 더 입어 보고는 더 이상은 못 하겠다며 고집을 부렸다.

그러자 한새는 조금의 망설임도 없이 그녀가 입어 보지 않은 옷들까지 전부 계산해 버렸다.

여기서 그만하고 나가려는 그녀의 계획에 완전히 어긋난 행동이었다.

그렇게 얼떨결에 화인은 양손에 가득 쇼핑백을 쥐고 난 다음에야 바깥으로 나올 수가 있었다.

화인이 어처구니가 없다는 표정으로 말했다.

"이렇게 많이 필요 없다니까."

"말했지, 너 때문이 아니라 내가 좋으니까 사는 거라고."

무슨 인형 놀이를 하는 것도 아니고, 그가 왜 자신의 옷을 사 주고 싶다는 건지 도통 이해할 수가 없었다.

그녀는 기가 막힌다는 듯이 그를 바라보다가 짧게 한숨을 토해 냈다.

"……하아."

이렇게까지 막무가내로 나오는 그를 더 이상 말릴 여력도 없었다.

화인은 '에라 모르겠다, 마음대로 해라.'하는 심정으로 말없이 구입한 옷들을 트렁크에 넣고는 다시 운전석에 올라탔다.

이제는 당연히 집으로 가리라 짐작했지만, 이어지는 한새의 말에 그녀는 자신의 예상이 틀렸음을 깨달았다.

"배고프다, 밥 먹으러 가자."

마치 미리 일정이라도 짜 둔 것처럼 막힘이 없었다.

화인이 황당하다는 듯이 그를 쳐다보며 입을 열었다.

"갑자기 웬 밥이야, 집에 가서 먹어."

"너도 배달 음식 질리잖아."

"그래도……."

"나 가고 싶은 데 있어."

한새가 미리 외우고 있던 주소를 내비게이션에다가 찍어 주었다. 그러자 곧이어 친절한 안내 목소리가 흘러나왔다.

화인이 어이가 없다는 눈빛으로 그를 쳐다봤지만, 한새는 아무것도 모른다는 듯이 턱짓으로 앞을 가리킬 뿐이었다.

"뭐해? 출발 안 하고."

뻔뻔한 그의 얼굴에 화인은 이내 고개를 절레절레 흔들고 말았다.

그렇게 두 사람은 분위기 좋은 고급 레스토랑에 도착했다.

화인은 그를 따라 얼떨결에 이곳까지 쫓아오기는 했지만, 왠지 이 자리가 어색했다.

그래도 어린 시절은 부유한 집안에서 자랐기 때문에 이런 장소가 처음은 아니었지만, 이렇게 호화로운 생활과 담을 쌓고 지낸 지가 오래되었다.

종업원에게 식사를 주문하고, 괜히 물로 목을 축이고 있을 때였다.

문득 그녀의 시야에 자신을 빤히 쳐다보고 있는 한새의 모습이 들어왔다.

양손을 깍지 낀 채로 턱을 괴고 있는 모습이 마치 화보의 한 장면처럼 근사했다.

"······뭘 봐?"

퉁명스러운 그녀의 질문에 한새의 얼굴에는 거짓말처럼 부드러운 미소가 지어졌다.

무표정한 그의 얼굴이 한순간에 변하는 장면은, 보는 이로 하여금 가슴을 설레게 만들기 충분했다.

그가 나직이 말했다.

"너랑 이렇게 있으니까 좋아서."

마음에 안 드는 일투성이였는데, 이렇게 그녀의 얼굴을 마주 보고 있자니 모든 게 다 멀게만 느껴졌다.

그냥 이대로 그녀와 함께라면 뭐가 어떻게 되든 상관이 없을 것 같다는 생각이 들 정도다.

그만큼 행복감이 밀려들었다.

"······밥이나 먹어."

화인은 그의 뜨거운 눈길을 받으며 도무지 어떤 표정을 지어야 할지 모르겠단 생각이 들었다. 점점 거침없어지는 그의 애정 표현에 그녀의 머리는 더욱 복잡해졌다.

한새가 희미하게 웃으며 대답했다.

"너도 많이 먹어."

사실 이곳은 그녀와 함께 오고 싶어서 알아봤던 음식점이다.

처음에는 그녀를 꼬시고 싶다는 불손한 의도였지만, 진심이 되어 버리고 난 뒤에는 정말로 같이 오고 싶다는 생각이 들었다.

이렇게 자신이 사 준 옷을 예쁘게 차려입고 같이 식사를 하고 있자니, 진짜 데이트를 하는 것만 같다고 착각이 들 정도였다.

*　　*　　*

바깥에서 더 시간을 보내고 싶어 하는 그를 말리며, 화인은 집으로 차를 몰았다.

그가 사 준 식사는 맛있었지만, 이상하게도 무슨 맛인지 떠오르지 않았다.

평소에 잘 입지도 않는 여성스러운 옷을 입고, 그와 함께 좋은 곳에서 식사를 하니 뭔가 기분이 싱숭생숭했다.

분명 강제로 끌려다닌 거나 마찬가지인데, 마치 하루 종일 그에게 에스코트를 받은 느낌이다.

괜히 복잡해지는 머리를 가볍게 흔들며, 화인은 머릿속에 떠오르는 쓸데없는 고민을 지웠다.

끼익―

그렇게 집 앞 주차장에 도착한 그녀가 차를 세우고 한새를 향해 고개를 돌렸다. 그러자 전혀 생각지도 못한 장면이 눈에 들어왔다.

어쩐지 조용하더라니, 그가 의자에 비스듬히 고개를 기댄 채 잠들어 있었다.

쇼핑하자고 할 때부터 피곤해 보이더라니 결국 잠에 빠진 모양이었다.

"그러게, 쓸데없이 돌아다니지 말고 잠이나 자지."

화인이 자그맣게 중얼거리며 그를 깨우기 위해 손을 뻗었다.

스윽―

그런데 그 손은 한새의 어깨에 닿기도 전에 허공에서 멈춰지고 말았다.

'……조금만 더 재울까.'

자신답지 않은 배려라는 건 알고 있었지만, 그래도 이렇게 곯아떨어져 있는 모습을 보니 매정하게 바로 깨울 수가 없었다.

어찌 됐든 오늘은 그 때문에 예쁜 옷도 얻었고, 맛있는 음식도 먹었으니까.

무방비한 그의 얼굴을 빤히 내려다보던 화인은 새삼스레 그가 이렇게 자고 있는 모습은 처음 본다는 사실을 깨달았다.

초창기에는 하도 자기 방으로 들어오지 말라고 난리였고, 그 후에는 방문 앞에서 잠을 청하긴 했지만 자칫 잘못하면 쫓겨날까 봐 함부로 들여다보지 못했다.

최근에 같이 침대에서 잔 하룻밤은 자신이 먼저 잠들었기 때문에 아무런 기억도 없었다.

그래서일까. 그녀는 자신도 모르게 자고 있는 그의 얼굴을 찬찬히 뜯어보았다.

긴 속눈썹, 날카로운 콧날과 윤기가 흐르는 입술.

이렇게 흐트러진 모습조차도 완벽하다고 느껴질 정도로 빼어

난 얼굴이었다.

불현듯 머릿속에 그가 뜨거운 시선으로 자신을 바라보며 좋아한다고 고백하던 모습이 떠올랐다.

화인은 저도 모르게 나지막한 목소리로 중얼거렸다.

"……나도 네가 싫지는 않아."

솔직한 심정이었다.

단순하게 일차원적으로 생각해 보면, 한새는 충분히 매력적인 남자였다.

다만 문제는 자신이 인간이 아니라는 것이다.

대악마 벨로나.

설령 지금은 인간의 몸에 갇혀 있다고 해도 자신의 정체가 변하는 건 아니었다.

"여기서 더 가 봤자, 다치는 건 너야."

자꾸만 진심으로 부딪쳐 오는 그에게 마음이 안 흔들리는 건 아니다.

하지만 결론적으로 자신은 그의 마음을 받아 줄 수가 없었다.

어차피 끝이 뻔히 정해진 길.

굳이 한새와 함께 걷고 싶진 않았다.

처음엔 대악마로 돌아가는 데에 전념하기 위해서였지만, 지금은 그를 위하는 마음도 조금은 있다.

상처받은 건 언제나 힘이 없는 쪽이다.

어쩌면 대악마로 돌아갈 자신보다 한낱 인간인 그가 감내해야 할 고통이 더 클 테니까.

복잡한 눈빛으로 한새를 쳐다보던 그녀의 눈에, 문득 그가 메고 있는 안전벨트가 들어왔다.

자는데 불편할지도 모르겠다는 생각이 들자, 이왕 선심 쓰기로 한 거 조금 더 편하게 재워 줄까 싶은 마음이 들었다.

화인이 안전벨트를 풀어 주기 위해 그를 향해 가까이 다가갈 때였다.

그 순간, 당연히 자고 있을 거라고 생각했던 한새의 눈이 스르륵 떠졌다. 그의 까만 눈동자와 눈이 마주치자 화인은 깜짝 놀랄 수밖에 없었다.

"너……."

놀란 그녀가 더듬거리며 입을 열었지만, 그보다 한새가 더 빨랐다.

"자고 있는 사람한테 고백하는 거 반칙 아닌가?"

그의 말에 화인은 방금 전에 자신이 무슨 말을 했는지 다시금 떠올릴 수밖에 없었다.

하지만 아무리 생각해 봐도 그걸 고백이라고 부르기엔 무리가 있었다.

그저 그가 싫지 않다는 말을 했을 뿐이니까.

"내가 언제……."

"너 때문에 다쳐도 좋아."

한새의 눈동자가 그녀를 찌를 듯이 똑바로 직시하고 있었다.

"상처 입어도 괜찮아."

이미 돌아가기에 너무 늦었다.

그 끝에 무엇이 기다리고 있는지 몰라도 거기에 화인이 있다면, 더 이상 망설이고 생각할 여유 따위 존재하지 않았다.

"내가 싫지 않다면, 더 이상 밀어내지 마."

한새의 낮은 목소리를 들으며, 화인은 혼란스러운 감정을 느낄 수밖에 없었다.

지금 그가 하는 말이, 그가 풍기고 있는 분위기가 자신의 마음을 약하게 만들었다.

하지만 여기서 그를 받아 줄 순 없었다.

그녀가 안전벨트 때문에 가까워진 상체를 뒤로 빼며 입을 열었다.

"싫…… 으읍!"

말이 채 끝나기도 전이었다.

한새의 긴 손이 다시 그녀의 뒷목을 움켜쥐고 자신에게 끌어당겼다.

그리고 그대로 입을 맞추었다.

화인은 그에게서 빠져나오기 위해 버둥거렸지만 속수무책이었다.

한새가 마음먹고 몰아붙이자, 도무지 벗어날 수가 없었다. 입안이 얼얼하게 느껴질 정도로 격렬한 키스가 이어졌다.

순간 정신이 몽롱해질 정도로 아찔함이 느껴졌지만, 동시에 그를 거부해야 된다는 생각이 머릿속을 지배했다.

화인은 과거에 그랬던 것처럼 다시 한 번 한새의 입술을 세게 깨물었다.

"……읏."

갑작스러운 고통에 한새의 움직임이 멈춰지자, 화인이 그 틈을 타서 재빨리 떨어졌다.

그녀가 저도 모르게 가쁜 숨을 몰아쉬며, 그를 향해 입을 열었다.

"하아, 너 진짜……!"

하지만 그녀의 말은 끝까지 이어지지 못했다.

손등으로 입가를 스윽 한번 닦아 낸 한새가 어딘가 삐딱한 표정으로 그녀를 바라보며 말했다.

"이번엔 안 봐 줄 건데."

"……?"

그 말이 무슨 뜻인지는 얼마 가지 않아 바로 알아차릴 수 있었다.

다시금 한새가 그녀를 붙잡고 거칠게 입을 맞춰 왔기 때문이다.

지금까지처럼 여기서 물러설 거라고 생각했던 건 그녀의 착각이었다.

화인이 그를 밀어내기 위해 손을 들자, 한새가 그녀의 손목을 움켜쥐고 그대로 뒤로 밀어붙였다.

쿠웅!

강제로 키스하려는 그와 그에게서 벗어나려는 그녀 때문에 두 사람의 자세는 계속 흐트러질 수밖에 없었다.

그렇게 한참이나 어지러운 입맞춤을 나누던 두 사람 사이에 느린 숨결이 흐를 때였다.

화인이 온 힘을 다해 그를 밀어내며 크게 소리쳤다.

"싫다고!"

그녀의 외침에 거짓말처럼 한새의 움직임이 우뚝 멈췄다.

바로 코앞까지 다가와 있는 그의 눈동자가 순간 상처를 입은 것처럼 음울하게 변했다.

화가 난 그녀의 얼굴을 잠시 쳐다보던 그가 느릿하게 입을 열었다.

"왜 이렇게 싫다고만 하는 거야."

매번 자신을 밀어내는 그녀에게 아무렇지 않게 다가가는 게 아니다.

도저히 포기할 수 없었기에 다시 맴돌게 되는 것이다.

이미 몇 번의 거절을 당했지만 조금도 익숙해지지 않았다.

그녀가 자신을 거부하는 말은, 언제 들어도 가슴이 난도질당하는 것처럼…….

한새가 나직이 말을 이었다.

"……아프잖아."

*　　　*　　　*

콰앙!

현관문이 부서질 듯이 세게 닫혔다.

머리끝까지 화가 난 화인이 거칠게 집 안으로 들어오면서 벌어진 일이었다.

그녀가 인간 세상으로 내려오고 난 뒤 제일 끔찍했던 것은, 아무것도 할 수 없는 나약함이었다.

그런데 한새는 지금 그녀에게 그런 감정을 느끼게 만들었다.

아무리 싫다고 몸부림을 쳐도 그를 뿌리칠 수조차 없는 자신의 모습을 다시 일깨워 줬으니까.

획—

화인은 아무런 말없이 집 안에 있는 자신의 물건들을 챙기기 시작했다.

얼마 안 되는 짐을 손 안에 들고, 그녀는 빠르게 별채를 향해 걸어갔다.

그때였다.

덥석—

서둘러 뒤쫓아 온 한새가 그녀의 손목을 잡아챘다.

하는 수 없이 걸음을 멈춘 그녀가 불쾌하다는 얼굴로 그를 올려다보며 말했다.

"이거 안 놔?"

사나운 그녀의 반응에 한새의 눈동자가 어둡게 가라앉았다.

그가 나지막이 말했다.

"⋯⋯가지 마."

"지금은 네 얼굴 꼴도 보기 싫어."

화인이 그의 손을 뿌리치려고 했지만, 한새는 그녀를 이대로 놓아줄 수가 없었다.

그녀를 혼자 둘 순 없었으니까.

모든 건 다 제 감정을 억제하지 못한 자신의 잘못이다.

잘 알지만 그렇다고 두 사람이 떨어지면 언제 하급 악마가 화인의 앞에 나타날지 모른다. 이런 상황에서 그녀를 떨어트려 놓을 수는 없었다.

그녀가 싫어하는 건 백번 이해하지만, 한새도 이것만큼은 양보할 수 없었다.

"내가 잘못했어. 그러니까 나한테서 멀어지지 마."

"사람 병 주고 약 줘?"

화인은 울분이 차올라서 자신도 모르게 어금니를 깨물었다.

이런 스스로의 처지가 정말 싫었다.

한새가 자신을 강압적으로 대한 것도 못마땅했지만, 그런 것조차 뿌리치지 못한 채 얌전히 키스를 받아들일 수밖에 없었던 자신에게 더 화가 났다.

지금조차도 그의 곁에서 쉽사리 떨어질 수 없는 자신의 형편이 정말 비참했다.

하늘 높이 치솟던 자긍심이 땅바닥으로 던져진 느낌이다.

"내 얼굴 보기 싫으면 지금 방 안으로 들어갈 테니까, 여기 있어."

머리끝까지 화가 치미는데 자꾸만 자신을 걱정스럽게 바라보는 그의 눈동자에 말문이 막힌다. 이 이율배반적인 마음에 화인은 도무지 어떻게 해야 할지 갈피를 잡을 수가 없었다.

"……."

그녀가 아무런 대답도 하지 못한 채, 가만히 서있을 때였다.

띵동—

갑자기 벨소리가 들려왔다.

하지만 두 사람은 다 제자리에서 꼼짝도 하지 않았다.

지금 집에 찾아온 누군가를 신경 쓸 만큼 가벼운 상황이 아니었기 때문이다.

그런데 벨소리는 거기서 그치지 않고 연이어 들려왔다.

띵동, 띵동.

포기하지 않고 울리는 벨소리에 결국 한새의 시선이 인터폰을 향했다. 그러자 거기에는 전혀 생각지도 못한 인물의 모습이 화면에 비춰지고 있었다.

바로 제우 그룹의 회장이자, 그의 외할아버지인 정준건이었다.

한새의 얼굴이 딱딱하게 굳었다.

설마 외할아버지가 자신의 집까지 직접 찾아오리라곤 생각지도 못했다. 지금까지 단 한 번도 없었던 일이다.

그가 자신도 모르게 표정을 구기고 있자, 화인이 나지막한 목소리로 물었다.

"아는 사람이야?"

한새는 말없이 고개를 끄덕였다.

그러자 그녀가 자신의 손목을 잡고 있는 그의 손을 눈짓으로 가리키며 다시 입을 열었다.

"그럼 이거 놓고, 손님이나 만나."

"보고 싶지 않은 사람이라 상관없어."

한새는 인터폰을 통해 누가 온 건지 확인을 했으면서도 현관 문을 열어 줄 생각이 없었다.

외할아버지가 찾아왔다고 해서 달라질 건 없었다.

두 사람은 서로 반갑게 만나 대화를 나눌 만큼 돈독한 사이가 아니었으니까.

오히려 원수에 가까운 관계다.

한새가 아무런 반응이 없자, 바깥에 서 있던 준건이 인터폰을 똑바로 쳐다보며 말했다.

"집 안에 있는 거 다 알고 왔다. 순순히 문 여는 게 좋을 게야."

흰머리가 가득한 나이지만, 아직도 그의 음성은 충분히 위협적이었다.

"분명히 경고하지만 이거 협박이다."

정준건, 그는 다름 아닌 제우 그룹을 이끄는 남자였으니까.

인터폰을 통해 들려오는 그 목소리에 한새의 표정이 순간 와락 찌푸려졌다.

정말이지 갑자기 찾아와선 행패를 부리는 그가 마음에 들지 않았다. 하지만 그가 이렇게까지 나온다면 차라리 얼굴을 보고 쫓아내는 게 나았다.

그는 정말 한다면 하는 사람이었으니까.

워낙 능구렁이 같은 영감이라 문을 안 열어 주면, 무슨 짓을 벌일지 가늠조차 되지 않았다.

흘러가는 분위기를 눈치챈 화인이 나지막한 목소리로 말했다.

"네가 싫어도 만나 봐야 될 것 같은데?"

한새는 저도 모르게 눈앞에 서 있는 그녀와 인터폰으로 비춰지는 준건의 얼굴을 한차례 번갈아 쳐다봤다.

결국 그가 어쩔 수 없다는 듯이 입을 열었다.

"여기서 잠깐만 기다려."

"뭐?"

기다리라는 그의 말뜻을 파악하기도 전에, 한새는 그녀의 손목을 잡고 그대로 자신의 방 안으로 들어가 그녀를 밀어 넣었다.

"이게 무슨 짓이야?"

그녀의 날카로운 반박에 한새가 나지막이 입을 열었다.

"금방 쫓아낼 테니까, 여기에 있어."

어떤 상황이라 하여도 그녀를 자신의 곁에서 멀어지게 할 수는 없었다.

이미 한번 그녀가 하급 악마에게 괴롭힘을 당하는 모습을 봤다. 자신이 없는 곳에서 다시 그런 꼴을 당한다고 생각하면 피가 거꾸로 솟는 것만 같았다.

"나보고 여기서 뭐하라고……."

"잠깐이면 돼."

한새가 그녀의 말을 자르며, 방 안에 그녀를 남겨 둔 채로 방문을 닫았다.

달칵.

문이 닫히는 소리가 들린 이후, 한새는 저도 모르게 낮게 한숨을 내쉬었다.

"……후우."

그녀가 떠나고 싶은 상황을 만든 자신의 잘못이 컸다.

마음은 마음이고 계약은 계약이라고 생각했는데, 결국은 자신의 감정을 앞세워 지키지 못했다.

그녀가 주는 행복감만큼, 느껴지는 괴로움도 점점 커져서 아무렇지 않은 척 그녀를 대하는 게 점점 힘들었다.

그리고 이렇게 가뜩이나 복잡한 상황에 엎친 데 덮친 격으로 외할아버지인 준건까지 찾아오니 더욱 골치가 아파 왔다.

한새는 천천히 인터폰 앞으로 가서 현관문을 열어 주었다.

그러자 얼마 안 가 집 안으로 들어오는 그의 모습이 보였다.

한새는 흔한 인사치레도 생략한 채, 준건을 향해 단도직입적으로 물었다.

"무슨 일입니까?"

차가운 그의 태도에 준건의 입꼬리가 알게 모르게 씰룩거렸다.

"그게 오랜만에 보는 할아비한테 하는 첫마디인 거냐?"

"저한테 외할아버지 대접 받고 싶어 하는지 몰랐네요."

"그래서 그렇게 전화로 인연을 끊자는 둥 헛소리를 지껄인 게야?"

"어차피 없는 사람이나 마찬가지였는데, 이 기회에 확실하게 정리하자는 게 잘못된 겁니까?"

"이놈! 아직도 정신을 못 차렸구나."

"아마 죽을 때까지 정신 못 차릴 겁니다. 그러니까 괜히 저한테 신경 쓰지 마세요. 먼저 제우 그룹의 이름을 언급하지 말라고 한 게 누구였죠?"

그 말에 준건의 표정이 험악하게 굳어졌다.

한새가 이렇게 꼬박꼬박 자신에게 말대꾸를 하는 게 마음에 들지 않았다.

그는 처음 만난 그날부터, 단 한 순간도 자신에게 고분고분한 적이 없었다.

"내가 그대로 내버려 뒀다면, 이튿날 어떤 기사가 나갔을지나 알고 그런 소리를 하는 거냐?"

"그게 어떤 기사였든 제우 그룹의 외손자라는 사실이 밝혀지는 것보단 나았을 겁니다."

준건 딴에는 최악의 상황을 막아 준 것이었는데, 한새는 그런 것에 조금도 관심이 없는 듯했다.

준건이 불만스럽다는 듯이 낮게 중얼거렸다.

"……몹쓸 놈."

그의 질책에도 한새는 눈 하나 깜짝하지 않은 채로 건조하게 대답할 뿐이었다.

"그만 가세요. 우리 사이에 더 나눌 이야기는 없습니다."

차갑게 자신을 끊어 내는 그의 말에 준건의 쭈글쭈글한 이마가 더욱 찌푸려졌다.

가만히 내버려 뒀더니 한새는 점점 더 강하게 마음의 문을 닫아 버렸다.

"네가 이러는 이유가, 아직도 그날 일 때문이냐?"

그 말에 순간 한새의 눈에 한기가 어렸다.

하고 싶은 말이 목구멍까지 차올랐지만, 여기서 더 대화를 나누고 싶지는 않았다.

자신의 방 안에 화인이 있기 때문이다.

혹시라도 지금 이 대화가 들릴지도 모른다는 생각이 들자, 최대한 빨리 이 자리를 정리하고 싶었다.

한새가 조금 전보다 더 낮아진 목소리로 대답했다.

"그만 가시라고 했습니다."

하지만 곧이어 준건의 입에서 흘러나온 말은, 한새의 자제력을 끊어 버리게 만들기 충분했다.

"네 아비를 어미 품에 같이 묻어 준 게, 뭐 그리 대수로운 일이라고."

그 말에 한새가 더 이상 참지 못하고 입을 열었다.

"지금 아버지 시신을 억지로 데리고 가서 매장한 게 당연하다는 겁니까?"

"안 될 건 또 뭐냐?"

"그럼 새어머니는요."

외할아버지인 준건은 부모님이 돌아가시자마자, 아버지의 시신을 친어머니의 곁에 묻어 주었다.

그리고 그곳과 가장 먼 곳에 새어머니의 시신을 매장했다.

준건이 나직한 목소리로 말했다.

"내가 그 여자까지 신경을 써야 한다는 말이냐? 내 딸을 평생 사랑하겠다고 했으면서, 죽은 지 얼마 되지도 않아서 다른 여자 품에서 아이를 낳았어!"

"그렇다고 두 분이 바람을 피신 건 아니지 않습니까."

"넌 어찌 네 어미가 아니라 그런 여자 편을 들어!"

"그분이 저를 평생 키워 주셨습니다."

한새는 친어머니에 대한 기억을 가지고 있지 않았다.

친어머니는 자신이 갓난아기일 때 병으로 돌아가셨고, 그 후엔 줄곧 새어머니 손에서 자랐기 때문이다.

그럼에도 친자식이 아니라는 것도 모른 채 행복하게 자랐다. 살면서 단 한 번도 그분의 애정에 부족함을 느껴 본 적이 없을 정도로.

그렇기 때문에 아무리 외할아버지라 해도 죽은 사람을 그렇게까지 대할 수는 없었다.

한새가 나직이 말했다.

"아버지 시신을 그렇게 묻어 버린 건, 순전히 당신의 이기심인 겁니다."

"내 딸이 그렇게 좋다고 했던 남자를 원래대로 돌려주었을 뿐이다."

타인을 조금도 생각하지 않는 준건의 말에 한새는 숨이 막혀 왔다.

그는 늘 이런 식이었다.

자신과 가까운 사람이 아니면 나머지는 다 벌레처럼 취급했다.

"괜히 찾아와서 사람 성질 돋우지 마시고 가세요."

"……돌아오거라."

준건의 입에서 어렵게 나온 한 마디.

그 말에 한새의 얼굴이 인정사정없이 와락 찡그려졌다.

지금 그게 무엇을 뜻하는지 알 것만 같았다. 그래서 더욱 토할 것 같다는 생각이 들었다.

아무런 대답이 없는 한새를 향해 준건이 다시 입을 열었다.

"네가 원한다면, 한울이라는 아이 치료는……."

콰앙! 와장창―

한새가 더 이상 참지 못하겠다는 듯이 눈앞에 있던 탁자를 발로 걸어차 버렸다. 동시에 그 위에 있던 유리가 바닥으로 떨어지면서 산산조각이 났다.

얼마나 화가 났는지, 그의 분노가 고스란히 전해질 정도였다.

"……그 입에서 한울이 이름 꺼내지 마세요."

단 하나밖에 남지 않은 가족이었다.

여동생, 한울이는.

요양원에 잠들어 있는 그녀만 생각하면 한새는 아직도 울컥하고 감정이 복받쳤다. 하지만 그런 한새의 모습에도 준건은 눈 하나 깜빡하지 않았다.

그가 나직한 목소리로 말했다.

"그렇게 소중하다면서 왜 자주 찾아가 보지도 않는 게냐? 요양원에서 위급하다는 연락이 와야지만 쫓아가는 놈이 대체 이러는 이유가 뭐야?"

한새가 기가 막힌다는 듯이 낮게 웃음을 터뜨렸다.

"제 뒷조사라도 하셨습니까? 그때 도와주셨다면 지금 이렇게 누워 있지 않아도 될 아이입니다. 그런데 아직도 할 말이 남아 있나 보죠?"

"걔가 왜 네 동생이냐! 피가 반밖에 섞이지 않은 이복 남매인데."

"당신과 피가 한 방울도 안 섞였을 뿐이지, 나한테는 하나뿐인 가족입니다."

"네 가족은 나다. 그 아이가 아니라!"

준건의 말에 한새는 온몸의 피가 싸늘하게 식는 것 같은 느낌을 받았다.

이 말과 똑같은 소리를 몇 년 전에도 들었었다.

바로 자신이 고등학생일 때다.

고아였던 아버지와 새어머니가 재결합하면서 일가친척이라곤 한 명도 없었다.

그렇다고 자라면서 부족함을 느낀 것은 아니었으나, 문제는 부모님 두 분이 교통사고로 한순간에 돌아가시면서 발생했다.

같은 사고 현장에 있던 여동생은 깨어나지 않았고, 고작 고등학생이었던 한새는 세상에 혼자 덩그러니 남겨지고 만 것이다.

우습지만 그때까진 단 한 번도 공과금조차 제 손으로 내 본 적이 없던 그였다.

월세, 수도세, 전기세…….

수많은 고지서가 날아드는데 가난했던 집에 남아 있는 돈은 얼마 없었다.

며칠은 죽을 것 같이 슬펐지만, 마냥 앉아서 울고만 있을 때가 아니라는 것을 자연스럽게 느낄 수밖에 없었다.

하지만 어린 그는 무엇을 해야 할지 몰랐고, 아무도 그가 뭘 해야 하는지 알려 주지 않았다.

정말로 이 세상에 홀로 남겨진 것이다.

그렇게 아무것도 할 수 없었던 한새에게 찾아온 사람이 바로 외할아버지인 정준건이었다.

처음에는 분명 반가웠던 것 같다.

아직 자신이 기댈 수 있는 존재가 남아 있다는 사실에 안심이 되기까지 했다.

그가 말없이 아버지의 시신을 가져가기 전까지만 해도 분명 그랬다.

아니, 그가 여동생에 관한 이야기를 꺼내기 전까지만 해도 아무것도 모른 채 그저 좋았었다.

"서둘러 준비하거라. 나와 집으로 가자구나."

"그럼 한울이도 같이⋯⋯."

어린 한새의 말에 준건의 표정이 싸늘하게 굳어졌다.

"그 아이 이름은 꺼내지도 말거라. 네 아비가 다른 여자한테서 낳아 온 자식을 내가 거둘 의무는 없지."

"하지만 한울이는 제 여동생입니다."

한새는 이해할 수가 없었다.

자신이 새어머니의 친자식이 아니라는 것도 두 분이 돌아가시고 난 다음에야 알게 된 사실이었다.

친어머니란 존재 자체가 생소한 마당에 지금 준건이 하는 말을 받아들이기란 더욱 쉽지 않았다.

평생을 남매로 살아온 두 사람이다.

그런데 한순간에 아픈 동생을 내버려 둘 정도의 타인이 되라는 건 애당초 말이 되질 않았다.

"지금 못 하겠단 말이냐?"

"병원에 있는 동생을 어떻게 그냥 두고 갑니까."

한새의 반박에 준건의 입가에는 잔인한 미소가 지어졌다.

"네 가족은 나다. 그 아이가 아니라⋯⋯ 분명히 말하지만 난 너만 받아 줄 것이다."

"그런……."

"그 아이는 두고 와. 두 번 말 안 한다."

준건은 한울이를 볼 때마다 제 딸의 자리를 차지한 그 여자가 떠올라서 싫었다.

이런 말을 그에게 직접적으로 할 수는 없었지만, 차라리 그들이 교통사고로 사망해서 다행이었다.

자신이 한새를 데리고 올 수 있었으니까.

그래서 그를 집안으로 들이기 전에 확실히 해 두고 싶었다.

그는 이제 제우 그룹의 후계자로 새로운 삶을 살아야 할 테니까.

"……하."

한새가 기가 차다는 듯 웃음을 터뜨렸다.

의식불명인 한울이를 내버려 두라는 건 죽으라는 소리나 다름 없었다.

설령 피가 반밖에 섞이지 않았더라도, 그녀는 제 동생이었다.

"한새 오빠!"

아직도 눈을 감으면 한울이가 자신을 부르며 환하게 웃는 모습이 눈에 선했다.

도저히 그런 동생을 버리고 갈 수는 없었다.

한새가 단호한 얼굴로 입을 열었다.

"동생을 두고는 못 갑니다."

"그 말을 감당할 수 있는 게냐?"

"감당을 하던 못 하던, 저는 한울이 안 버립니다."

고집을 부리는 한새를 바라보며 준건은 그저 가볍게 웃을 뿐이었다.

"그럼 너 혼자 알아서 잘 지내 보거라. 나중에 마음이 바뀌면 언제든 연락하고."

한새는 그때 그가 지었던 조롱 섞인 웃음을 아직도 잊지 못한다. 마치 당연히 한울이를 버리고 자신에게 연락을 할 거라는 그의 태도에 한새는 이를 악다물 수밖에 없었다.

그렇게 부모라는 커다란 버팀목이 사라지고 난 뒤에 혼자 남겨졌다.

가뜩이나 가난했던 집에서 자신의 생활비와 한울이의 병원비를 마련한다는 것은 생각보다 굉장히 힘든 일이었다.

한새는 주야간으로 닥치는 대로 일을 했다.

하지만 학교를 다니면서 알바로 받는 시급은 그렇게 크지 않았다.

하루에 세 시간도 잠들지 못하는 나날들이 이어지다 보니, '학교를 자퇴해야 하나?' 머릿속에 별생각이 다 들기 시작했다.

친구들에게 손을 벌려도 봤지만 그것도 한계가 있었다. 그리고 어느샌가 그들과 자신은 너무나도 다르다는 걸 깨닫게 되었다.

서로 시시콜콜하게 나누던 대화들도 더 이상 맞질 않았고, 생각하는 것도 완전히 달라졌다.

한새의 세상은 부모님이 돌아가시고 난 다음에 완전히 변해 버린 것이다.

그러던 어느 날.

정말 더 이상은 힘들어서 못 해 먹겠다는 생각이 들 때, 병원에 누워 있는 한울이를 찾아갔다.

그저 그녀의 얼굴을 보고 기운을 얻기 위해서였다.

하지만 막상 편안하게 누워 있는 한울의 얼굴을 보고 있자니, 그동안 감춰 놓았던 이기심이 스멀스멀 피어오르기 시작했다.

난 너만 버리면 편해질 수 있는데.

내가 지금 너 때문에 이 고생을 하고 있다고.

차라리 내가 거기에 누워 있고, 네가 이 자리에 있었다면 좋았을 텐데.

차마 입에 담지도 못할 온갖 원망들의 말들이 쏟아져 나왔다.

그런 자신의 어두운 마음을 처음으로 깨닫게 된 한새는 스스로가 혐오스러워서 견딜 수가 없었다.

"우에엑!"

그길로 화장실에 달려가 속에 있는 걸 모두 토해 내는 것과 동시에, 그 자리에 앉아서 하염없이 울었다.

사실 동생은 아무런 잘못이 없었다.

자기 혼자 잘 살겠다고 이렇게 원망을 쏟아 냈다는 사실이 참을 수 없이 부끄러웠다.

언제든 연락하라고 했던 준건의 말이 가슴에 남아서 시도 때도 없이 그를 괴롭혔다.

그때 다짐했다.

죽어도 자신이 한 말은 지키겠다고.

순전히 오기로 버텼다.

그렇게 쉴 새 없이 알바를 뛰어도 모자란 돈을 채우지 못했을 때, 처음으로 호스트란 직업이 눈에 들어왔다.

조금 망설여지긴 했지만, 얼굴을 팔아서라도 돈을 벌 수 있다면 아무 상관없었다.

지금 그가 하지 못할 일은 아무것도 없었으니까.

그때 우연히 찬우를 만나게 된 것이다.

아마 모델이 되지 않았더라면, 한새는 지금 자신이 무엇을 하고 있을지 짐작조차 되지 않았다.

이를 악물고 악착같이 버텨서 지금까지 왔다.

무엇 하나 쉽지 않았던 인생에 제우 그룹이란 이름으로 얻은 혜택은 결코 티끌만큼도 없었다.

그리고 그건 불운했던 과거를 견뎌 낸 자신의 훈장이기도 했다.

한울이의 병원비를 마련한 것도, 그녀가 꿈꾸던 단독주택을 구입해서 기다리고 있는 것도 모두 자신의 힘으로 이뤄 낸 결과였다.

그런데 이제 와서 돌아오라고?

잠시 과거를 회상하던 한새가 서늘한 목소리로 말했다.

"노망이 나신 모양인데 이쯤에서 그만하세요. 여기서 더하시면 저도 가만히 있지 않을 겁니다. 예전에 그 어린아이가 아니거든요."

"……제우 그룹에는 후계자가 필요해."

"전문 경영인을 쓰시죠."

"우리 그룹은 지금까지 혈연으로만 운영되어 왔다. 내 대에서 그걸 끊을 수는 없어. 이제 그만 고집 꺾고 돌아오거라."

"제가 그 자리에 앉게 되면 제우 그룹을 망하게 만들 겁니다."

"그래도 네 손으로 직접 해."

조금의 망설임도 없는 그의 말에 한새는 어처구니없다는 표정으로 쳐다볼 수밖에 없었다.

가만히 서 있던 준건은 바닥에 널브러진 유리 조각들을 한 번 눈으로 훑고는 다시 한새를 향해 입을 열었다.

"당장 내가 전하고 싶은 말은 다했으니, 나중에 다시 오마."

막 몸을 돌리는 그에게 한새가 한껏 낮아진 목소리로 대답했다.

"다시는 볼 일이 없기를 바랍니다."

순간 준건의 발길이 멈칫했지만, 이내 아무렇지 않다는 듯 바깥으로 걸어 나갔다.

그렇게 혼자 남겨진 한새는 거칠게 자신의 머리카락을 쓸어 넘겼다.

갑자기 찾아와서 자신을 들쑤시는 바람에 떠올리고 싶지 않은 기억들이 몽땅 생각났다.

잠시 제자리에 서 있던 한새는 천천히 자신의 방문을 향해 다가갔다.

저벅저벅.

덜컥—

그의 손이 화인이 있는 방문을 열었다. 그러자 문 앞에 서 있는 그녀의 모습이 바로 눈에 들어왔다.

서로 아무런 얘기를 나누지 않았지만, 한새는 직감적으로 그녀가 조금 전의 대화를 엿들었다는 걸 눈치챌 수 있었다.

"꼴사나운 모습을 보였네."

가능하면 그녀에겐 멋진 모습만을 보여 주고 싶었다.

누군가에게 자신을 드러내는 건 언제나 두려웠지만, 그중에서도 화인에게는 더욱 어려울 수밖에 없었다.

처음으로 마음을 준 여자였으니까.

그녀가 자신의 좋지 못한 과거를 듣고 무슨 생각을 할까 신경이 쓰였다.

하지만 정작 화인은 아무런 말도 할 수가 없었다.

"……"

정확히는 자신과 제대로 눈도 마주치지 않는 한새를 바라보며 무슨 말을 해야 할지 모르겠다는 게 맞았다.

항상 자신만만하게 보이던 그에게 이런 과거가 있을 거라고는 생각지 못했다.

문득 이 커다란 집에서 혼자 살아갔을 그가 떠올랐다.

분명 아주 조용했을 것이며, 외로웠을 거라는 생각이 들었다.

왜인지 그동안은 눈에 보이지 않았던 것들이 새롭게 다가왔다.

화인이 나지막한 목소리로 물었다.

"……언제부터 혼자였던 거야?"

그 말에 한새의 눈동자가 그녀를 향했다. 두 사람의 시선이 허공에서 마주치자, 한새가 느릿하게 입을 열었다.

"남 말하지 마."

한새는 언제부턴가 사람들에게 자신의 곁을 쉽게 내어 줄 수가 없게 되었다. 모두가 자신의 화려한 모습만 보는 다가오는 것이라고 생각해서인지도 모른다.

어린 시절 보일러조차 돌지 않았던 추운 겨울 밤.

얇은 이불 하나 두르고 덜덜 떨던 자신의 외로움을 아무도 모를 거라고 생각했었다.

분명 그녀를 만나기 전까지는 그랬다. 화인은 자기가 대악마라는 이유로 선을 그었지만, 사실 한새가 보기에 그녀는 지금까지 만나온 그 누구보다 자신과 닮아 있었다.

한새의 허스키한 목소리가 이어졌다.

"……너도 혼자잖아."

지독한 외로움.

두 사람은 그것을 알고 있었다.

6

내 시야 안에 있어

"하아, 하아."

이른 새벽, 잠에서 깬 화인은 저도 모르게 가쁜 숨을 내쉬었다.

오랜만에 마계에 있을 때의 꿈을 꾸었다.

너무나도 생생해서 꿈속에서 들었던 목소리가 당장이라도 귓가에 들려올 것 같았다.

"벨로나."

나직하게 자신을 부르는 목소리.

그녀의 꿈속에 등장한 사람은 다름 아닌 마계의 두 번째 황자 칼리드였다.

그리고 그는 대악마인 그녀가 모든 걸 바쳐서 모신 주군이었다.

"내가 왕좌에 앉아야겠어."

과거에 그가 자신에게 했던 말이었다.

그 말 한 마디로 인한 파장은 적지 않았다. 그것은 곧 첫 번째 황자와 왕위 다툼을 하겠다는 선전포고나 다름없었으니까.

지금 생각하면 스스로도 조금 납득이 되지 않을 정도로 그때의 자신은 평온했었다.

당시에는 망설일 이유가 없다고 생각했다.

주군이 원하는 것을 이루어 주는 게 자신의 의무이기도 했으니까.

'……그땐 이렇게 될 줄은 몰랐지.'

대악마로서의 소멸이 무서웠던 적은 단 한 번도 없었기에, 그녀는 조금도 머뭇거리지 않았다.

하지만 결과는 자신이 각오했던 것과 달랐다.

반란에 가담하면서 예상했던 최악의 상황은 죽음을 맞이하는 것이었지만, 자신은 그보다 더욱 끔찍한 형벌에 처해지고 말았으니까.

악마가 받는 최악의 형벌.

모든 힘을 빼앗긴 채로 인간 세상에 홀로 내팽개쳐진다는 게 이렇게까지 고통스러운지 알지 못했다.

만약 알았다면 다른 선택을 했을까?

화인은 정답이 없는 고민을 하면서, 무의식적으로 얼굴을 양 손으로 한 번 쓸었다.

후회를 전혀 안 하는 건 아니었지만, 그렇다고 해서 다른 길이 존재했던 건 아니다. 그 사실을 본인이 가장 잘 알고 있었다.

그녀는 문득 얼굴로 들어 올렸던 손을 내려다보며, 자신이 온 통 피에 젖어 있었던 때를 떠올렸다.

지금이라도 주변을 둘러보면 시체의 산이라고 표현해도 좋을 만큼 죽은 악마들의 시신이 사방에 널려 있을 것 같았다.

그만큼 그것은 자신에게 익숙한 풍경이었다.

부하들의 맹목적인 신뢰를 받으며, 수없이 많은 전투를 승리 로 이끌었다.

어느새 벨로나라는 이름 앞에는 전쟁의 여신이라는 수식어가 붙을 정도로.

악마의 서열은 확실했다.

가장 강한 힘을 지닌 황족과, 그에 준하는 능력을 가진 몇 안 되는 대악마들.

그 아래로 상급과 중급, 그리고 하급 악마들이 빼곡하게 존재 했다.

태어날 때부터 서열은 이미 정해져 있다.

그런 피라미드 같은 계층에서 최상위권에 속하는 대악마들은 당연히 자유로운 삶을 살 수밖에 없었다.

하지만 벨로나만은 특이하게도 두 번째 황자 칼리드가 관리하는 어둠 속에서 태어났다.

농도가 짙은 어둠이 아니었음에도 엄청난 마력을 지닌 그녀가 만들어진 것이다.

제멋대로인 대악마가 주군을 모시는 경우는 드물었지만, 그녀는 자연스럽게 그의 휘하로 들어가게 되었다.

그렇다고 자신의 삶에 불만이 있었던 건 아니다.

인간 세상으로 내려오기 전까지 자신이 원하지 않는 걸 억지로 해 본 적은 단 한 번도 없었으니까.

그만큼 붉은 머리카락을 휘날리며 전장을 누비던 그녀는 아무것도 거칠 게 없었다.

"……하아."

과거를 떠올리던 화인은 저도 모르게 한숨을 내쉬었다.

불현듯 그녀의 눈에 굳게 닫혀 있는 한새의 방문이 들어왔기 때문이다.

어찌 됐던 지금의 자신은 이런 처지에 놓여 있었다.

많은 이들이 찬양하던 아름다운 외모도 잃었고, 아무것도 제 뜻대로 할 수 없을 만큼 능력도 잃었다.

그의 방문을 빤히 쳐다보던 그녀의 눈동자가 점점 복잡하게 변해 갔다.

한새는 얼마 전부터 달라졌다.

아니, 정확히는 그의 외할아버지가 집에 찾아온 이후부터 뭔가 심경에 변화가 생긴 듯했다.

뭐라고 딱 꼬집어 말할 수는 없었지만 자신에게 거리를 두고 있는 것 같았다.

누구보다 이런 상황을 바라고 있었지만, 애절하게 사랑을 고백할 때는 언제고 갑자기 달라진 그의 태도가 내심 신경이 쓰였다.

얼마 전도 그랬다.

한새는 본인이 말했던 대로 자신의 방 안에 침대를 하나 더 들여놨다.

그가 침대를 눈짓으로 가리키며 말했다.

"이제부턴 여기서 자."

처음엔 그녀도 이렇게 자는 게 더 이득이라고 생각했지만, 그에게 억지로 키스까지 당하고 나니 차라리 딱딱한 바닥이 더 편할 것 같았다.

그녀가 고개를 흔들며 단호하게 말했다.

"됐어. 거기보다 원래 내 자리가 더 좋아."

이미 침대까지 들어온 마당에 같은 방에서 자는 걸 거부했으니, 그가 또다시 잔소리를 늘어놓을 줄 알았다.

그래서 머릿속으로는 나름 대답할 말도 생각 중이었는데, 예상과 달리 그는 아무렇지 않은 얼굴로 이렇게 대답할 뿐이었다.

"편한 대로 해."

평상시와 달리 금세 뒤로 한발 물러서 버리는 그의 태도에 화인은 조금 놀랍다는 눈으로 쳐다볼 수밖에 없었다.

그 뒤로부터 한새는 저런 말을 많이 사용했다.

마음대로 해, 좋을 대로, 등등.

지금까지 그가 했던 말들을 떠올리며 화인은 저도 모르게 표정을 슬쩍 구겼다. 그러곤 다시 뒤로 벌러덩 누워 버렸다.

"……모르겠다."

분명 자신이 원하는 대로 흘러가고 있었다.

한새와 연애를 할 생각은 없었지만, 계속 그의 곁에 남아 있고 싶었다.

욕심이라 할지 몰라도 그게 솔직한 심정이었다.

그리고 그는 자신이 원하는 대로 조금의 부족함도 없이 해 주고 있었다.

태도는 조금 달라졌을지언정 어디를 가든 자신을 꼭 데리고 다녔으니까.

그 덕분에 어깨 위에 새겨진 형벌의 시간은 빠른 속도로 줄어들고 있었다.

그런데……

왜 신경이 쓰이는 걸까.

한새가 그날 말했던 '너도 혼자잖아.'라는 말이 이따금씩 머릿속에 떠올랐다.

화인은 납득이 되지 않았다.

자신은 인간들의 틈에서 살고 있는 대악마다.

굳이 비유를 하자면, 양들의 무리에 섞여 있는 늑대 같은 그런 존재인 것이다.

당연히 외톨이일 수밖에 없다.

그런데 그는 왜 인간인 주제에 자신과 닮은 눈동자를 하고 있는 것일까.

그리고 자신은 왜 자꾸 그게 신경이 쓰이는 걸까.

과거와 현실이 뒤죽박죽 머릿속에서 엉켜들며, 두통이 생길 것만 같았다.

화인은 억지로 두 눈을 감고는 나직이 혼잣말을 중얼거렸다.

"……잠이나 자자."

요 며칠 생각해 봤지만 아무런 답이 나오질 않는 고민이었다.

이른 새벽부터 이런 생각들로 잠을 설치면 막상 낮에는 피곤해질 게 분명했다.

*　　*　　*

한새의 인기는 제우 그룹의 외손자라는 사실이 밝혀지고 난 뒤에 엄청나게 치솟았다.

여러 가지 이유가 있었지만, 그중에 그가 그동안 정체를 밝히지 않은 사실이 무척이나 미화되었기 때문이다.

재벌인데 겸손하다면서 칭찬이 이어졌고, 그게 이미지에도 그대로 반영이 되었다.

그뿐인가. 이제는 연예계에서 손꼽히는 재벌 중에 하나가 되었으니 가는 곳마다 그를 보는 시선 또한 달라졌다.

그만큼 주변에서는 난리가 났지만, 정작 당사자인 한새는 무슨 생각을 하는지 별다른 반응을 보이지 않았다.

화인도 얼떨결에 그의 과거를 알게 된 후였기에, 이런 반응들이 마냥 좋게만 느껴지는 건 아니었다.

그래도 덕분에 30억 사기 행각이라는 누명은 자연스럽게 벗겨졌다.

오늘은 그 사건 이후 처음으로 잡지 촬영에 나온 날이었다.

찰칵찰칵!

정신이 없을 정도로 번쩍이는 플래시와 분주히 움직이는 스태프들.

이제는 화인에게도 제법 익숙해진 풍경이었다.

그렇게 열심히 촬영을 하던 그가 잠시 쉬는 시간을 가질 때였다.

화인이 의자에 앉아 있는 한새를 향해 다가가면서 입을 열었다.

"마실 거라도……."

하지만 그녀의 말은 끝까지 이어지지 못했다.

한새가 지나가는 스태프에게 먼저 그녀가 하려던 말을 꺼냈기 때문이다.

"여기 물 좀."

그의 말에 누군가가 후다닥 물을 가지러 가는 뒷모습이 언뜻 보였다.

화인은 가만히 입을 다문 채로 표정을 굳힐 수밖에 없었다.

한새가 제 목소리를 못 들었다고는 생각되지 않았다. 마치 자신이 물을 갖다 주는 게 싫어서 일부러 선수를 친 느낌이었기에 기분이 나빴다.

'뭐야, 이걸 왜 피하는 건데?'

요즘 따라 부쩍 자신에게 미묘하게 거리를 두는 한새가 마음에 들지 않았다.

이상하게도 불쾌감이 치밀어 올라서 그녀는 자신의 감정을 억눌러야만 했다.

결코 기분 나빠할 일이 아니었다.

설령 그가 자신을 대놓고 피한다고 해도 아무 상관이 없었다. 오히려 사랑 고백을 받으니 차라리 투명 인간 취급을 해 줬으면 좋겠다는 생각을 한 적도 있었다.

그런데 막상 그런 일이 현실로 벌어졌다고 서운하다는 건 말이 되지 않는다. 더구나 자신은 그의 마음을 받아 줄 생각이 눈곱만큼도 없었으니까.

화인은 그저 신경질적으로 머리를 긁적이다가 다시 원래의 자리로 돌아갈 뿐이었다.

하지만 한새의 태도는 거기서 그치지 않았다.

같이 차로 이동을 할 때는 정말 잠을 자는 건지, 아니면 그냥 자신을 피하기 위해서인지 눈을 감은 채로 아무런 말도 하지 않았다.

일정을 함께하다 보니 자연스럽게 같이 식사를 하게 될 때도 최대한 그녀와 멀찌감치 떨어져 앉았다.

가능하면 그런 그를 신경 쓰지 않으려고 노력했지만, 갈수록 불편하게 느껴지는 건 사실이었다.

하지만 그걸 사실대로 말할 수는 없었다.

그가 이렇게 무관심하길 바란 건 자신인데, 이제 와서 뭐라고 말을 할 수 있겠는가.

다정하게 좀 대해 달라고?

화인은 문득 떠오른 생각에 저도 모르게 피식하고 비웃음을 머금었다.

방법은 하나였다.

'……신경 쓰지 말자.'

자신만 관심을 끄면 아무 일도 아니었다.

화인은 그렇게 스스로를 위로하며 앞장서서 걷는 한새의 뒤를 따랐다.

잠시 다른 생각을 하다 보니, 제법 거리가 벌어진 상태였다.

서둘러 그의 뒤를 쫓아가려고 보폭을 크게 움직일 때였다.

"저기요!"

누군가를 부르는 목소리가 들렸지만 화인은 뒤를 돌아보지 않았다.

그렇게 몇 걸음을 더 걷자, 방금 전의 목소리가 다시 들려왔다.

"여기다 주차하시면 안 돼요!"

처음에는 자신을 부르는 게 아닐 거라고 생각했지만, 주차에 관한 말이 들리자 혹시나 하는 생각이 들었다.

슬쩍 고개를 돌려보니 자신을 쳐다보고 있는 한 남자가 보였다.

남자는 화인과 눈이 마주치자 서둘러 다시 입을 열었다.

"여기 말고 다른 곳에다가 다시 주차하세요."

자신이 타고 온 차를 정확히 가리키는 남자의 말에 화인은 어쩔 수 없이 걸음을 멈췄다.

잠깐 그에게 눈을 돌린 사이 한새는 이미 건물 안으로 들어간 것인지 모습이 보이지 않았다.

"……하아."

잠시라도 그의 곁에서 떨어져야 한다는 게 못마땅했지만 별수가 없었다.

어찌 됐던 자신은 운전기사였으니까.

화인은 하는 수 없이 고개를 끄덕이며 대답했다.

"네, 빼드릴게요."

어떻게 보면 건물 안으로 들어갔다가 연락을 받고 다시 나오는 번거로움보다는 차라리 나았다.

다행히 오래 걸리는 일은 아니었기에 재빨리 끝내고 쫓아가면 된다.

부웅—

화인은 차를 빼서 다른 곳에 주차를 하려고 움직였다. 그렇지만 사람이 많이 드나드는 시간인 탓인지 가까운 곳에는 딱히 주차를 할 만한 공간이 보이지 않았다.

그 탓에 빈자리를 찾느라 화인은 다소 시간을 소모할 수밖에 없었다.

어렵게 주차를 마친 그녀가 막 운전석에서 내리면서 무심코 휴대폰을 찾을 때였다.

지이잉, 지이잉.

아무렇게나 던져 둔 휴대폰에서 전화가 걸려 오고 있다는 사실을 알아차렸다.

전화를 건 상대는 한새였다.

거의 하루 종일 붙어 있다시피 했기에 그와 통화를 해 본 적이 많지 않았다.

갑작스럽게 걸려온 그의 전화에 그녀가 의아한 표정으로 전화를 받았다.

"무슨 일이야?"

―너, 지금 어디야?

"주차를 다시 하라고 해서……."

―갑자기 말도 안 하고 사라지는 게 어디 있어!

다짜고짜 버럭 화를 내는 한새의 목소리에 순간 화인은 당황할 수밖에 없었다.

그리고 동시에 짜증도 조금 치밀었다.

안 그래도 요즘 자신에게 쌀쌀맞게 대하는 그의 태도에 말을 걸기도 힘들어 죽겠는데, 이런 사소한 일을 일일이 보고 안 했다고 화를 내는 꼴이 우스웠다.

화인이 미간을 찡그리며 뭐라고 한 마디 하려고 입을 열었다.

"내가 너한테 이런 것까지……."

하지만 그녀의 말은 끝까지 이어지지 못했다.

자신을 향해 다가오는 다급한 발걸음 소리가 점점 크게 들려왔기 때문이다.

타닥— 타닥—

저도 모르게 소리가 들려온 방향을 힐끔 쳐다보니, 거기에는 자신을 향해 빠른 속도로 달려오고 있는 한새의 모습이 보였다.

지금까지 얼마나 뛰어다닌 건지, 조금 전만 해도 말끔했던 그가 온통 땀으로 젖어 있었다.

순식간에 거리를 좁힌 그가 그녀의 바로 앞에 다가와서야 전화를 끊었다.

그가 내쉬는 거친 숨소리와 뜨거운 열기가 바로 앞에서도 생생히 느껴질 정도였다.

화인이 믿기지 않는다는 듯이 입을 열었다.

"나 찾아다닌 거야?"

"그럼 내가 뭐했을 거 같은데?"

매우 화가 난 얼굴의 한새를 보고 있자니 화인은 왜인지 말문이 막혔다.

한새가 한껏 낮아진 목소리로 말을 이었다.

"사람이 어딜 가면 간다, 왜 말을 안 해?"

"어차피 금방 쫓아갈 수 있을 거라고 생각해서……."

"내 시야 안에 있어."

갑자기 튀어나온 그 말에 그녀는 자기가 하려던 말을 멈춘 채 그를 다시 쳐다봤다.

이상했다.

찌푸려진 얼굴과 한껏 낮아진 목소리는 분명 화를 내고 있는데, 그가 자신을 걱정하고 있는 감정이 절절하게 와 닿았다.

한새의 심연같이 깊은 눈동자가 그녀를 똑바로 직시하고 있었다.

"뒤돌아보면 언제든 네가 보일 만큼."

만지고 싶다. 온기를 느끼고 싶다. 그런데 아무것도 그에겐 허락되지 않은 일이었다.

설령 그녀의 마음을 얻지 못하더라도, 따뜻한 눈길 한번 받지 못한다 해도…….

그래도 좋으니까.

"제발, 내 옆에 좀 있으라고."

*　　*　　*

한새는 갑자기 사라진 화인을 정신없이 찾아다니느라 다음 스케줄에 늦게 도착할 수밖에 없었다.

더군다나 땀범벅이 된 터라 준비하는데도 평상시보다 더 오랜 시간이 걸렸다.

하지만 그게 누구의 탓은 아니었다.

굳이 따지자면 무심코 뒤를 돌아봤을 때, 그녀의 모습이 보이지 않자 눈앞이 새카매진 한새의 잘못이었다.

이성 따윈 완전히 날아가 버렸으니까.

혹시라도 그녀가 하급 악마에게 괴롭힘을 당하는 게 아닐까 피가 바짝 마르는 심정이었다.

'……큰일이야.'

갈수록 자제가 되지 않는다.

감정이 자꾸만 커져서 덜컥 겁이 났었는데, 지금은 그때와 비교조차 되지 않을 정도였다.

이제는 함부로 화인을 건드렸다간 정말로 중간에 멈추지 못할지도 모른다.

저번에도 그녀에게 억지로 키스를 하는 바람에 자신의 곁을 떠나려고 하지 않았던가.

그런 실수를 다시 반복할 수는 없었다.

그랬기에 가능한 그녀를 피해 다니려고 노력했다.

그냥 가만히 앉아 있는 모습도 귀여워서 죽을 것 같았고, 걸어 다니는 것만 봐도 사랑스러워서 미칠 것 같은데 도무지 어떻게 해야 할지 모르겠다.

눈으로 보고 있지 않아도 자신의 모든 감각은 항상 그녀를 향해 있었다.

'참자, 어떻게든.'

사실 처음에는 그녀가 대악마라고 해도 이렇게까지 공략이 어려울 거라고 생각하지 않았다.

자신의 감정이 이 정도로 깊어질 줄도 몰랐지만 말이다.

하지만 박화인이라는 여자에 대해 알아 가면 알아갈수록 그녀와 이뤄질 가능성이 매우 희박하다는 걸 자연스럽게 알게 됐다.

사랑하니까.

사랑받고 싶다.

당연한 감정이었지만, 그게 혼자만의 마음이라는 게 문제였다.

'더는 웃으면서 넘기지 못할 것 같은데…….'

그녀가 상처를 주는 말을 내뱉으면 정말로 가슴이 찢어질 듯 아파 왔다.

이런 뜨거운 감정들을 더 이상 장난처럼 감출 수가 없었다.

이미 계산 따위 할 수 없을 정도로 그녀에게 빠져들고 있었지만, 갈수록 자신의 마음이 그 단계조차 넘어서려고 하고 있었다.

머리보다 감정이 너무 앞서서 아무것도 눈에 보이지 않는 기분이다.

머릿속에 비상등이 있다면 아마 엄청나게 붉은빛을 쏘아 대며 경고를 보내고 있을 것 같았다.

더 가면 위험하다고…….

여기서 더 빠져 버리면 정말로 헤어 나올 수 없을 거라고 말이다.

"……후우."

한새가 저도 모르게 한숨을 내쉬며 대기실 문을 열 때였다.

달칵—

그러자 방 안에는 뜻밖의 장면이 펼쳐져 있었다. 화인이 팔에 얼굴을 기댄 채 졸고 있는 것이다.

자신이 잠깐 나갔다 온 사이에 잠이 든 모양이었다. 정확한 이유는 모르겠지만, 요즘 밤잠을 설치는 것 같던데 꽤나 피곤한 듯했다.

'대체 밤마다 뭘 하는 건지.'

자신의 옆자리에 누워서도 잘만 자던 그녀가, 요즘엔 왜 이렇게 뒤척이는지 알 수가 없었다.

하지만 지금은 차라리 잠들어 있어서 다행이었다.

아까 주차장에서 화인에게 화를 낸 이후로, 두 사람은 서로 한마디도 하지 않았다.

자신도 그녀에게 뭐라고 말을 해야 할지 몰랐지만, 화인 역시도 굉장히 복잡해 보이는 표정을 짓고 있었다.

어색하게 마주하고 있는 것보단 지금은 이게 더 나을지도 모르겠다는 생각이 들었다.

스윽—

한새는 조심스럽게 대기실 문을 닫고는, 그녀가 혹시라도 잠에서 깨지 않도록 최대한 소리를 죽이며 다가갔다.

그렇게 조용히 그녀의 옆자리에 앉은 한새는, 최근엔 이렇게 화인의 얼굴을 바라본 적이 없다는 사실을 새삼 깨달았다.

처음엔 하도 제 옆에 붙어 있기에 대체 뭐하는 여자인가 싶었는데…….

한새는 지나간 일을 떠올리며 자신도 모르게 옅게 웃음을 지었다.

요즘 들어 이따금 그런 생각이 들었다.

포기할 수 있다면 여기서 그녀를 놓는 게 좋지 않을까.

그런데 문제는 이렇게 얼굴을 바라보기만 해도 너무 좋아서, 그런 모든 생각들이 어느샌가 눈 녹듯이 사라져 버린다는 것이다.

한 마디로 표현하자면 점점 바보가 되어 가는 기분이었다.

'……너무 내 심장 깊이 들어오지 마.'

이러다간 정말 그녀를 놓아주지 못할 것 같았다.

그녀의 의사와는 상관없이 강제로라도 자신의 옆에 붙잡아 놓을지도 모른다.

한새가 아무런 말없이 자고 있는 그녀의 모습을 내려다보고 있을 때였다.

대기실의 문이 벌컥 열렸다.

갑자기 들어온 사람은 다름 아닌 찬우였다.

"한새야, 준비 끝났……."

하지만 그는 하려던 말을 다 내뱉기도 전에 입을 다물고 말았다.

한새가 손가락 하나를 세워서 조용히 하라는 제스처를 취했기 때문이다.

하지만 꼭 그 동작이 아니더라도 찬우는 멈칫할 수밖에 없었을 것이다. 그만큼 지금 두 사람이 풍기는 분위기가 몹시 묘했다.

찬우가 못마땅한 표정으로 조금 전보다 작게 말했다.

"얼른 나와."

"잠깐만, 조금만 있다가 나갈게."

"뭐?"

영문을 모르겠다는 찬우의 질문에 한새가 부드러운 시선으로 화인을 바라보며 대답했다.

"지금은 못 일어나."

가능하면 조금만 더 재우고 싶었다.

"이 여자 내 옆에서만 푹 잘 수 있거든."

어차피 그녀가 눈을 뜨면 이렇게 훔쳐볼 수도 없을 테니까.

그러니까 조금만 더…….

*   *   *

한새를 찾는 곳은 많았다.

가뜩이나 모델로서는 얻기 힘들 만큼의 인기를 누리고 있는 그였지만, 이제는 재벌에다가 기부 천사라는 이미지까지 생긴 터다.

덕분에 사방에서 그를 찾는 러브콜이 끊이지 않고 쇄도했지만, 정작 한새는 그렇게 많은 양의 일을 받아들일 생각이 없다는 게 문제였다.

그렇기에 오랜만에 찬우가 촬영장까지 직접 나오게 된 것이다.

"정말 이 좋은 기회를 다 날려 버려도 되겠어?"

"솔트랑 계약할 때부터 말했잖아, 조금 쉬면서 가고 싶다고."

"하지만……."

놓치기엔 아까운 계약들이 너무 많았다.

더구나 이런 직업이 그렇듯이 몸값이 올라갔을 때 바짝 버는 게 좋았다.

이 기회에 더 많은 활동으로 얼굴을 비추는 것도 중요했고 말이다.

찬우가 머리를 긁적이며 중얼거리듯이 말했다.

"뭐, 넌 제우 그룹의 외손자니 금전적인 건 상관없으려나."

그의 말에 한새의 미간이 알게 모르게 찌푸려졌지만, 굳이 반박하지는 않았다.

일일이 상대하다 보면 끝이 없다는 사실을 잘 알기 때문이다.

사람들의 고정관념을 자신이 바꿔 줄 수는 없다. 그렇다고 '나 이렇게 힘들게 살았다.'라며 지나온 과거를 모두에게 말하고 다닐 것도 아니었으니까.

한새는 무의식적으로 멀찌감치 서 있는 화인을 쳐다봤다. 분명히 무표정한 얼굴인데도 이상하게 자신의 눈엔 귀엽게 느껴졌다.

그가 그녀에게 시선을 고정시킨 채로 나직이 말했다.

"나 일하는 거 좋아해. 내가 욕심이 있다는 건 형도 잘 알잖아."

그 말에 찬우는 말없이 고개를 끄덕였다.

한새가 고등학생일 때부터 데뷔해서 여기까지 함께 온 두 사람이다.

천부적으로 타고난 부분도 많았지만, 그의 노력 없이는 이렇게까지 올라올 수 없었을 것이다. 그 사실은 곁에서 지켜본 찬우가 누구보다 잘 알았다.

한새가 나지막이 말을 이었다.

"내 인생에 중요한 시기라서 그래. 지금 전부 다 걸지 않으면 놓칠 것 같거든."

처음에는 화인이 대악마라는 사실을 알고, 반신반의하는 마음으로 여동생의 병을 치료하기 위해 계약했다.

동생인 한울이를 살리기 위해서라면 자신이 못 할 일은 없다고 여겼으니까.

그래서 스케줄을 조정하며 최대한 그녀를 옆에 데리고 다니려고 노력했다.

분명히 처음엔 그게 전부였다.

하지만 이제는 아니다.

지금이라고 한울이를 생각하는 마음이 변한 건 아니지만, 거기에 한 가지 이유가 더 생겨 버렸다.

대악마인 그녀를 사랑하게 됐으니까.

그녀를 얻기 위해선 어영부영한 마음가짐으로는 안 된다.

박화인은 진심을 다하지 않으면 결코 넘어오지 않을 여자였으니까.

한새의 진지한 표정에 찬우가 이해가 안 간다는 듯이 물었다.

"대체 뭘 놓친다는 거야?"

"저 여자."

한새는 조금의 망설임도 없이 턱짓으로 화인을 가리켰다.

어떻게 보면 낯부끄러울 수 있는 대답인데도 한새는 거침이 없었다.

오히려 그런 말을 듣고 있는 찬우의 얼굴이 기가 막혀서 붉게 물들었다.

"고작 여자 하나 때문이라고?"

"고작이 아니야."

"……."

찬우는 말문이 막히고 말았다.

여자에겐 통 관심이 없는 그가 누군가를 좋아한다고 했을 때부터 걱정이 되긴 했지만 이 정도로 심각한 줄은 몰랐다.

한새에 대한 마음을 알면 알수록 찬우는 놀랄 수밖에 없었다.

그는 본인 입으로 말한 것처럼 일을 좋아하는 타입이었다.

그런데 여자 하나를 놓치기 싫어서 일을 잠시 쉬고 싶다고 말하고 있었다.

다른 누구도 아닌 천하의 이한새가 말이다.

찬우는 그가 왜 이렇게 화인에게 목을 매는 건지 이해가 가질 않았지만, 한 가지 사실은 명확하게 알 수 있었다.

한새가 그렇게 마음을 정한 이상, 그것을 바꾸지는 않을 거라는 것.

찬우가 내키지 않는다는 표정으로 나지막이 말했다.

"난 몰라, 힘없는 나는 그냥 대표님한테 네 의사만 전달할 뿐이니까. 나중에 네가 직접 회사로 찾아와서 설명해야 될 거다."

"알아."

"그땐 지금처럼 말하진 말고."

생각지도 못한 찬우의 조언에 한새는 저도 모르게 픽하고 웃고 말았다.

그 모습에 찬우도 생각할수록 기가 막힌다는 듯이 재차 입을 열었다.

"그런데 정말 천하의 로맨티시스트 나셨네. 지금이 조선시대면 너한테 열녀문이라도 세워 줘야 되는 거 아니냐?"

"내가 무슨 정조 지키는 과부야?"

"아니, 그냥 대단하다고."

찬우는 자신의 여동생이 한새 오빠 한 번만 소개시켜 달라고 난리를 칠 때도, 그런 남자 만나면 인생 망친다고 따끔하게 조언을 했었다.

그런데 생각 외로 그가 너무 지고지순해서 내심 놀라운 마음이 들었다.

지금은 이미 늦어 버렸지만, 일찍이 알았다면 자신의 여동생에게 선뜻 고개를 끄덕였을지도 모르겠다.

그렇게 두 사람이 두런두런 대화를 나누고 있을 때였다.

저 멀리서 커다란 목소리가 들려왔다.

"촬영 다시 시작할게요!"

휴식 시간이 끝나는 소리에 한새가 다시 촬영장 안으로 걸음을 옮기며 말했다.

"난 그럼 가 볼 테니까, 나중에 또 연락해."

"알았어 인마, 촬영 잘하고."

한새는 그의 말에 그저 뒤돌아서 걸어가며 가볍게 손을 한번 흔들 뿐이었다.

찬우는 한새가 가능하면 밖에서 만나는 것보다 촬영장 안에서 보기를 원했기에 이곳을 찾아온 것이었지만, 막상 이렇게 짧은 대화만 나누고 헤어지자니 조금 아쉬운 마음도 들었다.

한새 딴에는 화인이와 떨어질 수 없었기 때문에 가장 자연스럽게 만날 수 있는 장소를 선택한 것이지만, 그 사실을 찬우가 알 리는 없었다.

그저 많이 바쁜가 보다, 라고 생각할 뿐이었다.

요즘 워낙 잘 나가고 있는 한새였기 때문에, 새로운 계약을 더

맺지 않더라도 이미 도장 찍은 내용들은 충실히 이행해야 했으니까.

물론 한새의 계획대로만 된다면 조만간 일정이 많이 비어서 자유 시간이 꽤나 생기게 될 것이다.

저벅저벅—

찬우는 촬영장을 나가다가 문득 걸음을 멈췄다.

벽에 기대어 서 있는 화인의 모습이 눈에 들어왔기 때문이다.

사실 그의 눈에는 아무리 봐도 이해가 되지 않았다.

화인은 어디로 봐도 한새보다 한참이나 떨어지는 조건을 가졌다. 그런데 도리어 한새가 정신을 못 차리고 매달리고 있다니.

뭐, 한새 같은 남자에게 넘어가지 않는 그녀도 어찌 보면 대단하기는 했다.

잠시 고민하던 찬우가 화인을 향해 먼저 다가가 인사를 건넸다.

"안녕하세요."

그의 목소리에 화인의 시선이 움직였다.

두 사람은 이미 한새의 매니저와 운전기사로 서로 얼굴을 아는 사이였다.

"아, 네. 안녕하세요."

그가 자신에게 인사를 건넬 거라고 생각하지 못한 화인은 조금 어색하게 인사를 받았다.

찬우가 뭐라고 말을 해야 할지 일순 머뭇거리다가 이내 나직이 말했다.

"요즘 가장 가까이에 계시는 분이니 한새 잘 부탁드립니다. 무슨 일 있으면 저한테 연락 주시고요."

"알겠습니다."

화인은 평소 말투가 워낙 단답형인 데다가 쓸데없는 말을 하는 스타일이 아니었기에, 누군가가 다가가기 무척 힘든 부류였다.

그리고 그건 대화를 나누고 있는 찬우도 뼈저리게 느끼고 있었다.

평상시에 입담이 좋다는 말도 간혹 듣는 편이었지만, 더 이상 대화를 이끌어 나가기가 힘들다는 생각이 들었다.

찬우는 이내 고개를 살짝 숙이며 어쩔 수 없이 마무리를 지었다.

"그럼 저는 가 보겠습니다. 수고하세요."

"네, 조심히 가세요."

바깥으로 사라지는 찬우의 뒷모습을 물끄러미 바라보던 화인은 이내 한새를 향해 다시 고개를 돌렸다.

사람은 가끔 직접 말로 표현하지 않아도 직감적으로 알게 되는 부분이 있다.

화인은 처음 찬우를 보았을 때부터 그가 자신을 별로 탐탁지 않게 여긴다는 걸 알고 있었다.

그리고 방금 전 대화를 나누는 와중에도 찬우가 자신이 있는 쪽을 자꾸 힐끔거린다는 사실을 알아차렸다.

둘이 무슨 이야기를 나눴는지 알 수는 없었지만, 짐작하건데 아마 자신에 관한 말이 나온 것 같았다.

딱히 그 내용이 궁금한 건 아니었다.

다만…….

계속 마음속에 돌멩이처럼 걸리던 부분이 무엇이었는지 조금은 알 것 같았다.

빛나는 조명 아래에 서 있는 한새는 너무나도 화려했다.

대악마인 자신이 인정할 정도로 잘생긴 얼굴이었으니 더 말해 무엇하랴.

화인이 가만히 그를 쳐다보다가 이내 고개를 돌려 유리창을 바라봤다.

그러자 유리에 비친 자신의 모습이 눈에 들어왔다.

초라했다. 아름답지 않았다.

인간 박화인은 가진 게 아무것도 없었다.

지금까지 인간 세상에서 이십오 년간 살아오면서 단 한 번도 머릿속에 든 적이 없던 생각이 들었다.

'내가 대악마라는 것을 빼고 나면…… 인간으로선 아무런 가치가 없는 게 아닌가?'

여태까지는 그저 대악마가 받을 수 있는 최악의 형벌을 받고 있었을 뿐이다.

어차피 원래의 모습으로 돌아가면 아무런 상관이 없다고 생각했다. 인간의 삶이 어떻게 되든 전혀 알 바가 아니었다.

지금까지는 분명히 그랬는데……

한새가 자꾸 눈앞에 아른거리는 바람에 처음으로 자신의 모습을 돌아보게 되었다.

화인은 저도 모르게 미간을 찌푸렸다.

'저 자식은 대체 내가 왜 좋다는 거야? 이렇게 구질구질한 모습만 봐 놓고……'

반짝거리는 조명 속에 서 있는 한새와 자신과의 거리는 이상하게도 멀어 보였다.

그게 꼭 대악마와 인간이라서만은 아니었다.

그가 눈부실수록 상대적으로 초라한 자신의 모습이 눈에 겹쳐졌다.

조금 전 찬우란 남자가 자신을 쳐다보던 눈빛이 떠올랐다. 마치 깔보는 듯한 느낌.

지금까지는 인정하고 싶지 않아 외면했다.

왜인지 자꾸만 더 비참해졌기에…….

*　　　*　　　*

화인은 자신이 가지고 있는 화장품을 바닥에 늘어놓고는 저도 모르게 한숨을 푹 내쉬었다.

지금까지 대체 어떻게 살아온 건지 모르겠다.

매일 사용하는 스킨로션을 빼면 나머지 화장품들은 몇 개 되지도 않았다.

파우치 안에 들어 있던 마스카라는 언제 마지막으로 꺼내어본 건지 딱딱하게 굳어 있었다.

'하긴 거울조차 제대로 본 적이 없으니…….'

어찌 보면 당연한 일이었다.

스스로의 외모를 가꿔 본 적이 없는데 이런 화장 도구들이 제대로 있을 리가 없었다.

화인은 눈앞에 있는 거울을 빤히 쳐다보다가 저도 모르게 펜슬 하나를 집어 들었다.

슥슥.

그녀가 어느새 거울에 얼굴을 바짝 들이대고 아이라인을 그리고 있을 때였다.

벌컥!

갑자기 뒤편에서 방문이 열리며, 허스키한 목소리가 들려왔다.

"별채에 가면 간다고……."

깜짝 놀란 화인이 순간 동작을 멈춘 채, 거울에 비치는 한새의 모습을 쳐다봤다.

그렇게 두 사람의 시선이 거울을 통해서 딱 마주칠 때였다.

"……큭."

그녀의 모습을 본 한새가 참지 못하겠다는 듯 웃음을 터뜨렸다.

화인의 눈가에 그려진 삐뚤삐뚤한 아이라인이 마치 판다를 연상케 했다.

갑작스런 그의 웃음소리에 순간 화인의 얼굴이 붉게 물들었다. 하지만 이내 불쾌하다는 듯이 그녀가 얼굴을 찌푸리며 나지막이 말했다.

"누가 남의 방에 함부로 들어오래?"

"안 보이기에 찾은 거야."

요즘 계속 어색한 관계를 유지하고 있던 두 사람이었다.

한새는 그녀에게 묘하게 거리를 두고 있었고, 화인 역시도 그를 사무적으로 대할 뿐이었다.

그런데 갑자기 이런 상황이 연출되니 지금까지의 불편함이 조금은 날아간 듯 했다.

한새가 의아하다는 표정으로 물었다.

"오늘 무슨 일 있어? 갑자기 웬 화장이야?"

"네가 알 필요 없어."

화인은 더 이상 묻지 말라는 듯 대화를 자르며 클렌징 티슈를 한 장 뽑았다.

거울 속의 자신은 스스로가 봐도 우스웠다.

'……대체 뭐하고 있는 건지.'

그녀가 눈가를 문지르며 조금 전에 그렸던 아이라인을 지울 때였다.

그 모습을 가만히 지켜보고 있던 한새가 나지막한 목소리로 물었다.

"내가 해 줄까?"

"뭘?"

조금은 짜증스럽게 되받아치는 화인의 말에 한새는 그녀가 쥐고 있던 펜슬을 눈짓으로 가리키며 말했다.

"그거."

그의 말뜻을 알아들은 화인이 조금은 어처구니없다는 표정으로 입을 열었다.

"해 본 적이나 있어?"

"날 뭐라고 생각하는 거야?"

대답과 동시에 문가에 기대어 서 있던 한새가 저벅저벅 화인의 앞으로 다가와서 앉았다.

그리곤 그녀에게서 펜슬을 빼앗고는 제법 안정적인 자세로 손에 쥐었다.

한새의 허스키한 목소리가 이어졌다.

"지금까지 모델 경력이 얼만데, 경험은 별로 없어도 남들이 하는 건 신물이 나도록 봤어."

"이게 그렇게 쉬운 게……."

화인의 말을 자르며 그가 다시 입을 열었다.

"저기 위에 천장이나 쳐다보고 있어."

그의 긴 손가락이 그녀의 얼굴을 향해 가까이 다가올 때였다.

화인은 저도 모르게 고개를 휙 돌리며 단호하게 입을 열었다.

"싫어."

그녀는 그 말을 내뱉자마자 왠지 속으로 뜨끔할 수밖에 없었다.

얼마 전에 한새가 자신에게 억지로 키스를 하면서 했던 말이 떠올랐기 때문이다.

왜 이렇게 싫다고만 하는 거냐고 묻던 그의 목소리가 아직도 귓가에 생생했다.

두 사람 사이에 잠깐의 정적이 흘렀다.

한새가 잠시 멈칫했던 손을 다시 움직여 화인의 얼굴을 잡았다.

"얌전히 있어. 어차피 망치면 지우면 되고, 손해 볼 거 없잖아."

아무렇지도 않은 듯 말하는 그의 목소리에 화인은 입을 다물 수밖에 없었다.

사실은 싫은 게 아니라 창피해서 피하려고 했던 것이다.

하지만 여기서 더 이상 거부를 한다면 서로 어색해질 뿐이었다.

어차피 그의 말대로 마음에 안 들면 지우면 그만이었기에 가만히 얼굴을 맡겼다.

"……빨리해."

생각지도 못한 화인의 허락에 한새가 의외라는 눈빛으로 쳐다봤다.

사실 그녀가 한 번만 더 거절하면 그도 손을 떼려고 했다. 다만 이대로 물러서면 두 사람 다 어색할 것 같아서 오기를 부린 것이었다.

자신의 손길에 이렇게 얌전히 있는 그녀는 처음이었다.

그렇게 두 사람 사이에는 펜슬이 움직이는 소리만 간간이 들려왔다.

잠시 후에 동작을 멈춘 한새가 옆에 있던 손거울을 그녀에게 건네며 말했다.

"확인해 봐."

아무런 기대 없이 거울을 들여다본 화인은 깜짝 놀라고 말았다.

자신이 그렸을 때와는 비교도 되지 않을 정도로 솜씨가 꽤나 좋았다. 눈매만 또렷해졌을 뿐인데도 훨씬 달라 보였다.

"제법인데?"

"그러니까 믿어 보라고 했잖아."

한새가 앉아 있던 몸을 벌떡 일으켜서 다시 바깥으로 나가며 말을 이었다.

"이왕 화장한 거 준비해. 안 그래도 오늘 어디 들를 데가 있었거든."

"너 오늘 스케줄 없잖아?"

"……개인적인 용무야."

그게 뭐냐고 묻기도 전에 한새는 쾅 하고 문 밖으로 나가 버렸다.

어차피 일정 거리 이상 멀어지면 안 되었기에 근처에서 자신을 기다리고 있을 게 뻔했지만, 굳이 다시 나가서 묻지는 않았다.

어디를 가든 그건 한새의 마음이었고, 자신은 그저 따라다니기만 하면 됐으니까.

화인은 평소와 조금 다른 자신의 모습을 거울로 바라보다가 다시 고개를 돌렸다.

호박에 줄 긋는다고 수박이 되는 게 아니라는 말이 있다.

지금 자신의 모습이 꼭 그래 보였다. 이렇게 한다고 볼품없는 게 나아지는 건 아니었다.

'언제부터 이런 걸 신경 썼다고⋯⋯.'

자신도 스스로의 행동이 이해가 가질 않았다.

바닥에 널브러진 오래된 화장품을 바라보는 화인의 눈동자가 복잡하게 변해 갔다.

한새는 그녀의 예상대로 방에서 멀지 않은 곳에 앉아 있었다.

하지만 그의 표정은 좋지 못했다.

깍지를 낀 손에다가 이마를 기대고 앉아 있는 모습은 누가 보아도 무언가 고민을 하는 자세였다.

'무슨 인내심 테스트를 받는 것도 아니고⋯⋯.'

아직도 화인의 얼굴을 만졌던 손이 떨려 왔다.

자신이 직접 제안한 것이었지만 무슨 정신으로 그녀에게 화장을 해 준 건지 모르겠다. 확실한 건 이를 악물고 했다는 사실이다.

점점 자신이 없어졌다.

사실 조금 전에도 키스를 하고 싶다는 생각이 머릿속을 가득 메웠었다.

커다란 눈망울에 오밀조밀한 얼굴, 그리고 선홍빛의 입술.

화인은 알지 모르겠다.

지금 본인이 하고 있는 의미 없는 행동들이 한새에게는 치명적인 유혹으로 다가온다는 것을.

저번에 강제로 키스를 하고 난 이후에 어떻게든 스스로를 자제해 보려고 노력 중이었지만 시간이 갈수록 쉽지 않다는 사실만 깨달을 뿐이었다.

좋아하는 여자가 손을 뻗으면 언제든 닿을 거리에 있다. 그런데 절대로 만져서는 안 된다.

그게 가끔은 미칠 것 같았다.

물론 눈에 안 보이면 죽을 것 같았기에 어떤 상황에서든 그녀가 옆에 있는 게 좋았지만…….

짝사랑이라는 게 참 힘들었다.

"후우."

한새가 저도 모르게 짤막하게 한숨을 토해 냈다.

그때 저 멀리서 자신을 부르는 화인의 목소리가 들려왔다.

"이한새, 어디 있어?"

그가 자리에서 벌떡 일어나서 다시 그녀의 방을 향해 서둘러

다가갔다. 그러자 막 나갈 준비를 마친 그녀의 모습이 보였다.

화인이 의아한 표정으로 물었다.

"어디에 있었어?"

좁은 별채 안에서 그의 모습이 보이지 않자 막 찾으려던 찰나였다.

한새는 자신이 앉아 있던 방향을 턱짓으로 가리키며 입을 열었다. 조금 전까지 고민하던 흔적은 조금도 보이지 않는 모습이었다.

"저기."

그가 있던 곳은 유일하게 모퉁이가 있어서, 그녀의 방에서 바로 눈에 들어오지 않는 곳이었다.

화인은 그가 가리킨 방향을 바라보다가 이해가 안 된다는 듯 물었다.

"숨바꼭질하는 것도 아니고 왜 숨어 있어?"

"누가 숨었다고 그래. 술래한테 잡히기도 전에 나오는 숨바꼭질 봤어?"

한새는 아무렇지도 않게 몸을 돌리다가 화인의 얼굴에서 달라진 부분을 발견했다.

바로 방금 전에 그려 주었던 아이라인이 깨끗하게 지워져 있는 것이다.

"화장 마음에 든 거 아니었어?"

그의 질문에 화인이 저도 모르게 얼굴을 반대로 돌리며 퉁명스럽게 대꾸했다.

"그냥 안 어울리는 것 같아서."

"예쁘던데, 왜?"

자연스럽게 나오는 한새의 말에 화인은 순간 딱딱하게 굳을 수밖에 없었다.

이 모습이 예쁘다고?

그럴 리가 없었다.

귀찮아서 꾸미고 다니지 않았을 뿐, 그동안 화인의 눈이 어떻게 된 건 아니다.

그런데 왜, 이 말이 싫지만은 않은 걸까.

'나도 여자라는 건가?'

화인은 자신도 모르게 피식하고 실소를 머금고 말았다.

예쁘다는 말이 이토록 달콤하게 들린 적은 처음이었다. 그동안 숱한 사탕발림을 들었어도 지금만큼 만족스럽게 느껴졌던 적은 없었다.

그대로 앞장서서 걸어가는 그의 뒤를 뒤따르며 화인이 나지막이 물었다.

"어디 가는 건데?"

그녀의 물음에 순간 한새의 눈동자가 약간 음울하게 변했다.

항상 발길이 무거워서 자주 찾아가지 못한 곳이었다.

아마 하급 악마만 아니었다면 화인과 함께 가는 것보다 혼자 조용히 다녀오는 것을 선택했을 것이다.

잠시 멈칫했던 한새가 나지막한 목소리로 대답했다.
"오늘이 내 동생 생일이거든."

두 사람은 아주 오랜만에 한림 요양원에 다시 방문했다.
오는 내내 차 안은 조용했다.
한새는 최근에 그랬던 것처럼 가만히 눈을 감고 앉아 있었고,
화인도 딱히 입을 열지는 않았다.
병실 안으로 들어오는 길은 이미 한번 와 본 곳이라서인지 묘
하게 익숙했다.
불현듯 화인의 머릿속에는 여기서 그를 처음 만났을 때가 떠
올랐다.
어디에 정신을 팔고 있었던 건지, 차에 치일 뻔한 한새를 구해
내고 그 덕분에 상처가 낫는 장면을 직접 보여 주게 되었다.
어떻게 보면 자신과 그는 여기서부터 시작이 되었다고 할 수
있었다.
바로 이 병실에서 악마와의 계약을 맺었으니까.
화인은 아픈 환자라고 하기엔 너무나도 예쁘장하게 생긴 한울
이를 물끄러미 바라봤다.
이렇게 같은 공간에 있는 것만으로도 흘러나오는 마력의 양이
엄청났다.
아마 이런 마력의 파장을 느끼는 건 여기서 자신뿐일 테지만
말이다.

한참의 시간이 지났는데도 불구하고, 한새는 멀찌감치 서서 자신의 동생을 눈으로만 바라볼 뿐 한 마디도 건네지 않았다.

잠자코 기다리던 화인이 더 이상 참지 못하고 결국 입을 열었다.

"나 때문에 불편한 거면 밖에 나가서 기다릴까?"

"……그럴 필요 없어."

지금은 어쩌다 보니 화인과 같이 오게 되었지만, 한새는 거의 대부분 한울이를 보러 혼자 왔었다.

그리고 자신이 한울이에게 말을 건네지 않게 된 것은 꽤나 오래된 일이었다.

한새가 느릿하게 말을 이었다.

"동생한테 딱히 할 말이 없거든."

어딘가 냉정하게도 들리는 그의 말에 화인이 이해가 안 간다는 듯이 입을 열었다.

"동생 생일이라고 잊지도 않고 찾아온 오빠가 할 말이 없다는 게 말이 돼?"

화인이 알기로도 한새는 자신과 만나고 난 이후 한울이를 보러 찾아온 적이 단 한 번도 없었다.

악마와의 계약을 한 이유가 동생 때문이면서, 정작 그렇게 아끼는 동생의 얼굴은 보러 가질 않는다.

그 괴리감이 이상해서 화인도 내심 궁금하긴 했지만, 지금까진 자신이 참견할 문제가 아니라고 생각해서 묻지 않았었다.

하지만 그의 과거를 알게 되니 더욱 궁금해졌다.

동생 때문에 편안한 삶도 포기했으면서 이렇게 쌀쌀맞게 대하는 이유가 뭐란 말인가.

"여기까지 왔으면 최소한 생일 축하한다는 말 정도는 해 줄 수 있잖아. 왜 이렇게 한 마디도 못 하는 건데?"

그에게 말을 건네면서도 화인은 자신답지 않다는 생각을 떨쳐 버릴 수가 없었다.

이렇게 남의 일에 오지랖을 부리는 성격이 아닌데도, 이상하게 그냥 내버려 둘 수가 없었다.

"그런가?"

미처 몰랐다는 듯이 대답하는 한새의 말에 화인은 왠지 속이 터질 것 같았다.

"난 밖에 있을 테니까 둘이서 얘기 좀 하고 나와."

그 말을 남기고 화인이 막 몸을 돌리려고 할 때였다.

한새의 허스키한 목소리가 그녀의 발목을 붙잡았다.

"안 가도 돼."

"……?"

"내가 동생한테 해선 안 될 말을 한 적이 있어. 그래서 입을 열면 나도 모르게 실수할까 봐 그래."

자신이 힘들 때 버팀목이 되어 준 존재가 바로 동생 한울이었다. 하지만 그와 반대로 가장 힘들게 한 것도 다름 아닌 그녀였다.

애증의 관계라고 해야 할까.

한울이가 잘못한 건 하나도 없었지만, 자신이 힘들었을 때 저도 모르게 그녀를 원망했었다.

처음엔 자신도 한울이에게 말을 건네지 않는 이유를 알지 못했지만, 시간이 지날수록 자연스럽게 알게 되었다.

혹시라도 동생에게 또다시 원망의 말을 내뱉을까 봐 두려운 것이다.

그래서 한울의 앞에서는 어느 순간부터 입을 다물게 됐다.

"……미안해서."

설령 한울이가 자신을 용서한다고 해도, 한새는 스스로를 용서할 수 없었다.

그때의 자신이 품었던 지독한 감정은 누구보다 스스로가 가장 잘 알고 있으니까.

한새가 어딘가 슬픈 미소를 지으며 화인을 돌아보았다.

"이상하게 너한텐 자꾸 이런 모습만 보이네."

세상에서 가장 멋있게 보여도 모자랄 판국에 자꾸 남들에게 보여 주기 싫은 모습만 잔뜩 들키는 것 같았다.

이런 약한 자신을 아무한테도 들키고 싶지 않았는데…….

화인은 그런 한새를 가만히 쳐다보다가 퉁명스러운 목소리로 말했다.

"나도 너한테 내 치부를 드러내고 있잖아."

갑작스러운 그녀의 말에 한새가 무슨 뜻이냐는 듯이 쳐다봤다.

그러자 화인의 말이 다시 이어졌다.

"지금 내 모습 말이야."

대악마로서 모든 걸 잃고 아무것도 가지지 않은 지금이 그녀에게는 최악의 순간들이었다.

그리고 그것을 숨김없이 보여 준 인간이 바로 한새였다.

그도 이내 그녀의 말뜻을 깨닫고 입가에 흐릿한 미소를 지었다.

"……위로도 참 너답다."

한울이가 있는 요양원에서 다시금 집으로 돌아오는 길은 조용했다.

한새는 여전히 두 눈을 감은 채 앉아 있다가 차가 집에 도착하자 기다렸다는 듯이 내렸다.

그의 종잡을 수 없는 행동에 화인은 남몰래 고개를 저을 뿐이었다.

'인간들은 정말 알 수가 없어.'

몸소 겪어 보니 이런 걸 밀당이라고 부르는 건가 하는 생각이 들었다.

밀당이란 단어는 많이 들어 봤지만 인간의 몸으로 누군가와 연애를 해 본 적이 없기에 직접 경험하는 건 처음이었다.

한새는 한순간 아주 가깝게 다가왔다가, 그녀가 조금이라도 경계를 하려고 하면 또 금세 멀어져 버린다.

마치 손가락 사이로 빠져나가는 모래알처럼 손에 쥘 수가 없었다.

분명 먼저 좋아한다고 고백한 건 그인데, 자신이 왜 이렇게 신경이 쓰이는지 모르겠다.

뒤늦게 못마땅한 표정으로 차에서 내리는 화인의 눈에 마침 들어오는 것이 있었다.

"어?"

그건 바로 한새의 휴대폰이었다.

얼마나 정신없이 내렸으면 이런 것도 흘리고 다니는 건지.

타박타박.

빠른 걸음으로 한새의 뒤를 따라 잡은 화인이 그를 향해 손을 뻗었다.

무심코 앞서 걷고 있던 그의 단단한 팔목을 잡을 때였다.

타앗!

한새가 단번에 그녀의 손길을 뿌리쳤다.

예상치 못한 그의 거친 태도에 화인은 저도 모르게 놀란 눈으로 그를 쳐다볼 수밖에 없었다.

한새도 자신이 너무 과하게 반응했다는 생각이 드는 건지 약간 머쓱한 표정을 짓고 있었다.

"……무슨 일이야?"

그의 나지막한 물음에 화인이 다른 손에 쥐고 있던 휴대폰을 앞으로 내밀며 대답했다.

"네 휴대폰, 두고 내렸잖아."

"몰랐어, 고마워."

한새가 그녀의 손 안에서 휴대폰을 거의 빼앗다시피 가져가며 다시 몸을 돌릴 때였다.

참다못한 화인이 그의 뒷모습에다 대고 입을 열었다.

"언제까지 이럴 거야?"

그녀의 목소리에 한새의 발걸음이 우뚝 멈춰졌다.

그가 돌아보지 않은 채로 입을 열었다.

"뭘?"

"몰라서 물어? 잘해 줬다가 멀어졌다가 순전히 네 마음대로……."

따지듯이 말하는 그녀의 말을 한새의 허스키한 목소리가 잘라 버렸다.

"그럼 내가 어떻게 해야 하는데?"

대답과 동시에 그가 천천히 그녀를 향해 다시 고개를 돌렸다.

그러자 드러난 얼굴은 방금 전과는 달랐다.

평상시처럼 무심한 표정이 아니라 무언가를 억눌러 참고 있는 듯 진지했다.

"너야말로 사람을 이렇게 단번에 무장해제 시키지 마."

함부로 다가서면 화인이 도망가 버렸기에 죽을힘을 다해 참고 있는 중이었다.

그런데 아무렇지도 않게 자신의 손을 덥석 잡는 그녀는 경각심이 모자라도 한참 부족했다.

자신이 고백을 몇 번이나 했는데, 아직도 이렇게 허물없이 대한단 말인가.

"그게 무슨 말이야?"

화인이 이해가 안 간다는 듯이 묻자, 한새가 작게 실소를 머금으며 그녀에게 한 걸음 다가갔다.

저벅.

그의 뜨거운 눈빛에 화인은 저도 모르게 뒤로 한 발자국 물러섰다.

대악마인 그녀가 누군가를 상대로 뒷걸음질을 친 건 난생처음 있는 일이었다. 하지만 지금은 그런 것 따위 신경 쓸 수가 없었다.

지금 한새가 풍기는 분위기가 매우 위험하고, 숨이 막힐 정도로 압도적이라 다른 생각은 하나도 떠오르지 않았다.

한새가 낮아진 목소리로 말했다.

"함부로 만지지 말라고, 난 네가 손만 잡아도 가슴이 미친 듯이 뛰니까."

"……!"

"네가 잘해 주면 혹시 너도 날 좋아하는 건 아닐까 착각도 들어."

화인이 하는 자그마한 행동에도 혼자서 의미를 부여해서는 얼마나 실없이 웃는지 모른다.

그녀는 아무것도 알지 못한다.

정말 아무것도 모르니까 이런 행동을 서슴없이 할 수 있는 것이다.

"너는, 내가 널 상대로 뭘 하는 것 같은데?"

조금이라도 머리를 써 가면서 행동하기에 한새는 지금 너무나
도 여유가 없었다.

저벅.

한새가 한 발자국 더 다가가자, 화인이 그만큼 한 걸음 더 뒤
로 물러섰다.

그의 허스키한 목소리가 다시 흘러나왔다.

"네가 싫다고 하니까 죽을 만큼 참고 있는 거 모르겠어?"

얼마나 만지고 싶은지 모른다.

자신을 올려다보는 그녀의 얼굴을 바라보고 있자면 숨이 막힐
정도로 으스러지게 안아 버리고 싶은 충동이 한두 번 들었던 게
아니다.

지금도 마찬가지였다.

조금씩 물러서던 화인의 등이 어느샌가 툭 하고 벽에 닿았다.

더 이상 뒤로 물러설 공간이 없었다.

하지만 한새의 눈빛은 여전히 변함없었다. 도저히 눈을 돌려
피할 수 없을 만큼 뜨거웠다.

"내가 정말 널 어떻게 하면 좋을까? 어떻게 하면 나한테 넘어
올래?"

타악.

한새의 양손이 화인이 서 있던 벽을 짚어서 그녀를 가둬 버렸다.

이대로 그녀의 입술을 탐하고 싶다는 충동이 참을 수 없을 만큼 치밀었다.

"너는 내가 지금 무슨 생각하는지 모르지?"

스윽.

한새가 고개를 슬쩍 숙여서 화인의 커다란 눈동자와 똑바로 눈을 마주쳤다.

오싹하다고 느껴질 정도로 섹시한 모습이었다.

"너랑 키스하고 싶어."

단도직입적인 그의 말에 화인은 아무런 대꾸도 하지 못한 채 꼼짝없이 얼어 버렸다.

그런 그녀의 귓가에다 대고 한새가 다시 한 번 나지막이 속삭였다.

"너랑 키스하고 싶어서 죽을 것 같아."

그의 숨결이 닿자 화인은 왜인지 귓가가 데일 것 같이 뜨겁게 느껴졌다.

아무런 대답도 하지 못하는 그녀를 내려다보다가 한새가 나지막이 다시 말을 이었다.

"그런데 여기서 너 건드리면 또 나한테서 멀어지려고 할 거잖아."

한새는 벽을 짚었던 손을 주먹으로 꽉 쥐며, 아래로 내렸다.

그것만은 안 되었다.

그녀가 자신에게서 멀어지는 것만은.

"사람 우습게 보지 마, 피하는 게 아니라 죽을힘을 다해 참는 거니까."

한새는 그 말만 남긴 채 먼저 집 안으로 들어가 버렸다.

하지만 화인은 그 자리에 서서 꼼짝도 할 수가 없었다.

방금 전 그가 자신을 바라보던 눈빛과 허스키한 목소리가 여전히 남아 맴돌았다.

이런 말하기 우습지만, 이미 한새가 자신을 좋아한다는 사실을 알고 있었다. 그뿐만 아니라 그가 자신에게 키스를 하고 싶다고 말을 한 것도 처음이 아니었다.

그런데 자신의 마음이 이전과 선명하게 달랐다.

한참을 그렇게 서 있던 그녀가 기가 막힌다는 표정으로 중얼거렸다.

"……이거 뭐야?"

그녀가 저도 모르게 가슴 위로 손바닥을 올려봤다. 그러자 엄청나게 빠르게 뛰어 대는 심장이 느껴졌다.

두근두근두근.

인간으로 살아오면서 이토록 가슴이 빠르게 뛴 적은 단 한 번도 없었다.

난생처음 느껴 보는 감정에 화인은 당황해야만 했다.

그리고 그제서야 자신이 한새를 상대로 뒷걸음질을 쳤다는 사실을 깨달을 수 있었다.

자신은 셀 수도 없이 많은 적들을 단칼에 베어 버린 대악마 벨로나였다.

다른 누구도 아닌 전쟁의 여신이라 칭해지던 벨로나란 말이다.

그런데 한낱 인간을 상대로…….

화인은 저도 모르게 허탈한 웃음을 터뜨리고 말았다.

우습게도 조금 전 이 자리에 있었던 건 그저 한 명의 여자였을 뿐이다.

화인은 스스로도 믿기지 않는다는 듯이 양손을 들어 이마를 짚을 수밖에 없었다.

"말도 안 돼……."

지금까지 뭔가 이상하다고 느낀 적은 몇 번 있었지만, 막상 자신이 상상하던 것 이상의 감정을 깨닫게 되자 머릿속이 혼란스러웠다.

인간을 상대로 무얼 할 수 있다고 이런 마음을 품게 된 것일까.

화인은 잔뜩 복잡해진 눈동자로 한새가 들어간 현관문을 물끄러미 바라볼 뿐이었다.

아무리 부정해도 이제는 인정할 수밖에 없었다.

자꾸 그의 앞에만 서면 초라해졌던 이유가 무엇인지, 뜬금없이 화장을 하고 싶다는 충동이 생긴 이유가 뭔지.

"……네가 정말 미쳤구나, 벨로나."

화인은 인정하고 싶지 않은 현실에 두 눈을 질끈 감았다.

　　　　*　　　*　　　*

　그날 이후, 두 사람의 일상은 가시방석이 따로 없었다.

　예전에는 한새 혼자서만 그녀에게 거리를 뒀었지만, 이제는 화인도 그를 피하기 시작했다.

　언제나 붙어 있어야 되는 두 사람 사이가 어색해지는 건 당연한 일이었다.

　"……."

　"……."

　이렇듯 한 공간에 두 사람만 남게 되었을 때가 제일 곤혹스러웠다.

　차라리 일이라도 하고 있을 때는 서로에게 조금 덜 관심을 가질 수도 있었지만, 이런 순간만은 도무지 어떻게 할 도리가 없었다.

　화인은 힐끔 한새의 조각 같은 옆모습을 쳐다봤다.

　그는 늘 그랬듯이 팔짱을 낀 채로 두 눈을 감고 앉아 있었다.

　예전에는 그가 이러는 이유를 알지 못했다.

　하지만 이제는 알게 되었다.

　눈을 감고, 귀를 닫고…….

　한새는 자기의 감정을 참고 있는 것이다.

　그는 혹시 지금도 자신에게 키스를 하고 싶은 것일까?

　쓸데없는 궁금증이 떠오르자 화인은 저도 모르게 고개를 절레

절레 혼들며 머릿속의 생각을 떨쳐 냈다.

'설령 그렇다고 해도 그게 나랑 무슨 상관인데?'

조금만 더 버티면 대악마로 다시 되돌아갈 수 있다.

이제야 겨우 안정적으로 형벌의 시간을 줄이고 있는 마당에 그와의 연애로 도박을 할 수는 없었다.

여러 가지 경우의 수가 있겠지만, 만에 하나라도 한새와 만나다가 대악마가 되기 전에 헤어져 버리면 문제가 생길지도 모른다.

그뿐만이 아니었다.

서로가 너무 잘 맞아도 문제였다.

자신은 결국 그를 여기에 두고 대악마로 돌아가야 했으니까.

'남겨지는 건 너야. 결국 상처 받는 것도 너고.'

아무리 생각해 봐도 두 사람은 시작이란 걸 해서는 안 되는 관계였다.

자신이 그에게 끌리고 있다는 걸 인정했지만 그뿐이다.

그 이상은 안 되었다.

불현듯 한새가 얼마 전에 자신에게 했던 말이 떠올랐다.

'너 때문에 다쳐도 좋아, 상처 입어도 괜찮아.'라고 속삭이던 그의 나지막한 목소리가 아직도 생생했다.

하지만 그의 의지와 상관없이 화인이 싫었다.

어째서 끝이 뻔히 보이는 길을 가야 하는데?

'……고작 사랑이잖아.'

아무리 쳐 줘도 겨우 그뿐이었다.

이미 한 번 인간 세상에서 엄마란 존재에게 마음을 주고 상처를 받은 적이 있었다.

그런데 또다시 인간에게 마음을 빼앗기다니 스스로가 참 바보 같단 생각이 들었다.

'인간의 몸에 너무 오래 갇혀 있었던 건가?'

요즘 따라 부쩍 자신답지 않다고 느끼는 감정들이 많아졌다. 그리고 그런 스스로의 모습들이 영 마음에 들지 않았다.

더 이상은 정말로 위험했다.

직감적으로 그런 생각이 들었다. 그래서 화인이 저도 모르게 표정을 구기고 있을 때였다.

드르륵, 드르륵.

탁자 위에 올려놓았던 휴대폰이 진동을 토해 냈다.

무심코 확인해 보니 발신자는 동생인 해준이었다.

화인이 말없이 휴대폰을 쥐고 대기실 바깥으로 나가려고 몸을 일으킬 때였다.

한새가 그것을 알아채고 나지막한 목소리로 말했다.

"여기서 받아도 돼."

"신경 쓰지 마, 내가 알아서 해."

찬바람이 쌩하고 느껴질 정도의 쌀쌀맞은 태도로 화인은 밖으로 나가 버렸다.

한새는 그녀가 나가 버리고 난 빈자리를 바라보며 절로 미간을 찡그렸다.

이런 걸 바란 건 아니었다.

그저 자신의 감정을 전혀 모르고 있는 그녀를 보고 있자니 조금 억울해졌을 뿐이다.

결국 참아 내지 못한 말들을 입 밖으로 내뱉은 결과가 이것이었다.

'대체 나보고 여기서 뭘 더 어떻게 하라는 건데?'

이미 안간힘을 다해 그녀가 싫다는 행동을 참고 있는 중이다.

하지만 언제까지 좋아하는 감정을 억누를 수만은 없었다.

이렇게 차가운 태도로 일관하는 화인을 보고 있자니 정말로 그녀에게 사랑을 얻지 못할까 봐 덜컥 겁이 났다.

"……뭐가 이렇게 자꾸 아파."

감정은 자꾸만 멋대로 튀어나와 송곳처럼 자신을 찔러 댔다.

달칵.

화인은 대기실 밖으로 나온 다음, 해준에게서 걸려 온 전화를 받았다.

수화기 너머로 그의 목소리가 들려왔다.

ㅡ누나?

"무슨 일이야?"

ㅡ아무리 전화해도 통화가 안 돼서 무슨 일이 있는 건 아닌지 걱정했어요.

"특별한 일은 없어. 그냥 바빴어."

─됐어요, 혹시 무슨 일이 있어도 나한테는 말 안 해 줄 거잖아요.

아무렇지도 않게 흘러나오는 해준의 말에 화인은 괜스레 속으로 뜨끔하고 말았다.

가끔 보면 주변 사람들은 생각보다 자신에 대해 많은 걸 알고 있었다. 이따금 이렇게 깜짝 놀랄 만큼 말이다.

사실 그녀는 요새 한새와의 일 때문에 머릿속이 아주 복잡하다 못해 터져 버릴 것 같았다.

이따금 그를 보고 가슴이 두근거릴 때마다 마음 같아선 심장을 뽑아내 버리고 싶었다.

잠시 한새를 떠올리던 화인이 나지막한 목소리로 입을 열었다.

"너 누구 좋아해 본 적 있어?"

─……네?

갑작스러운 그녀의 질문에 휴대폰 너머 해준의 목소리가 떨려 왔다.

해준에게는 화인의 목소리를 듣고 있다는 행복감도 순식간에 머릿속에서 지워질 만큼 충격적인 말이었다.

갑자기 왜 이런 질문을 하는 건지, 심장이 바짝 조여 왔다.

─뜬금없이 그게 무슨 말이에요?

"아니, 너는 어떻게 연애하는지 궁금해서……."

─바빠서 그런 거 할 시간 없어요. 그리고 난 누나말고 다른 건 관심도 없고요.

해준의 단호한 대답에 화인은 저도 모르게 피식하고 작게 웃었다. 동생이란 생각이 들어서인지 조금은 기특하게 들리는 말이었다.

사실 얼마 전까지만 해도 해준을 타인이나 다름없다고 생각했는데, 몇 번 얼굴을 보고 목소리를 들으니 그새 정이 조금 든 모양이었다.

해준이 어딘가 조바심이 느껴지는 목소리로 재차 물었다.

—그런 건 왜 물어보는데요?

"그냥 문득 생각나서 물어본 거야. 별 뜻 없으니까 깊게 생각하지 마."

화인은 아무렇지 않게 대답했지만, 그렇다고 해준도 그걸 똑같이 받아들일 순 없었다.

—누나, 혹시라도 무슨 일 생기면 나한테 말해요.

"알았으니 괜한 걱정은 하지 마."

시원시원한 화인의 대답에도 해준의 마음은 조금도 놓이지가 않았다. 그녀의 옆에 한새가 있다는 걸 알고 있었으니까.

해준이 다시 말을 꺼내려고 하는 찰나였다.

—언제 한번…….

"잠시만."

화인은 자신을 향해 똑바로 다가오는 누군가를 발견하고 해준의 말을 잘랐다.

고개를 돌리자 자신의 바로 앞에 멈춰 선 남자의 얼굴이 보였다.

쩨나 잘생긴 외모를 가진 그는 처음 보는 화인을 향해 스스럼없이 먼저 말을 건넸다.

"대기실 안에 한새 있어요?"

통화 중인 그녀가 말없이 고개를 끄덕이자 남자는 밝게 웃으며 말했다.

"저 한새 친구거든요. 잠깐 들어갈게요."

그가 그대로 자신을 지나쳐 순식간에 안으로 들어가려고 하자, 화인은 일단 전화를 끊어야겠다는 생각에 통화 중인 해준을 향해 다급히 말했다.

"해준아, 나중에 다시 통화하자."

하지만 그러는 사이 정체불명의 남자는 이미 한새가 있는 대기실의 문을 활짝 열고 있었다.

벌컥!

처음엔 무심하게 이쪽을 바라보던 한새도 갑자기 나타난 그의 등장에 꽤나 놀란 눈치였다.

"너⋯⋯!"

그는 한새를 발견하고는 씨익 웃었다. 그 모습에서 왜인지 개구쟁이 같은 느낌이 풍겨 왔다.

"이한새, 하도 연락이 안 돼서 죽은 줄 알았다."

7

세상에 너 하나만

"서민준, 네가 여길 어떻게……."

민준은 한새와 같이 모델 일을 하는 동료로, 두 사람은 이미 알고 지낸 지 꽤나 오래된 친구 사이였다.

놀란 한새의 얼굴을 보며 민준이 억울하다는 듯이 입을 열었다.

"누가 보면 내가 네 연락 피한 줄 알겠다. 사람 전화를 이렇게나 무시할 수 있는 거야?"

따지듯이 말하는 그의 말에 한새는 조용히 입을 다물 수밖에 없었다.

그가 자신에게 전화를 건 이유가 너무나도 뻔했기에 그동안 피해 온 건 사실이었다.

민준은 유달리 놀기를 좋아하는 남자였으니까.

"대체 얼마나 바쁘기에 전화를 받을 시간도 없는 건데? 제우 그룹이라도 물려받는 거야?"

민준의 입에서 튀어나온 제우 그룹이란 단어에 한새의 미간이 미미하게 찌푸려졌다.

생각해 보니 그동안 모임에 참석을 안 해서 그렇지, 이미 자신이 제우 그룹의 외손자라는 사실을 모르는 이들은 없을 것이다.

"그런 말 하러 온 거면 그냥 가."

차가운 한새의 대답에도 민준은 천연덕스럽게 웃으며 그의 옆자리로 가서 앉았다.

두 사람이 친해진 이유도 이러한 것 때문이었다.

쌀쌀맞은 한새에게도 민준은 스스럼없이 다가가는 타입이었으니까.

그리고 그건 지금도 마찬가지였다.

민준이 다시 말했다.

"쳇, 내가 네 소식을 언론을 통해 들어야겠냐?"

"괜히 섭섭한 척하지 말고, 무슨 일로 온 건데?"

본론만 말하라는 한새의 태도에 민준이 의미심장한 표정을 지으며 말했다.

"너 촬영 다 끝났다며. 오늘 스케줄 더 없는 거 맞지?"

"그건 왜?"

"하. 기억 안 나?"

"뭘?"

"너 저번에 파티 참석한다고 해놓고 그대로 잠수 탔잖아."

민준의 말에 한새의 머릿속에 그제서야 떠오르는 기억이 있었다.

바로 화인과 악마와의 계약을 맺은 날이었다.

사실 그날 처음 집을 나선 이유가 민준이 부른 파티에 참석하기 위해서였다.

중간에 한울이가 가망이 없을 것 같다는 전화를 받고, 급하게 요양원으로 차를 돌려서 그렇지 분명 처음에는 그를 만나러 가고 있었다.

"아, 그랬지."

미적지근한 한새의 반응에 민준이 기가 막힌다는 듯이 재차 입을 열었다.

"내가 그날 너 기다리는 애들한테 얼마나 시달렸는지 알아? 너 그 이후로 연락도 잘 안 됐잖아."

"그땐 갑자기 급한 일이 생겨서……."

"됐고, 내가 그때 너 도망치면 각오하라고 했지?"

이상하게 단호한 그의 태도가 어딘가 불길하게 느껴질 때였다.

민준의 말이 다시 이어졌다.

"나 여기까지 너 납치하러 온 거야. 너 보고 싶다는 애들이 얼마나 성화인 줄 아냐?"

"설마 지금 바로 파티에 가자고?"

"딩동댕!"

장난스럽게 웃는 민준의 얼굴을 바라보다가 한새는 저도 모르게 문가에 서 있는 화인을 쳐다봤다.

찰나의 순간이었지만, 화인 역시도 그가 자신을 쳐다보는 걸 똑똑히 느꼈다.

한새는 이내 아무렇지도 않은 표정으로 딱딱하게 대답했다.

"오늘은 안 돼."

"아, 또 왜?"

"선약이 있어. 다음에 시간 되면 갈게."

"그렇게 따지면 약속은 나랑 먼저 한 거 아니야?"

민준은 오늘 어떻게든 한새를 데려가고 말겠다는 각오를 다진 상태였다.

쉽게 물러설 기미가 보이지 않는 그를 바라보며, 한새가 어떻게 떼어 놓을까 고민을 하고 있을 때였다.

전혀 생각지 못한 곳에서 그들을 향한 목소리가 들려왔다.

바로 이 상황을 가만히 지켜보고 있던 화인이 입을 연 것이다.

"나 때문이면 그냥 갔다 와."

그녀의 짤막한 말에 한새의 미간이 인정사정없이 찌푸려졌다.

하지만 그와 반대로 민준의 표정은 해맑게 변했다.

"아 그냥 스태프인 줄 알았는데, 한새랑 약속한 게 그쪽이었어요?"

"아마 그럴걸요."

화인은 자신의 옆에서 한새가 사라지면 하급 악마들이 나타날 거라는 사실을 알고 있으면서도 태연하기 그지없었다.

그들에게 괴롭힘을 당하는 것이 당연히 좋지는 않았지만, 지금까지 수도 없이 겪어 왔던 일이다.

사실 한두 번 더 경험한다고 해서 달라질 건 없었다.

더구나 한새는 그녀의 이러한 비밀을 알고 난 후, 지나치게 개인적인 시간을 갖지 않고 있었다.

그런 점이 내심 고마운 건 사실이었지만, 그에게도 가끔 자유 시간이 필요하지 않을까 생각도 들던 참이다.

가뜩이나 지금은 서로의 감정들로 복잡한 상황.

조금 전 자신의 눈치를 살피는 걸 보고 있자니, 기왕이면 이럴 때 잠시 떨어져 있는 것도 나쁘지 않겠다는 생각이 들었다.

그동안 형벌의 시간이 줄어들지 않을 거라는 점이 유일하게 마음에 걸렸지만, 그것도 오늘 하루만큼은 양보해 줄 수 있을 것 같았다.

"재밌게 놀다 와."

마지막으로 쐐기를 박는 화인의 말에 민준이 자리에서 벌떡 일어나며 소리쳤다.

"이제 약속도 정리된 거지? 얼른 가자!"

한새는 잔뜩 가라앉은 표정으로 두 사람을 바라보다가 나직이 말했다.

"알았어."

"그럼 내 차 타고 갈까?"

기다렸다는 듯이 흘러나오는 민준의 말을 자르며, 한새가 다시 입을 열었다.

"가야지. 그런데 혼자는 아니고……."

한새의 강렬한 시선이 천천히 화인을 향했다. 빤히 그녀를 쳐다보던 그가 느릿하게 말을 이었다.

"저 여자랑 같이 갈 거야."

"엥?"

갑작스러운 한새의 말에 민준이 이해가 안 간다는 듯이 두 사람을 번갈아 쳐다봤다.

화인 역시도 깜짝 놀랄 수밖에 없었다.

한새 혼자 가서 재밌게 놀고 오라니까, 뜬금없이 자신을 왜 데리고 간단 말인가.

"갑자기 무슨 소리야?"

화인이 어처구니없다는 표정으로 물었지만, 한새는 그녀의 말을 깡그리 무시하며 민준을 향해 다시 입을 열 뿐이었다.

"파티가 정확히 몇 시야?"

"한 시간 반 후인데……."

"먼저 가 있어."

두 사람의 눈치를 보던 민준이 그 말에 말도 안 된다는 듯이 펄쩍 뛰었다.

"내가 널 어떻게 믿고 먼저 가. 지금까지 당한 게 몇 번인데."

"그럼 주차장에서 기다리든가. 이대로 데리고 갈 수는 없잖아."

한새의 말에 민준의 시선이 저도 모르게 화인을 향했다.

연예인들이 잔뜩 모이는 파티에 참석하기에 지금 화인의 스타일이 매우 초라한 건 사실이었다.

굳이 꼭 데려가야 하냐는 말이 목구멍까지 차올랐지만, 지금 두 사람이 풍기고 있는 분위기가 매우 묘했다.

이상하게 기분이 안 좋아 보이는 한새를 건드렸다간 결국 파티에 가겠다는 말도 취소할 것 같아서 입을 다물 수밖에 없었다.

"……진짜 이번에도 안 나오면 알지? 내가 너희 집으로 쳐들어갈 거야."

"주소나 문자로 찍어 줘."

"정말 마지막으로 한 번만 더 믿는 거야."

민준이 투덜거리면서도 파티 장소를 한새에게 문자로 전송해 줬다.

그렇게 그는 몇 번이나 한새에게 당부의 말을 남기고 대기실에서 나갔다.

그가 사라지자 한새와 화인 사이에는 무거운 침묵만이 감돌았다.

먼저 입을 연 건 화인이었다.

"가서 놀고 오라니까, 왜 애꿎은 사람을 끼워 넣고 그래."

"전혀 갈 생각이 없는 사람을 억지로 보낸 게 누군데?"

"사람이 큰맘 먹고 보내 줬더니……."

"누가 그런 거 원한대?"

한새는 울컥 화가 치밀어 올랐다.

자신이 원하는 게 뭔지 뻔히 알면서 그녀는 애써 그걸 모르는 척하고 있었다.

대체 좋아한다고 몇 번이나 더 말해야 아는 걸까.

지금 그에게 파티에 가서 다른 여자들과 놀고 오라는 건 그의 감정을 무시하겠다는 말이나 다름없었다.

어쩌면 그녀는 자신에 대한 거절을 돌려서 전한 것일지도 모른다. 하지만 한새는 그 거절을 받아들일 생각이 전혀 없었다.

한새가 낮아진 목소리로 말했다.

"네가 선택한 거야. 그러니까 군소리하지 마."

그는 그 말만 남긴 채, 바로 휴대폰을 들고 어딘가로 전화를 걸었다.

신호음이 들리더니 곧이어 누군가가 전화를 받았다.

―자기가 웬일로 나한테 전화를 다 했어?

간드러지는 규현의 목소리를 들으며 한새가 나직이 입을 열었다.

"부탁 하나만 하자, 형."

그의 시선은 여전히 따가울 정도로 화인을 향하고 있었다.

대체 그가 무슨 생각을 하는지 모르겠어서 화인이 잠자코 서 있을 때였다.

한새의 뒷말이 들려왔다.

"지금 바로 메이크업 도구랑 여자 의상 좀 챙겨서 나 있는 데로 와 줘."

그 말을 들은 화인의 눈동자가 커졌다.

설마 그가 진심으로 이렇게까지 할 줄은 몰랐기 때문이다.

그녀가 얼굴을 찌푸리며 대기실 바깥으로 나가려고 몸을 돌렸다.

휘익.

그러자 순식간에 통화를 마친 한새가 그녀의 팔목을 붙잡았다.

강한 힘에 어쩔 수 없이 제자리에 붙잡힌 화인이 못마땅한 눈빛으로 그를 올려다보았다.

한새가 한껏 낮아진 목소리로 말했다.

"네가 벌인 일이잖아."

"혼자 갔다 오라는 말 못 알아듣겠어?"

"나도 한 번만 말할 테니까, 똑똑히 들어."

이글거리는 한새의 눈동자를 똑바로 쳐다보고 있자니, 곧이어 그의 목소리가 이어졌다.

"난 너 없이 아무 데도 안 가. 가뜩이나 상처도 안 남아서 어디가 다쳤는지도 모르는데, 내가 너를 두고 어딜 가."

저번에도 말했지만 화인은 아직도 자신의 감정을 너무 얕잡아 보고 있었다.

그녀가 다친다는 상상만 해도 이렇게 피를 토할 것같이 아픈데, 자신더러 그녀를 두고 파티에 가라는 건 말도 안 되는 일이었다.

"곧 규현이 형 올 테니까 준비하고 싶으면 하고, 아니면 나랑 같이 집으로 가."

한새의 절절한 감정이 그대로 느껴져서 화인은 말없이 미간을 찡그렸다.

어떻게 해서든 그를 떼어 내려고 한 자신이 잘못한 느낌이었다.

그는 정말 아는 걸까.

자신이 어떤 걸 포기하고, 그를 파티에 보내 주려고 한 것인지.

한새를 만나고 처음으로 그를 형벌을 줄이기 위한 도구가 아닌 그냥 한 명의 남자로 봐 준 것이었다.

단언하건대 감정이 생기지 않았다면 결단코 그와 떨어지려고 하지 않았을 것이다.

"……넌 대체 내 어디가 좋은 거야?"

화인은 진심으로 궁금했다.

자신의 장점이라곤 하나도 보지 못한 그가 대체 뭘 보고 이렇게 빠져 버린 걸까.

그녀의 질문에 한새는 조금의 망설임도 없이 대답했다.

"박화인이 전부 다 좋아서, 미칠 것 같아."

그 말에 화인의 머릿속에 가장 먼저 든 생각은 유치하다는 것이었다. 그런데 우습게도 그의 진지한 눈동자를 보고 있자니 거짓이 아닌 것 같다고 느껴졌다.

도저히 이해할 순 없었지만, 한새는 정말 아무것도 가진 것이 없는 자신을 좋아하는 모양이다.

"……멍청이."

"그걸 이제 알았어?"

두 사람은 그렇게 잠시 아무런 말도 하지 않은 채, 서로의 얼굴을 가만히 바라봤다.

화인은 점차 빠르게 뛰는 자신의 심장 소리를 똑똑히 느낄 수 있었다.

정말이지, 부정할 순 없었다.

점점 자신의 마음이 그를 향해 가고 있다는 걸.

*   *   *

규현은 두 사람이 있는 대기실에 금방 도착했다.

한새가 처음으로 한 부탁이 그를 이렇게 서두르게 만든 원동력이었다.

그가 도착하자 한새는 대기실 밖에서 기다리겠다며 자리를 피했다.

어쩌다 보니, 방 안에는 규현과 화인만 남게 되었다.

규현은 화인의 얼굴을 금방 알아보았다. 이미 한 번 촬영장에서 마주친 적이 있었기 때문이다.

"우리 구면이지?"

그의 질문에 화인이 작게 고개를 끄덕이며 대답했다.

"네, 한 번 본 적이 있는 것 같네요."

"예전에는 나한테 외모에 관심이 없다고 하지 않았었나?"

"맞아요."

규현이 그녀에게 본판이 나쁘지 않으니 화장을 조금만 해 보라는 식으로 말을 건넨 적이 있었다.

그때의 자신은 그의 말을 단칼에 잘라 냈지만……

화인이 눈앞에 있는 거울을 똑바로 쳐다보며 나직하게 말을 이었다.

"그런데 지금은 마음이 바뀌었어요. 누가 봐도 예쁘게 만들어 줄 수 있어요?"

"어머."

화인의 패기 넘치는 말에 규현이 흥미롭다는 듯이 눈을 빛냈다.

"그동안 무슨 심경의 변화라도 생긴 거야?"

"네, 한 번쯤은…… 조금 달라져 보고 싶네요."

대악마든 인간이든, 그런 건 지금 중요하지 않았다.

중요한 건 처음으로 예쁘게 보이고 싶은 남자가 생겼다는 사실이다.

인간으로서 아무리 잘 꾸며 봤자 원래의 대악마인 모습과는 비교조차 되지 않겠지만, 그래도 한 번쯤은 한새의 앞에 자신 있게 서 보고 싶었다.

그게 과연 가능할지 모르겠지만 말이다.

규현은 의미심장한 웃음을 지으며, 맡겨 보라는 듯이 자신 있게 대답했다.

"좋아, 나도 괜히 욕심이 생기네."

그때부터 그의 손은 화인의 얼굴 위에서 분주하게 움직이기 시작했다.

한새는 화보의 한 장면처럼 팔짱을 낀 채로 서서 화인을 기다리고 있었다.

너무 멀리 떨어지면 그녀에게 하급 악마가 나타날지도 모르기에 바로 앞에서 대기하고 있는 중이었다.

그도 안에 들어가 같이 있고 싶은 마음이 굴뚝같았으나, 혹시라도 걸리적거릴지 모른다는 생각이 들었기 때문이다.

어쨌든 자신은 남자였으니까.

여자가 맘껏 준비하기에 불편할지도 몰랐다.

물론 남자인 규현을 안에 두고 이런 말을 하기는 그랬지만 말이다.

'하긴, 그냥 나올지도 모르지.'

화인이 어떤 모습으로 저 문을 열고 나타날지 모르겠지만, 평상시의 모습을 떠올려 봤을 땐 아무런 준비도 하지 않을 가능성이 컸다.

화인은 꼭 해야 할 일이 아닌 이상, 귀찮아하는 일이 많았으니까.

그럼 말했다시피 이대로 그녀와 함께 집으로 돌아갈 생각이었다.

민준이 조금 귀찮게 하긴 하겠지만 어떻게든 해결하면 될 일이다.

그렇게 한새가 벽에 기대어 기다린 지 꽤나 시간이 지났을 때였다.

끼익-

문이 열리는 소리가 들렸다.

다른 곳을 보던 한새의 시선이 자연스럽게 천천히 열리는 문으로 향할 때였다.

"……!"

순간 한새의 눈동자가 커졌다.

거기서 모습을 드러낸 여자는 지금까지 그가 알던 화인이 아니었다.

머리부터 발끝까지 꾸민 화인은 한새가 저도 모르게 입을 벌릴 만큼 아름다웠다.

고양이같이 눈꼬리가 살짝 치켜 올라간 눈매는 남자의 애간 장을 단번에 녹일 만큼 뇌쇄적이었다.

평소보다 색이 진한 붉은 입술을 바라보고 있자니…….

심장이 쿵 하고 바닥으로 떨어질 것만 같았다.

그의 놀란 표정을 가만히 바라보던 화인이 궁금하다는 듯 물었다.

"예뻐서 그렇게 보는 거 맞지?"

스스로도 평상시보단 훨씬 나아졌다는 생각이 들었지만, 그게 어느 정도 수준인지는 알 수가 없었다.

다름 아닌 자신의 얼굴이었으니까.

한새는 어쩔 줄 모르겠다는 듯, 허탈하게 한 번 웃음을 터뜨리고는 그녀를 향해 입을 열었다.

"이 정도면 너무 심각한 거 아닌가?"

"칭찬이야?"

그녀의 질문에 한새의 입에서 한 치의 망설임도 없는 대답이 흘러나왔다.

"당연하지."

그가 믿기지 않는다는 듯이, 다시 화인의 모습을 쳐다보며 나지막이 말을 이었다.

"너무 예뻐."

지금까지 숱한 미인을 봐 왔지만 이렇게 가슴이 설렌 적은 단연코 처음이었다.

"다른 남자한테 보여 주기 아까울 정도로 너무 예쁘잖아, 박 화인."

*　　*　　*

화인은 불편하기가 이루 말할 수 없었다.

한새가 차를 운전하면서 계속 자신을 힐끔거리고 있었기 때문이다.

가뜩이나 익숙하지 않은 옷차림으로 바깥에 나온 거라 적잖이 어색한 상태인데, 그가 자꾸 쳐다보니 더욱 신경이 쓰일 수밖에 없었다.

고개를 최대한 반대편으로 돌리고 있던 화인이 참다못해 입을 열었다.

"너 이러다 사고 내는 거 아니야?"

그 말에도 한새는 아무런 대답이 없었다.

답답함에 슬쩍 눈을 돌려 보니, 그가 자신을 쳐다보며 흐릿하게 웃고 있었다.

그 모습이 마치 '그럴지도 몰라.'라고 말하는 것 같아서 괜스레 얼굴이 뜨거워졌다.

고작 얼굴에 분칠을 좀 한 것뿐이다.

인간으로 살면서 이렇게 외모에 신경을 써 보긴 처음이었지만, 어떻게 보면 크게 대수로운 일도 아니었다.

하지만 한새의 시선은 떨어질 줄을 몰랐다.

더구나 그 눈빛은 너무나도 뜨거워서, 그의 눈길이 닿은 곳들은 녹아내릴 것만 같았다.

"자꾸 힐끔거리지 말고, 운전이나 똑바로 해. 이럴 거면 그냥 나한테 맡기라니까."

처음부터 자신이 운전대를 잡으려고 했는데, 한새가 본인이 하겠다고 고집을 피우는 바람에 하는 수 없이 양보를 하게 된 것이었다.

그 말에 가만히 있던 한새가 입을 열었다.

"너 이렇게 입히고 운전 시키면 사람들이 나를 손가락질할 거 같은데."

"운전기사가 무슨 옷을 입든 지들이랑 뭔 상관인데?"

화인의 투철한 직업 정신에 한새는 픽 하고 낮게 웃을 수밖에 없었다.

사실 처음엔 두 사람이 같이 있을 구실을 만들기 위해 그녀를 운전기사로 고용한 것이지만, 지금 한새에게 그런 건 조금도 상관없었다.

아직도 그런 것에 책임감을 느끼는 건 화인이지, 한새는 이미 그녀가 무엇이라고 해도 좋았다.

"자꾸 투덜대지 마. 그러게 누가 이렇게 한순간에 예뻐지래?"

그 말에 화인은 순간 멈칫하고 말았다. 하지만 이내 아무렇지도 않다는 듯이 대꾸했다.

"뭐라는 거야."

다시 자연스레 창가 쪽으로 고개를 돌린 그녀의 얼굴은 방금 전보다 붉게 변해 있었다.

기분이 나쁘지 않았다.

아니, 조금은 설레는 것도 같았다.

마음속 어딘가 이렇게 꾸미길 잘했다고 만족스러워하는 자신이 분명 존재했다.

'나한테도 이런 감성이 있었다니⋯⋯.'

화인은 저도 모르게 창가에 희미하게 비치는 한새의 옆모습을 훔쳐봤다.

저 녀석이 예쁘다고 칭찬해 주니 더 예뻐지고 싶다.

고작 인간이 내뱉은 한마디에, 천하의 대악마인 자신의 기분이 바뀐다.

이런 경험은 처음이라 적응이 되지 않았다.

끼익―

한새가 차를 세우자마자 화인이 무의식적으로 문고리를 잡을 때였다.

그가 나지막한 목소리로 말했다.

"기다려."

의미를 알 수 없는 그 말에 화인이 잠시 움직임을 멈추고 그를 쳐다봤다.

그러자 한새는 먼저 운전석에서 내려 그녀가 앉아 있는 조수석으로 뚜벅뚜벅 걸어왔다. 그리곤 제 손으로 직접 문을 열어 주었다.

생각지도 못한 그의 행동에 화인이 조금 당황스러운 표정으로 그를 올려다봤다.

"뭐하는 거야?"

"누굴 매너 없는 남자로 만들려고 그래."

당연하다는 듯이 대답하는 그를 바라보며 화인이 이해가 안 간다는 듯이 다시 입을 열었다.

"평소에는 안 이랬잖아."

"네가 기회를 안 준 거라고는 생각 안 하고?"

지금도 차를 세우자마자 바로 내리려는 화인을 멈춰 놓고 문을 열어 준 것이었다.

어색하다는 표정을 짓고 있는 그녀를 가만히 바라보던 한새가 나지막이 말을 이었다.

"마음에 들면 앞으로도 계속해 줘?"

화인은 그 말에 생각할 가치도 없다는 듯 단번에 고개를 저었다.

"됐어."

그가 자꾸 이런 식이면 심장에 좋지 않을 것 같았다.

스스로의 감정을 깨닫고 나니, 가슴이 자꾸 주책없이 뛰기 시작했으니까.

그렇게 화인은 그가 열어 준 문을 통해 차에서 내렸다. 그러자 야외에 나와 있던 몇몇 사람들의 시선이 이쪽으로 향하는 게 느껴졌다.

민준의 말처럼 이곳에는 제우 그룹의 외손자라고 밝혀진 한새를 보고 싶어 하는 사람들이 많았다. 그렇기에 그와 함께 등장한 정체불명의 화인에게도 당연히 관심이 쏠릴 수밖에 없었다.

여자들은 꼭 그런 이유가 아니더라도 한새의 옆에 있는 화인을 곱지 않은 시선으로 쳐다봤다. 지금까지 한새가 누군가를 이렇게 에스코트해서 데리고 온 적은 처음이었으니까.

두 사람은 주변 시선에 아랑곳하지 않은 채 안으로 들어갔다.

한새가 나지막한 목소리로 말했다.

"여기선 무조건 내 옆에 있어."

새삼스러운 그의 말에 화인이 어처구니없다는 듯이 대꾸했다.

"내가 네 옆에서 못 떨어지는 거 잊었어?"

다른 남자가 화인에게 접근하는 걸 방지하려고 꺼낸 말이었는데, 생각해 보니 그녀가 자신의 옆에서 떨어질 리가 없었다.

그 사실에 한새가 흡족하다는 듯이, 뒤늦게 작은 실소를 머금었다.

"그러게, 오늘은 네가 내 옆에만 있어야 한다는 게 새삼 마음에 드네."

지금 그가 하는 말이 무슨 뜻인지 알아챈 화인은 기가 막힌다는 듯이 그를 쳐다봤다.

자신과 같이 있어야 하기 때문에 겪게 되는 수많은 불편함을 두고, 고작 이런 걸로 좋다고 말하는 그가 어처구니가 없었기 때문이다.

한새를 따라 도착하게 된 장소는 화인이 막연히 생각하던 것보다 훨씬 더 컸다.

야외와 실내로 나뉘어져 있을 뿐만 아니라, 내부 중앙에선 이미 DJ가 음악을 크게 틀어 놓고 클럽을 방불케 하는 분위기를 연출하고 있었다.

무대 위에는 흥에 겨워 춤을 추는 사람들이 있었고, 테이블에 앉아서 술을 마시고 있는 이들도 꽤나 많았다.

주변 어디를 둘러보아도 모두가 잘생기고, 예쁜 사람들이었다.

어찌 보면 당연한 것이다.

이곳은 연예계의 선남선녀들이 모인 자리였으니까.

하지만 그럼에도…… 여기서 가장 빛이 나는 건 다름 아닌 한새였다.

모두가 화인의 옆에 서 있는 한새를 힐끔거리며 쳐다보고 있었다.

두 사람이 파티에 나타났다는 소식을 전해 들은 민준은 부리나케 술자리에서 일어나 다가왔다.

"오! 이한새, 이번엔 진짜로 왔네."

"온다고 했잖아."

"네가 그렇게 말하고 어긴 적이 한두 번이야? 하여튼 잘 왔어."

한새를 향해 개구지게 웃던 민준의 시선이 옆에 서 있는 화인에게로 향했다.

"어? 설마 아까 대기실에서 만났던⋯⋯?"

"맞아요."

짤막한 화인의 대답에 민준의 눈동자가 크게 떠졌다.

확인하고 나니 동일 인물이라는 게 실감 났지만, 조금 전과는 완전 딴판이었다.

대기실에선 분명히 평범한 느낌이었는데, 지금은 단번에 눈길을 끌 만큼 아름다웠다. 미리 만나지 않았더라면 민준은 분명 화인을 신인 연예인이라고 착각했을 것이다.

민준이 도무지 믿기지 않는다는 듯 농담처럼 말을 꺼냈다.

"대체 그 짧은 시간에 무슨 일이 있었던 거죠? 완전히 다른 사람이라고 착각할 뻔했어요."

더구나 화인은 단순히 예쁘기만 한 게 아니었다.

조금도 주눅 들지 않는 당당한 눈빛과 냉랭한 표정이 어우러져 상당히 독특한 분위기를 풍겼고, 그게 또 굉장히 매력적이었다.

민준이 화인에게서 시선을 떼지 못하자, 한새가 낮은 목소리로 말했다.

"그만 봐, 닳아."

한새의 살벌한 표정을 보고 나서야 민준은 어색하게 웃음을 지어 보였다.

아마 누구라도 눈치챘을 것이다.

지금 한새가 민준의 태도를 몹시 마음에 들어 하지 않고 있다는 것을.

"그냥 물어본 건데 뭘 정색하고 그래. 그러고 보니 둘이 좀 수상한데? 무슨 사이야?"

그 질문에 순간 한새의 말문이 막혔다.

당사자를 옆에 두고 짝사랑하는 상대라고 소개할 수도 없었고, 그걸로 인해 민준이 더 관심을 가지는 것도 원하지 않았으니까.

그때 먼저 입을 연 것은 화인이었다.

"제가 한새 운전기사예요."

"에엑!"

전혀 예상치 못한 답변에 민준은 다시 한 번 깜짝 놀랄 수밖에 없었다.

그가 두 사람을 번갈아 쳐다보며 재차 입을 열었다.

"이렇게 예쁜 여성분이 그냥 운전기사란 말이에요? 한새가 직접 뽑은 거죠? 이야, 역시 여자 보는 눈이 남달라."

민준은 조금 전까지만 해도 평범하게 보였던 그녀를 이렇게 한순간에 탈바꿈시킨 한새가 대단하게 느껴질 수밖에 없었다.

하지만 그의 칭찬과 달리 한새의 표정은 딱딱하게 굳어져 있었다.

화인이 한 대답이 틀린 건 아니었지만, 누군가에게 자신과 그녀의 관계를 이렇게 소개하고 싶진 않았다. 마치 두 사람이 아무런 사이도 아닌 것 같아 보였으니까.

한새가 못마땅하다는 듯이 미미하게 미간을 찌푸렸지만, 그것을 알아채지 못한 민준은 천진난만하게 다시 그에게 말을 건넸다.

"이리 와 봐, 너 보고 싶다는 사람들 소개시켜 줄게."

안 그래도 지금 세 사람이 서 있는 곳으로 사람들의 이목이 집중되어 있던 참이다.

민준이 하는 말에 그들이 나누는 이야기를 몰래 엿듣고 있던 사람들의 얼굴이 밝아졌다.

하지만 사람들의 기대와 달리 한새는 나직이 거절 의사를 밝혔다.

"됐어. 어차피 조금 있다가 갈 거야."

"온 지 얼마나 됐다고 벌써 간대?"

"네가 하도 부르니까 어쩔 수 없이 온 거지."

말을 하는 한새의 시선이 순간 자신의 옆에 서 있는 화인에게 향했다.

사실 그녀 때문에 억지로 오게 된 자리였다.

어쩌다 보니 민준에게 파티에 가겠다고 약속을 하게 된 것도

있었지만, 둘이서 다른 데로 빠지자고 하면 곧장 집으로 가 버릴
화인을 알았으니까.

이렇게 예쁘게 꾸민 그녀와 조금 더 같이 있고 싶었을 뿐이다.

하지만 파티에 온 이상, 한새가 원하는 대로 그저 조용히 돌아
갈 수는 없었다.

수많은 여자들이 그를 노리고 있었고, 제우 그룹이란 그의 배
경에 관심을 가지는 사람들이 상당히 많았으니까.

마침 그들에게 우연을 가장한 채로 접근하는 우람한 체격의
남자가 있었다.

그가 애써 놀란 표정을 지어 보이며 입을 열었다.

"어? 한새 왔네."

그는 모델계의 대선배로, 한새도 오다가다 몇 번 얼굴을 마주
친 적이 있는 사람이었다.

한새가 하는 수 없이 인사를 건넸다.

"안녕하세요."

"그래, 오랜만이다. 언제 한번 만나서 술 한잔해야지?"

갑작스러운 그의 친한 척에 한새의 표정이 미묘하게 변했다.

그는 지금까지 한새를 유독 질투하던 남자 모델 중 한 명이었
다. 하지만 한새가 제우 그룹의 외손자라는 사실에 이렇게 태도
가 달라진 것이다.

그리고 그 사실을 한새 또한 정확히 알고 있었다.

그가 얼마나 자신의 험담을 하고 다녔는지 귀에 못이 박히도

록 들었으니까.

하지만 여기서 끝이 아니었다.

어느새 삼삼오오 모인 여자 연예인들이 한새를 향해 환호성을 질렀다.

"꺄! 한새 오빠, 완전 팬이에요."

"실제로 보니까, 화면에서 보던 것보다 더 잘생기셨다."

묘하게 눈을 빛내며 접근해 오는 여자들에게 둘러싸이자 한새가 슬쩍 미간을 찡그렸다.

그들은 모두 가슴이 훤히 드러나 보이거나 속옷이나 다름없어 보이는 짧은 치마를 입고 있었다.

화인을 만나기 전까지 그가 신물이 날 정도로 보아 왔던 풍경이었다.

순식간에 사람들의 떠들썩함 속에 갇힌 한새는 건성으로 그들을 상대하며 대화가 더 길어지지 않도록 정리했다.

혼자였다면 싫더라도 적당히 받아 줬을 테지만, 지금은 화인과 같이 있었기 때문에 잠깐의 시간도 더 끌고 싶지 않았다.

하지만 그의 마음과 달리 오늘따라 사람들은 그를 쉽게 놓아줄 생각이 없어 보였고, 한새는 진땀을 흘릴 수밖에 없었다.

그렇게 간신히 사람들의 틈새에서 한새는 화인을 데리고 빠져나왔다.

"마셔."

한새가 병맥주를 화인에게 건넸다.

지금까지 말없이 한 걸음 물러서서 그를 지켜보던 화인은 조용히 그가 건네는 맥주를 받았다.

두 사람은 이제야 사람들과 떨어져서 잠시 둘만의 시간을 가질 수 있었다.

화인이 무표정하게 맥주를 한 모금 마시며, 한새를 향해 나지막이 말했다.

"이런 거 재밌어?"

파티라고 하기에 뭔가 재밌게 즐기는 장소인 줄 알았는데 이건 완전히 기대 이하였다.

"……?"

의아하게 쳐다보는 한새의 시선에 화인이 뒷말을 다시 이었다.

"너한테 진심인 사람이 아무도 없는 거 같던데."

그나마 한새와 친해 보이던 민준이란 남자 또한 마찬가지였다.

민준도 그가 가지고 있는 존재감과 배경을 원할 뿐이다. 자신이 아는 사람들에게 한새를 소개시키며 내가 이만큼 친하다고 으스대고 싶어 하는 게 눈에 뻔히 보였으니까.

화인의 날카로운 질문에 한새가 피식 웃으며 아무렇지도 않다는 듯 말했다.

"잘 모르나 본데, 원래 인간관계가 이런 거야."

"그러면서 만날 필요가 있나? 난 이해가 안 돼."

확고한 화인의 말에 한새는 그저 희미하게 웃음을 지을 뿐이었다.

그녀는 강하기에 이렇게 말할 수 있는 것이다.

화인은 누구보다 외로움을 잘 알았지만, 그래도 그걸 계속 버텨 냈다는 건 그만큼 강하다는 말이기도 했으니까.

모두가 그런 것은 분명 아니었다.

한새가 저 멀리 웃고 떠드는 사람들을 바라보다가 나직이 입을 열었다.

"사람들은 진심이 아니더라도, 누군가와 억지로 어울리면서 난 혼자가 아니라고 최면을 걸어."

"왜 그러는 거야?"

"……혼자는 싫으니까."

그 말에 화인은 순간 할 말을 잃었다.

누군가에게 애정을 구걸할 바에는 그냥 혼자 지내는 게 낫지 않냐는 말이 목구멍까지 차올랐지만, 그걸 입 밖으로 꺼내어 말할 순 없었다.

왜냐면 누구보다 그 감정을 잘 알았기 때문이다.

그녀도 인간 세상에서 지독히 외로울 정도로 혼자였고, 그 외로움에 몸서리친 날들이 수도 없이 많았다.

화인이 아무런 말도 하지 않자, 한새가 그녀를 빤히 쳐다보며 나지막이 말을 이었다.

"그리고 나도 그런 사람들 중 하나거든."

부모님이 교통사고로 돌아가시고, 여동생이 병원에 입원하면서 한새의 마음은 황폐해졌다.

언제부터였을까.

사람들 속에 둘러싸여 있어도 지독한 외로움이 느껴졌다.

찬우와도 오랫동안 알고 지냈지만, 그렇다고 마음을 완전히 터놓을 수는 없었다.

남들에게 드러내지 못하는 어둠이 늘 마음속에 존재했다.

스스로가 원한 건 아니었지만, 시간이 지나면서 이렇게 되었다.

"그런데 지금은……."

이유는 모르겠다.

"세상에 너 하나만 있으면 될 것 같다고 생각해."

어느샌가 화인은 존재 자체만으로 자신의 외로움을 달래 주는 유일한 사람이 되었으니까.

두 사람은 마치 정지 화면처럼 서로를 바라봤다.

조금 멀리 떨어진 곳에서 들리는 사람들이 웃고 떠드는 소리는 마치 여기와는 다른 공간에서 들려오는 것 같았다.

화인은 저도 모르게 한새의 뜨거운 시선을 똑바로 마주하고 있었다.

재벌가의 외아들, 잘생긴 외모…….

그는 인간으로서 많은 걸 가지고 있었다. 그런데 왜 하나도 가슴에 품지 못했을까?

넌 왜 이렇게 외톨이냐고 묻고 싶었다.

그런데 그보다 먼저 눈앞에 있는 이 남자를 안아 주고 싶다는 생각이 들었다.

* * *

한새와 화인이 있는 곳에서 조금 멀리 떨어진 장소.

세상을 잃은 표정으로 독한 양주를 연거푸 비우고 있는 남자가 있었다.

그의 이름은 정승현, 얼마 전에 한새에게 광고 모델 자리를 빼앗긴 상태였다.

너무 억울했지만, 자신이 할 수 있는 건 아무것도 없었다.

상대는 다름 아닌 제우 그룹의 외손자라고 밝혀진 이한새였으니까.

"……그냥 쫄딱 망해 버리지."

얼마 전까지만 해도 30억 사기 행각이란 이슈로 몸값이 하락하던 한새가 재벌이란 이유로 다시 유명세를 타기 시작했다.

그리고 그 여파로 자신의 가장 큰 계약이 파기되었다.

상심에 젖어 있는 그에게 문득 들려오는 목소리가 있었다.

"저기, 저 여자는 누구야?"

"누구? 이한새 옆에 있는 여자 말하는 거야?"

이한새란 이름에 승현의 시선이 자연스럽게 그들을 쫓아갔다.

그러자 단번에 눈길을 사로잡은 건 화인이었다.

예뻤다.

처음 보는 얼굴, 그렇지만 주변에서 수군거리는 소리를 듣고 있자니 그녀가 낯선 건 유독 자신만이 아닌 듯 싶었다.

얼굴이 알려지지 않은 걸 보아하니 '신인인가?' 하는 생각이 들 때였다.

옆자리에서 수군거리는 목소리가 다시 들려왔다.

"아까 우연히 들었는데, 그냥 이한새 운전기사라던데?"

"뭐? 무슨 운전기사가 저렇게 예뻐?"

"야, 이한새잖아. 어장 안에서 관리하는 여자들 중에 한 명 아니겠어?"

"하. 제우 그룹 외손자라고 여자들이 아주 눈에 불을 켜고 달려드네."

다른 사람들이 하는 뒷담화를 가만히 듣고 있던 승현의 눈에 악의가 담기기 시작했다.

마음에 들지 않았다.

이한새만 모든 걸 다 가지고 있다는 것이.

부족함이 하나도 없는데 그렇다면 하나 정도는 잃어도 상관 없지 않을까.

아니, 하나 정도는 빼앗고 싶었다.

승현은 다시 한 번 독한 양주를 들이켜고는, 화인의 모습을 눈에 담았다.

*　　*　　*

화인은 대악마였을 때, 자신이 원하는 걸 참아 본 적이 없었다.

항상 하고 싶은 대로 행동했고, 갖고 싶은 걸 가졌다.

그게 당연하다 여기며 살아왔다.

하지만 지금은 자신도 모르는 새에 무언가를 참고 있는 건 아닌지, 문득 그런 생각이 들었다.

스윽.

화인이 고개를 돌려 나란히 걷고 있는 한새의 옆모습을 훔쳐봤다. 그러자 무엇 하나 흠잡을 데 없이 완벽한 그의 외모가 눈에 들어왔다.

안아 주고 싶었는데, 안아 주지 못했다.

너는 왜 인간인 주제에 나처럼 혼자냐고 묻고 싶었는데 그러지 못했다.

왜 못했을까.

그를 쳐다보는 화인의 눈동자가 점점 복잡해지려는 찰나였다.

여전히 시선을 정면에 두고 있는 한새가 그녀를 향해 나지막이 말했다.

"……그렇게 보지 마."

갑작스러운 그의 말에 화인이 의아한 표정을 지어 보였다. 그는 눈도 돌리지 않았으면서 용케도 자신이 쳐다보고 있는 시선을 느끼고 있었던 모양이다.

한새는 그녀의 얼굴을 보지 않은 채로 다시 한 번 입을 열었다.

"말했잖아, 네가 그렇게 보면 가슴 떨린다고."

아무렇지 않게 툭 던지는 그의 말에 도리어 화인의 가슴이 쿵쿵거리기 시작했다.

두근두근.

주책없이 뛰는 심장 소리를 느끼며, 화인은 알게 모르게 얼굴을 찌푸렸다.

'너만 그런 거 아니야…….'

차마 입 밖으로 내뱉지 못한 말을 삼키고는, 화인은 그가 아닌 다른 곳으로 눈을 돌렸다.

반대편에는 시끄러운 음악 소리에 맞춰 가볍게 춤을 추고 있는 사람들이 보였다.

시간이 조금 지나자 술에 잔뜩 취해 있는 모습들도 제법 눈에 들어왔다.

한새가 나지막이 말했다.

"그만 돌아갈까?"

화인이 그러자고 막 입을 열려고 할 때였다.

마침 한 무리의 사람들이 두 사람이 있는 곳으로 다가왔다. 그리고 그중에는 한새의 친구인 민준의 얼굴도 함께 보였다.

모두 얼굴이 불그스름한 게 이미 술을 꽤나 마신 상태인 듯했다.

민준이 제일 먼저 입을 열었다.

"뭐야, 이한새. 설마 벌써 가려고?"

"금방 갈 거라고 했잖아."

"파티에 잘 나오지도 않는 놈이 뭐 이렇게 금방 가. 지가 신데렐라도 아니고……."

투덜대는 민준의 말을 자르며, 한새가 단호하게 입을 열었다.

"재밌게 놀아, 난 이만 간다."

"야, 잠깐만!"

금방이라도 가 버릴 것 같은 한새를 붙잡으며, 민준이 자신의 옆에 서 있는 남자를 눈짓으로 가리켰다.

"이 파티를 주최한 형이야, 그래도 왔는데 인사는 한 마디 해야지."

한새의 시선이 자연스럽게 민준이 가리키는 남자를 향해 갔다.

말끔하게 생긴 그는 한새 역시도 익히 아는 얼굴이었다.

강성운이라고 요즘 워낙 잘나가기도 했지만, 무엇보다 연예계에 알려진 재벌 중 한 명이었다.

뭔가 의도된 만남 같아서 한새는 저도 모르게 인상이 찌푸려졌지만, 그래도 그것을 겉으로 표현하지는 않았다.

한새가 나직하게 인사를 건넸다.

"덕분에 재밌게 놀다 갑니다."

그 말에 성운이 입가에 부드러운 미소를 지으며 대답했다.

"말씀 많이 들었어요. 언제 한번 보고 싶다고 생각했는데 이렇게 만나게 됐네요."

가만히 둘을 지켜보던 민준이 어색한 분위기를 눈치채고 재빨리 끼어들어 말했다.

"한새 너는 몰랐겠지만, 이거 실은 성운이 형의 생일 파티로 열린 거거든."

"민준아, 너는 뭘 또 그런 걸 밝히고 그래."

"왜요? 감출 일도 아닌데."

성운과 민준이 나누는 대화를 듣다가 한새가 하는 수 없이 다시 입을 열었다.

"몰랐네요, 생일 축하합니다."

그러자 성운이 남몰래 눈을 빛내며 한새를 향해 말했다.

"안 그래도 지금 찾아와 주신 분들께 감사하다는 인사하려고 무대에 가는 참이거든요. 여기에 이한새 씨 보고 싶어 하는 분들 많던데 같이 올라가실래요?"

"아, 저는……."

못마땅해 하는 한새의 표정을 읽은 민준이 그의 말을 잘랐다.

"어차피 지금 갈 거라면서, 이왕 이렇게 된 거 같이 올라가서 얼굴 한번 비추고 가."

한새는 저도 모르게 속으로 한숨을 내쉬었다.

이 모든 게 심히 귀찮았기 때문이다.

사람을 무시하기로 유명한 성운이 이렇게 살가운 척 구는 것
도, 그의 옆에 붙어서 어깨에 힘을 주고 있는 민준도 모두 의도
가 뻔히 보였다.

전부 제우 그룹이란 배경 때문이다.

갑자기 사람들이 자신에게 친한 척하는 이유가 뭐겠는가. 너
무나도 속셈이 뻔히 보이기에 속이 불편했다.

하지만 여기서 거절해 봤자 서로 대화만 더 길어질 뿐이라는
사실을 한새는 잘 알았다.

차라리 이 파티의 주인공과 같이 잠깐 무대에 올라가서 들러
리를 서 주는 게 상황을 정리하기가 더 빠를 듯했다.

한새가 마지못해 화인을 향해 나지막이 입을 열었다.

"잠깐 다녀올게."

한새의 대답에 성운은 흡족한 표정을 지었고, 민준은 득의양
양하게 변했다.

화인은 굳이 물어보지 않아도 지금 한새의 생각을 알 것만 같
았다.

"난 여기 있을게."

짤막한 화인의 대답에 한새는 그저 고개만 끄덕였다.

어차피 같이 데리고 올라가 봤자 그녀만 불편할 뿐이라는 생

각이 들었으니까.

그리고 여기는 무대에서도 한눈에 보이는 곳이었다.

멀리 떨어지는 게 아니니, 하급 악마가 나타날까 봐 걱정할 필요도 없었다.

"그럼 올라갈까요?"

성운이 먼저 앞장서서 무대로 향하자, 그를 따라 다른 사람들도 이동했다.

민준이 제일 뒤처져서 걷는 한새에게 다가와 언제나처럼 생글거리며 말했다.

"우리도 가자."

그렇게 한새를 포함한 한 무리의 사람들이 무대로 향했다.

성운은 무대 중앙에 서서 마이크를 손에 쥐고는 나지막이 말했다.

"안녕하세요, 제 생일 파티에 찾아와 주셔서 감사합니다. 다들 재밌게 놀고 계신가요?"

그 말에 테이블에서 '생일 축하해요!'라고 외치는 목소리도 간간이 들려왔다.

생각보다 분위기는 화기애애했다.

무대 위에 있는 사람들 중 유일하게 한새만이 무심한 표정을 짓고 있었는데, 그게 화인의 눈에는 왜 그렇게 웃긴지 모르겠다.

그녀가 저도 모르게 낮게 웃음을 흘릴 때였다.

타악!

가만히 서 있던 화인의 옆으로 어떤 여자가 다가와 부딪쳤다.

주르륵.

그리고 그 여자가 손에 들고 있던 술이 그대로 화인의 옷에 쏟아졌다.

여자는 과장된 몸짓으로 놀란 표정을 지으며 화인을 향해 말했다.

"어머! 미안해서 어쩌나."

"……."

화인은 느릿하게 그녀를 한 번 쳐다보고는, 순식간에 엉망이 되어 버린 자신의 옷을 내려다봤다.

자신을 쳐다보고 있는 다른 여자들의 흥미진진한 시선이 느껴졌다.

직감적으로 알 수 있었다.

실수로 부딪친 게 아니라는 사실을.

그걸 증명이라도 하듯이 눈앞의 여자는 희미하게 입꼬리를 올리고 있었다.

"술에 취해서 실수를 했네. 세탁비 물어 드리면 되죠?"

여자가 자신의 지갑을 꺼내서 지폐 몇 장을 손에 집을 때였다.

가만히 그녀를 바라보던 화인이 무표정한 얼굴로 나직하게 말했다.

"돈 말고, 연락처를 줘요."

전혀 생각도 못 한 반응에 여자는 다시 한 번 되물을 수밖에 없었다.

"네?"

"이게 얼마나 하는 줄 알아요? 세탁으로 안 되면 변상해 줘야 되니까 연락처를 달라고요."

"아……."

조금도 열 받은 기색 없이 무미건조하게 말하는 화인은 이상하게 위협적이었다.

차가운 눈동자가 마치 이런 유치한 짓밖에 못 하냐고 비웃는 것 같아서 여자는 자신도 모르게 얼굴을 붉혔다.

화인이 내미는 휴대폰에다가 서둘러 자신의 전화번호를 찍은 그녀가 다시 말했다.

"여기 있어요."

그렇게 말을 마친 그녀가 막 몸을 돌리려는 찰나였다.

짜악.

화인이 돌아서려는 그녀의 어깨를 한 손으로 붙잡으며 나지막하게 말했다.

"잠깐만."

왜인지 이유는 알 수 없었지만, 등 뒤에서 들리는 화인의 목소리에 소름이 돋았다.

화인은 그녀가 찍어 준 번호로 통화 버튼을 눌렀다. 그러자 경쾌한 벨소리가 그녀의 핸드백에서 들려오는 게 확인이 되었다.

"번호는 맞네. 이름이 뭐죠?"

"⋯⋯허수진이에요."

"알겠어요."

화인은 이름까지 듣고서야 수진의 어깨를 잡고 있는 손을 놓았다.

동료들이 있는 테이블로 돌아온 수진은 뒤늦게 자신이 화인의 기에 눌렸다는 사실을 알게 되었다.

믿을 수가 없었다.

여러 부류의 사람들이 모이는 연예계에서도 그녀는 꽤나 성격 있기로 유명한 사람 중 하나였으니까.

"실제로 보니까, 어땠어?"

"구경하는 사람은 너무 재밌더라."

아무것도 모르는 친구들은 깔깔대면서 웃었지만, 이상하게 수진은 웃음이 나오질 않았다.

처음엔 그냥 가벼운 마음으로 한새의 옆에 있는 화인을 골려 주려고 했던 건데, 오히려 기분이 찜찜해진 건 자기 자신이었다.

화인은 술로 젖어 버린 자신을 옷을 빤히 바라보다가 문득 주변을 살폈다. 그러자 가까운 곳에 여자 화장실이 있는 게 눈에 들어왔다.

이 정도 거리면 한새와도 멀리 떨어지는 게 아니라 상관이 없을 것 같았다.

그가 무대에서 내려오기 전에 옷부터 처리해야겠다는 생각에 화인은 화장실로 향했다.

스윽.

휴지로 조금이라도 젖은 옷을 말려 보려고 가져다 댈 때였다.

불현듯 거울 속에 비치는 자신의 모습이 눈에 들어왔다. 평상시와 상당히 달라진 모습이었다.

인간으로 살면서 외모에 관심을 가져 본 적이 없었다.

처음 자신의 모습이 엉망이라는 걸 깨달았던 게 한새가 쇼핑을 하자고 데리고 갔던 날이었다.

그때 피팅룸에서 초라한 자신을 발견하고 놀랐던 순간이 떠올랐다.

'어쩌다 이렇게 된 거지?'

아까 자신에게 술을 부은 여자에게 순간 화를 낼 뻔했다.

그런 모습을 보고 싶어서 기다리고 있는 사람들을 뻔히 알면서도 울컥했다.

이 별것도 아닌 일에 화가 나는 이유는 단 하나였다.

한새에게 예쁘게 보이고 싶었는데 그녀의 못된 장난으로 망쳐 버렸으니까.

화인은 손에 쥐고 있던 휴지를 잠시 세면대 위에 올려놓고는, 양손으로 얼굴을 감싸 쥐었다.

"……꼴사나워 죽겠네."

저벅저벅.

화인이 화장실에 들어가 있는 사이, 한새는 무대에서 내려왔다.

하지만 어디를 둘러보아도 그녀의 모습이 보이지 않자 가슴이 덜컥 내려앉았다.

한새가 옆에 있는 민준에게 다급히 물었다.

"너 혹시 나랑 같이 온 여자 못 봤어?"

"그 운전기사?"

"그래."

"아까 저쪽으로 나가는 거 같던데?"

민준은 무심코 바깥으로 나가는 문을 가리켰다.

그러자 한새는 뒤도 돌아보지 않은 채, 그곳을 향해 재빨리 몸을 움직였다.

적당히 술기운이 오른 민준은 그런 그의 모습에 고개를 갸우뚱거리며 중얼거렸다.

"뭘 저리 급하게 가. 아, 근데 그 여자가 맞나?"

사실 민준이 나갔다고 말한 그 여자는 화인이 아니었다. 멀리에서 비슷한 색상의 옷을 입은 여자를 보고 착각을 했던 것뿐이다.

그렇게 한새가 바깥으로 사라진 사이…….

화장실에 들어갔던 화인이 바깥으로 걸어 나왔다.

그리고 이 모든 대화와 상황을 근방에서 술을 마시던 승현이 모두 본 것은 순전히 우연이었다.

안 그래도 가뜩이나 이한새에게 불만이 가득했다.

그 때문에 자신이 그토록 원했던 광고 모델 자리를 뺏기고 말았으니까.

"아, 어디 갔지?"

뒤늦게 화인이 무대 위에서 사라진 한새를 발견하고 두리번거릴 때였다.

가만히 앉아 있던 승현이 비틀거리는 걸음으로 자리에서 일어났다. 그리곤 뚜벅뚜벅 걸어서 화인의 바로 앞으로 다가갔다.

"……?"

자신을 향해 다가오는 그를 화인이 의아한 눈빛으로 쳐다보자, 승현이 뱀 같은 눈동자로 그녀를 내려다보더니 흐릿하게 입꼬리를 올렸다.

"한새 기다리시는 거죠? 아까 급하게 자리를 옮기게 돼서 저보고 데리고 오라고 부탁했는데."

"한새가요?"

"네, 따라오세요."

먼저 앞장서서 걷는 승현의 뒷모습을 보고 있자니 화인은 뭔가 이상하단 생각이 들었다.

하지만 자신이 여기서 기다리고 있는 것도 알고 있는 사람을 더 의심할 여지는 없었다.

잠시 주저했던 화인은 곧이어 승현의 뒤를 따라 걷기 시작했다.

그렇게 한참을 안으로 들어갔을 때였다.

룸 앞에서 걸음을 멈춘 승현이 안을 가리키며 나지막이 말했다.

"이 안에서 한새가 기다리고 있어요."

유리창이 없는 시커먼 문을 바라보던 화인은 저도 모르게 미간을 찌푸렸다.

이런 곳에서 자신을 기다리고 있다는 게 왠지 수상하다고 느껴졌기 때문이다.

"이 안에 한새가 있다고요?"

"네, 제가 왜 거짓말을 하겠어요?"

능글맞은 웃음을 지으며 승현이 화인에게 먼저 들어가라는 듯이 한 걸음 물러섰다.

하지만 화인은 어딘가 불길한 예감을 떨쳐 버릴 수가 없었다.

그래서 결국 그녀는 룸에서 한 발자국 뒤로 물러서며, 승현을 향해 나직이 말했다.

"한새한테 그냥 건물 앞에서 기다릴 테니까, 나오라고 전해 주세요."

그렇게 뒤를 돌아가려고 할 때였다.

화악!

승현이 순식간에 화인의 팔을 움켜쥐었다.

강한 힘에 그녀가 저도 모르게 얼굴을 찌푸렸지만, 거기서 끝이 아니었다.

"여자라 그런가, 감이 좋네."

"지금 뭐……!"

화인의 말이 채 끝나기도 전에, 승현이 다시금 말을 내뱉었다.

"하지만 여기까지 따라왔으면 이미 늦었다는 걸 알아야지."

벌컥!

그는 그대로 문을 열고 화인을 룸 안으로 끌고 들어갔다.

화인이 강하게 반항하자 승현은 그녀를 바닥으로 던지다시피 놓아 버렸다. 덕분에 화인은 균형을 잃고 바닥에 몸을 부딪칠 수밖에 없었다.

쿠웅-

갑작스럽게 변한 그의 행동에 화인의 얼굴이 싸늘하게 굳어졌다.

"지금 뭐하자는 거야?"

단번에 짧아진 그녀의 말에 승현은 그저 히죽거리며 웃었다.

"왜? 이한새는 되고, 나는 안 돼?"

"무슨 개소리냐고."

스산하게 깔리는 화인의 목소리가 위협적이었지만 승현은 눈 하나 깜짝하지 않았다.

이곳엔 단둘뿐이었고, 상대는 힘없는 여자였으니까.

승현이 화인을 향해 한 걸음 더 다가오며 낮은 목소리로 말했다.

"너무 겁먹지 마."

"비켜."

화인은 그를 지나쳐 룸 밖으로 나가기 위해 몸을 움직였다. 하지만 금세 다시 승현의 손에 붙잡히고 말았다.

화인이 얼굴을 찌푸리며 소리쳤다.

"놔, 죽여 버린다."

"생각보다 화끈한 타입이네. 뭐, 재밌고 좋아."

승현은 그대로 화인을 붙잡고 벽에 바짝 몰아붙였다.

그 상태로 두 사람의 몸이 밀착되자, 화인에게 승현의 술 냄새가 가득 나는 숨결이 와 닿았다.

마치 벌레가 기어 다니는 것 같은 느낌이 들어 화인은 참을 수가 없었다.

"놓으라고!"

하지만 그녀가 아무리 소리쳐 봐도 승현은 꿈쩍도 하지 않았다.

그를 발로 차고 온갖 몸부림을 다 쳐 봤지만, 그의 손아귀에서 빠져나올 수가 없었다.

승현은 그런 화인을 비웃기라도 하듯이, 그녀의 양손을 간단하게 한 손으로 잡아 제압했다.

쿵쿵!

그녀가 반항하는 소음이 울려 퍼졌지만, 바깥에 있는 사람들에겐 들리지 않는 것 같았다.

싫었다.

하지만 도무지 뿌리칠 수가 없었다.

승현이 비교적 자유로운 한 손으로 화인의 고운 얼굴을 쓰다듬었다.

그 소름끼치는 손길에 화인은 더 이상 참지 못하고, 머리를 들어 그대로 박치기를 했다.

콰앙!

조금이라도 그의 힘이 풀리면 곧바로 도망치려고 했지만, 화인의 기대와 달리 승현은 그저 잠시 움찔했을 뿐이다.

그가 조금 전보다 더욱 화가 난 표정으로 화인을 똑바로 쳐다보며 말했다.

"이런다고 여기서 빠져나갈 수 있을 것 같아?"

화인이 아무리 대악마 벨로나라 해도, 지금은 한낱 인간의 몸에 갇혀 있을 뿐이다.

남자와 여자가 갖는 힘의 차이가 월등히 느껴졌다.

도저히 힘으로는 승현을 당해 낼 방법이 없는 것 같아서 눈앞에 캄캄해졌다.

그때였다.

쫘아악!

그의 우악스러운 손길이 단번에 화인이의 옷을 잡고 찢어 버렸다.

"……!"

전혀 상상치도 못한 그의 행동에 화인의 눈동자가 크게 뜨였다.

처음으로 두려움이라는 게 느껴졌다.

"싫어! 놔!"

점점 더 거세지는 화인의 반항에 승현이 더는 못 참겠다는 듯 그녀의 목을 졸랐다.

그가 묘한 열기를 담은 눈으로 그녀를 바라보며 경고하듯 말했다.

"가만히 좀 있어 봐."

"크읏."

이 순간 그녀가 가지고 있는 능력은 아무 짝에도 쓸모가 없었다. 죽지 않는 몸과 상처가 빨리 낫는 치유력으론 이 상황을 바꿀 수 없었다.

다급하게 마력을 모아 봤지만 누군가에게 최면을 걸기엔 한참 미약했다.

"……으."

점점 숨이 막혀 와서 시야가 흐릿하게 변할 때였다.

콰앙!

갑자기 닫혀 있던 문이 부서질 것처럼 열렸다.

그러자 바깥에서 쏟아져 들어오는 밝은 빛이 어두운 룸 안을 환하게 비췄다.

희미하게 보이는 그곳엔 거짓말처럼 잔뜩 일그러진 표정으로 한새가 서 있었다.

찰나의 순간, 두 사람의 눈동자가 허공에서 마주쳤다.

화인의 눈동자는 두려움에 젖어 있었고, 상황을 파악한 그의 눈동자는 분노로 물들어 갔다.

그때부터 벌어진 일은 순식간이었다.

눈 깜짝할 새에 다가온 한새가 곧바로 승현의 뒷목을 움켜쥐고 화인에게서 떼어 냈다.

승현은 이게 무슨 상황인지 채 파악도 하기 전에, 그대로 한새의 주먹에 얼굴을 가격 당했다.

퍼억!

얼마나 강하게 친 건지, 승현은 그 한 방으로 볼품없이 바닥을 굴렀다.

하지만 한새는 거기서 끝이 아니었다.

그대로 그를 향해 쉼 없이 발길질을 날렸다.

퍽퍽퍽!

생생한 소리가 작은 공간에 울려 퍼졌다.

"누, 누구……?"

갑작스럽게 등장한 상대방의 정체도 모른 채, 승현은 속수무책으로 맞아야 했다.

처음엔 한새의 발길질을 피하기 위해서 몸을 구부리는 등, 그만하라고 소리치던 승현이 어느 순간부터 아무런 미동도 없었다.

무차별한 폭행에 결국 정신을 잃은 듯했다.

그런데도 한새는 여기서 멈출 생각이 없었다.

자신이 사람을 죽일 수 있다면 그게 아마도 지금일 것 같았다.

"콜록콜록."

그런 한새의 움직임이 자그맣게 들려오는 화인의 기침 소리에 거짓말처럼 멈췄다.

그제야 시선을 돌린 한새에게 바닥에 주저앉아 있는 화인의 모습이 보였다.

다행히 회복력 때문에 목 부근에 나 있던 붉은 손바닥 자국은 눈에 보일 정도로 빠르게 사라지고 있었다.

하지만 그녀의 찢어진 옷 사이로 브래지어가 보이자, 한새는 다시 한 번 가슴속에서 불길이 치솟는 것 같았다.

화인은 그런 한새의 표정을 처음 보았다.

지금 그는 등골이 서늘해질 정도로 무서운 얼굴을 하고 있었다.

화인이 조금 쉰 목소리로 말했다.

"……거기까지만 해."

그녀의 차갑게 가라앉은 눈동자가 천천히 바닥에 쓰러져 있는 승현을 향했다.

"마무리는 내가 할 거니까."

화인은 비틀거리는 걸음으로 일어나서는 주변을 한번 둘러보았다. 그러자 진열장 안에 들어 있는 양주병이 눈에 들어왔다.

화인은 망설임 없이 양주병을 꺼내서 손에 거꾸로 쥐고는 벽에 부딪쳐 깨트렸다.

쨍그랑!

순식간에 병을 날카롭게 만든 그녀가 그걸 쥐고 그대로 승현을 향해 걸어갔다.

아무 말 없이 그녀의 행동을 바라보고 있던 한새가 마지못해 화인의 앞을 가로막았다.

화인이 그를 날카롭게 째려보며 입을 열었다.

"비켜. 죽여 버릴 거야."

그 말이 결코 농담처럼 들리지 않았다.

사실 한새의 지금 심정도 그녀와 전혀 다르지 않았다.

하지만 화인이 이렇게 화를 내니, 한새는 어쩔 수 없이 그녀를 말려야만 했다.

"……그건 안 돼."

"왜? 어째서 안 된다는 거야?"

머리끝까지 화가 난 화인의 시선이 다시 매섭게 한새를 향할 때였다.

와락—

한새는 아무런 말없이 그녀를 자신의 품 안에 안아 버렸다. 그러자 화인은 저도 모르게 멈칫하고 말았다.

따뜻했다.

조금 전 승현과 닿았을 때와는 비교조차 할 수 없을 정도로 다른 느낌이었다.

화인은 긴장하고 있던 자신의 몸이 스르르 풀리는 게 느껴졌다.

한새가 나지막이 말했다.

"네가 범죄를 저지르면 어쩌자는 거야? 그러다 내 옆에서 떨어지게 되면 어떡하려고."

그 말에 화인이 눈을 감은 채 이를 악물었다.

스스로도 잘 알고 있다.

하지만 상처가 바로 나아 버리는 몸뚱이 때문에 경찰에 신고조차 하지 못한다. 이대로 그냥 참고 넘기기엔 너무나도 분하고 화가 났다.

조금 전 자신이 느꼈던 두려움이 아직도 생생했다.

이런 종류의 감정을 겪는 건 처음이었다.

그런데 빌어먹게도 자신이 그 상황에서 할 수 있는 건 아무것도 없었다.

한새가 오지 않았더라면 어떻게 되었을까.

그 생각을 하니 끔찍하기 짝이 없었다.

"전부 다…… 죽여 버리고 싶어."

화인의 울분에 찬 목소리를 듣고 한새가 조금 더 세게 그녀를 끌어안으며 대답했다.

"마음대로 해, 그런데 지금은 내 품 안에 있어. 내 등 뒤에 숨어도 돼."

한새는 지금까지 살아오면서 많은 걸 바라지 않았다.

하지만 지금은 그녀를 지킬 수 있기를 간절히 바라고 있었다.

"박화인, 네가 보기 싫으면 아무것도 보지 마. 내가 그렇게 해 줄게."

그가 두 눈을 감고 마치 스스로에게 맹세를 하듯이, 다시 한 번 그녀를 향해 속삭였다.

"내가 할 수 있는 건 다 해 줄게."

가만히 그에게 안겨 있던 화인의 손에서 어느 순간 힘이 풀렸다.

그러자 그녀가 들고 있던 병이 바닥으로 떨어져 완전히 산산조각 났다.

차아앙―

커다란 소리가 울려 퍼졌지만, 두 사람은 조금도 미동하지 않았다.

마치 서로가 세상의 전부인 것처럼 그렇게 안고 있을 뿐이었다.

*　　　*　　　*

화인은 한새의 겉옷을 걸치고 바깥으로 나온 다음에야, 그가 얼마나 자신을 다급하게 찾아다녔는지 알 수 있었다.

땀으로 젖어 있는 머리카락과 그의 상의를 보자, 굳이 말하지 않아도 어떤 상황이었는지 대충 짐작이 갔다.

하지만 아무런 말도 해 줄 수가 없었다.

고맙다는 말도, 또 미안하다는 말도…….

지금에서야 안개 낀 것처럼 뿌옇던 자신의 마음을 확실히 알게 되었다.

자신을 꼿꼿하게 세우던 무언가가 와르르 무너지고 나서야 깨달았다. 그동안 왜 한새를 받아 주지 못했는지.

단순히 그가 인간이고, 자신이 대악마라서가 아니다.

그는 아무것도 가진 게 없는 화인이 좋다고 말했지만, 그녀는 그런 스스로가 싫었다.

사랑이라고 해도 분명 누군가는 받고, 누군가는 준다.

그런데 두 사람의 관계는 무조건적으로 한새가 주고, 화인이 받아야 했다.

'나는 너한테 아무것도 줄 게 없어…….'

그를 만나고 나서 처음으로 후회했다.

자신은 그동안 인간으로 살면서 대체 무엇을 했던 걸까.

자격증이라곤 기껏 운전면허증 하나뿐인 데다가, 이 나이가 되도록 번듯한 직업조차 없다.

대악마라는 것을 빼면 자신은 아무것도 내세울 것이 없는 사람이었다.

지금까지 인간 세상에 살면서 계속 박화인이라는 존재는 아무런 가치가 없고, 곧 사라질 거라고만 생각했다.

그런데 한새를 만나고 처음으로 자신의 모습이 제대로 보이기 시작한 것이다.

너무나 볼품없는 박화인이란 이름의 자기 자신이 말이다.

'……그런데 내가 널 어떻게 받아들여.'

그에게 마음이 향할 때마다 스스로를 말렸던 건, 이런 자신의 처지가 눈에 선명하게 보여 왔기 때문이다.

아무것도 거칠 것이 없던 대악마인 모습과 지금의 자신이 너무나도 달라서 스스로도 화가 났다.

저벅저벅.

두 사람이 약속이라도 한 것처럼 아무 말 없이 차를 향해 걸을 때였다.

갑자기 한새의 허스키한 목소리가 들려왔다.

"박화인."

저를 부르는 소리에 화인이 그를 올려다봤다.

그러자 한새가 화인의 손목을 쥐고, 잠시 그녀의 걸음을 멈춰 세웠다.

"왜?"

"너, 내 애인해."

갑작스러운 그의 말에 화인은 깜짝 놀랄 수밖에 없었다. 그녀가 믿기지 않는다는 듯이 다시 물었다.

"뭐?"

"나랑 사귀자고."

화인은 순간 당황해서 아무런 말을 할 수가 없었다.

진지한 눈동자를 보아하니 농담을 하는 것 같지는 않은데, 지금까지 이런 식으로 말을 꺼낸 적은 처음이었다.

좋아한다는 고백은 몇 번 들었지만, 이렇게 두 사람의 관계를 발전시키는 말은 분명 처음 듣는 것이다. 그것도 이렇게 통보를 하듯이 말이다.

놀란 화인의 눈동자를 내려다보며, 한새가 다시 나지막이 말했다.

"마음을 바꿨어. 너 내 옆에 있고 싶으면, 무조건 나랑 만나야 돼."

"갑자기 무슨 소리 하는 거야?"

"모르겠어? 네가 거부할 수 없다는 거 알고 지금 협박하는 거잖아. 비겁해도 어쩔 수 없어. 나는 네 거절을 받아들이지 않을 생각이니까."

"내가 그걸 오케이 할 것 같아?"

"하게 될 거야. 내 옆에 있어야 한다는 너의 특수한 사정을 이용하지 않으려고 했는데, 이제 너한테 다가가기 위해선 물불을 안 가릴 예정이거든."

"너…… 설마 내가 그 말을 안 받아들이면 악마와의 계약을 깨

기라도 하겠다는 거야? 그럼 지옥 불에서 영원히 고통 받기로 한
거 잊었어?"

"잊을 리가 있어?"

지옥 불에서 영원히 고통을 받는다는 게 얼마나 끔찍한 일인
지 알 수 없었지만, 지금 이 타들어 버릴 것 같은 마음을 멈출 순
없었다.

한새가 나직하게 다시 말을 이었다.

"……그러니까 네가 날 받아 줘."

여기까지 걸어오는 동안 한새의 머릿속도 복잡하기는 마찬가
지였다.

도대체 어쩌다가 화인이 승현과 그런 룸에 들어가게 된 것인
지, 기다리란 곳에서 왜 보이지 않은 건지 궁금한 게 한두 개가
아니었다.

하지만 조금 전에 그런 일을 겪은 그녀를 상대로 꼬치꼬치 캐
물을 수는 없는 일이었다.

화가 났다.

화인을 말린 건 한새지만, 사실 그도 당장이라도 돌아가서 승
현을 죽이고 싶은 심정이었다.

지금도 그녀의 두려움에 젖은 눈동자가 뇌리 속에서 잊히지
가 않는다.

자신의 마음속에 자꾸 여러 가지 강한 감정들이 충돌한다. 그
리고 그 모든 게 화인을 좋아하기 때문에 비롯된 마음이라는 걸

안다.

이런 식으로 그녀에게 사귀자고 말하는 게 얼마나 억지를 부리는 건지 잘 알고 있다.

하지만······.

한새가 강렬한 시선으로 화인을 똑바로 직시하며 말했다.

"이것저것 따지기엔 네가 너무 좋아져서, 그냥 하나만 생각하기로 했어."

다시는 다치게 하지 않을 것이다.

그녀가 대악마든 인간이든, 세상의 그 무엇이라고 해도 상관 없었다.

절대 다른 남자에게 넘겨주지 않을 거다.

"박화인을 내 여자로 만드는 거, 하나만."

자신의 마음이 브레이크가 고장 난 것처럼 화인을 향해 질주하고 있다는 걸 알고 있다. 하지만 멈추고 싶다는 생각은 없었다.

"······."

화인은 순간 아무런 말도 할 수가 없었다.

자신의 손목을 잡고 있는 그의 커다란 손에서 따뜻한 온기가 전해진다.

자기를 좀 봐 달라고 어린아이처럼 조르는 그를 도대체 어떻게 해야 할까.

"난······."

화인이 천천히 입을 열 때였다.

한새가 잔뜩 긴장하고 있는 찰나, 그를 부르는 목소리가 또 다른 방향에서 들려왔다.

"한새 오빠!"

무심코 고개를 돌려 보니 인형같이 생긴 여자애 한 명이 이쪽으로 걸어오고 있었다.

그녀의 이름은 정현이라고, 요즘 가장 유명한 아이돌 중 한 명이었다.

"오빠 왔다고 해서 한참을 찾았는데 왜 여기 있었어요?"

사실 정현이 이 파티에 나온 이유도 한새를 보기 위해서였다.

민준에게 이미 정보를 듣고 기다렸는데도 나오질 않아서 얼마나 실망했는지 모른다.

하지만 이렇게 늦게라도 만나게 되니, 정현의 얼굴은 꽃이 만개하듯이 활짝 펴졌다.

"이분은 일행이에요? 여기서 뭐하는데요?"

정현이 슬쩍 화인의 위아래를 훑어보며, 자연스럽게 한새의 팔짱을 꼈다.

스윽.

그의 팔에 가슴이 살짝 닿은 건 일부러 그녀가 노린 것이었다.

단번에 한새의 미간이 좁혀졌다.

지금이 얼마나 중요한 순간이었는데, 다른 사람한테 방해를 받는단 말인가.

그가 불쾌한 감정을 담아서 입을 열었다.

"이거……."

하지만 그가 놓으라는 말을 꺼내기도 전에, 화인이 먼저 말했다.

"그 손 놔."

생각지도 못한 화인의 개입에 정현이 기가 막힌다는 듯이 대꾸했다.

"그쪽이 뭔데 나한테 한새 오빠를 놓으라 마라 하는 거예요?"

정현이 오히려 한새의 팔을 더욱 세게 끌어안자, 화인이 저벅저벅 다가가 그녀의 손을 잡아떼어 냈다.

"아앗!"

얼떨결에 두어 걸음 물러나게 된 정현이 황당하다는 얼굴로 쳐다볼 때였다.

화인이 나지막한 목소리로 대답했다.

"이 남자, 이제 내 거거든."

8

그래도 너일 것 같아

화인의 폭탄선언에 가장 놀란 것은, 이 자리에 갑작스럽게 끼어든 정현이 아니라 바로 한새였다.

그 말을 들은 한새의 눈동자가 크게 떠졌다.

그리곤 믿기 힘들다는 듯, 그가 미세하게 떨리는 목소리로 말했다.

"……다시 한 번 말해 봐."

한새의 말에 정현을 바라보던 화인의 눈동자가 천천히 그를 향했다.

그녀는 평소처럼 아주 당당한 눈빛으로 그를 똑바로 쳐다보며 다시 입을 열었다.

"좋다고 했어."

자신은 한새에게 줄 게 아무것도 없었다.

그런 아무것도 가진 것 없는 스스로의 모습이 참을 수 없을 만큼 싫다. 한새는 분명 지금 자신의 존재를 더욱 비참하게 할 뿐이다.

하지만…….

"네가 한 제안 받아들일게."

자존심 때문에 더 이상 자신의 마음을 속이며 억누르고 싶지 않았다.

좋다, 이 남자가.

화인의 마음은 분명히 그렇게 말하고 있었다.

정현은 자신을 소외시킨 채, 한새와 화인 둘이서 대화를 나누는 이 상황이 기가 막혔다.

이게 대체 무슨 내용인지 모르겠지만, 적어도 두 사람이 범상치 않은 관계라는 건 확실했다.

정현이 얼굴을 찡그리며 입을 열었다.

"지금 내 앞에서 뭐하는……."

하지만 그녀의 말은 끝까지 이어지지 못했다.

이번엔 한새가 화인의 손목을 잡아채며, 정현의 말을 잘랐기 때문이다.

"넌 그만 가라."

그 한 마디만 남겨 둔 채, 한새는 다급하게 화인을 끌고 갔다.

혼자 남겨진 정현이 황당하다는 듯 그들의 뒷모습을 쳐다봤지만, 지금 그녀에게 신경을 쓰는 사람은 아무도 없었다.

저벅저벅.

길을 걷는 동안 두 사람은 아무런 말도 나누지 않았다.

그러다 인적이 드문 장소가 나타나자 한새가 서둘러 그녀를 데리고 움직였다.

타악!

얼떨결에 골목의 벽으로 밀어붙여진 화인은 이렇게 다시 한새의 얼굴을 보고 나서야 깨달았다. 지금 그가 얼마나 진지한지를.

한새가 강렬한 눈빛으로 그녀를 내려다보며 나지막이 말했다.

"내가 한 협박이 통한 거야?"

조바심이 느껴지는 그의 음성에 화인은 그저 흐릿하게 웃을 뿐이었다.

반은 맞았고, 반은 틀렸다.

그가 밀어붙이니 더 이상 도망갈 수 없었던 건 사실이지만, 사귀지 않으면 더 이상 자신을 곁에 두지 않겠다는 말을 믿은 건 아니었다.

매번 하급 악마가 나타날까 봐 그녀보다 더욱 노심초사하던 게 바로 한새다.

그런데 악마와의 계약을 깨고, 자신을 혼자 내버려 둔다는 건 말이 되질 않았다.

억지라는 걸 알면서도 속아 넘어갔다.

이 남자가 좋아서.

화인이 아무런 말없이 자신을 빤히 쳐다보고 있자, 한새가 답답하다는 듯이 다시 입을 열었다.

"나랑 사귄다는 게 어떤 의미인지 정확히 아는 거야? 나, 더 이상 너를 향한 마음 아무것도 안 참아."

지금까지 키스하고 싶고 끌어안고 싶었던 거, 전부 다 참아 내느라 속이 시커멓게 타들어 갔다.

그런데 이제는 더 이상 참지 않을 거다. 그렇게 하기 위해 협박을 한 것이지만, 화인이 정말로 거기까지 알고서 허락을 한 건지 궁금했다.

한새의 뜨거운 시선을 받으며, 화인이 느릿하게 입을 열었다.

"너야말로 각오는 한 거야? 대악마를 꼬신다는 게 어떤 건지……."

아직 한새가 모르는 건 너무나도 많았다. 그리고 화인은 그 모든 걸 다 밝힐 수는 없었다.

'언젠가 우리는 헤어져야 할 거야.'

어쩌면 당연한 것이다.

사귄다고 누구나 다 결혼하는 것도 아니고, 실제로 둘 중의 하나가 불의의 사고로 먼저 세상을 떠날 수도 있는 거니까.

하지만 두 사람의 문제는 앞으로 어떻게 될지 모르는 게 아니라 이미 끝이 정해져 있다는 사실이다.

그런데도 화인은 그 끝이 뻔히 보이는 길을 한새와 둘이서 걸어 보려고 하는 것이다.

무엇이 기다린다 하더라도 지금 이 벅차오르는 감정을 더는 참을 수가 없었으니까.

화인이 나지막이 다시 말을 이었다.

"나랑 만나면 어떤 상황이 벌어질지 몰라. 그러니 최소한 목숨까지 걸어."

위협적으로 들리는 그 말이 하나도 농담 같지 않았다.

인간에게 목숨까지 걸라는 건 전부를 다 내놓으라는 소리와 같다.

하지만 한새는 기가 막힌다는 듯이 다시 대답했다.

"그럼 내가 아무 생각도 없이 여기까지 온 거라고 생각했어? 대체 지금까지 날 어떻게 본 거야?"

그녀가 대악마라는 사실은 처음부터 알고 있었다.

그럼에도 이 세상에 그녀 하나만 있으면 될 것 같다는 그 말은 거짓이 아니었다.

이미 화인은 그에게 가장 소중한 것이었다.

너무나도 당연하게 흘러나오는 한새의 대답에 화인이 조금 놀라고 말았다.

하지만 곧이어 기분이 좋아졌다.

마치 봄바람이 살랑거리듯 가슴에 따뜻한 기운이 느껴져 왔다.

화인이 설핏 웃으며 입을 열었다.

"너, 이젠 도망쳐도 늦었어."

그녀는 손안에 들어온 걸 쉽게 놔주는 성격이 아니었다.

어딘가 강압적으로 들리는 그 말에 한새가 더는 못 참겠다는 듯이 말했다.

"내가 너한테서 도망치는 일 따위 할 리가 없잖아."

화인과 말을 하면 할수록 느낄 수 있었다.

이유야 어찌 됐든 그녀는 자신이 사귀자고 한 말에 승낙을 한 것이다.

눈앞에 있는 화인이 이제 정말 자신의 여자라는 사실에 미친 듯이 심장이 뛰어왔다.

한새가 다시 입을 열었다.

"방금 한 말 다시 해 봐."

"무슨 말?"

"너한테서 도망 못 친다고 했던 그 말."

"제대로 들었네. 그런데 뭘 다시 하라는 거야?"

아무렇지도 않게 대답하는 그녀의 얼굴을 뚫어져라 쳐다보다가, 결국 한새는 온몸에 힘이 풀린 것처럼 고개를 떨어뜨렸다.

금방이라도 닿을 것처럼 가까워진 그의 얼굴은 그대로 화인의 어깨에 툭 하고 내려앉았다.

"……후우."

한새의 뜨거운 숨소리가 화인의 목덜미에 생생히 닿았다.

평상시였다면 화인에게서 바로 비키라는 말이 나왔겠지만, 지금의 그녀는 아무런 말이 없었다.

그 사실이 한새의 기분을 더욱 들뜨게 만들었다.

"그거 내가 제일 바라는 거야."

"......?"

"나 아무 데도 보내지 말고, 네 옆에 꼭 붙들어 놔줘."

그 말은 마치 조금 더 소유해 달라는 것처럼 들려왔다.

그래서 화인은 이 순간이 참을 수 없을 만큼 달콤하게 느껴졌다.

자신에게 살포시 기대어 있는 그의 뒤통수를 보고 있자니, 이 간질거리는 감정을 도무지 어떻게 처리해야 할지 모르겠다는 생각이 들 정도였다.

화인이 최대한 침착한 목소리로 말했다.

"계약해."

"무슨 계약?"

그녀는 인간 세상에서 이미 한 번 엄마에게 마음을 거절당한 적이 있었다.

이번만큼은 그렇게 버림받고 싶지 않았기에 무언가 확실한 장치를 걸어 두고 싶었다.

자신이 대악마였다면 이런 일 따위 필요 없겠지만, 지금은 한새가 바람을 피운다 해도 어떻게 제재를 가할 방법이 없었으니까.

한새와 1년간 함께 있기로 악마와의 계약을 맺은 것처럼 이번에도 어길 시에 아주 강한 벌을 받아야 하는 계약을 맺을 것이다.

"변하지 않는 사랑을 계약으로······."

"해, 네가 원하는 거 전부 다."

조금의 망설임도 없이 흘러나오는 한새의 대답에, 화인은 저도 모르게 하려던 말을 멈췄다.

그의 허스키한 목소리는 거기서 그치지 않고 다시금 계속 이어졌다.

"사랑해, 박화인. 이렇게까지 마음을 줘 본 사람은 네가 처음이야."

예고도 없이 흘러나오는 그의 사랑 고백에 화인의 얼굴이 조금 붉어졌다.

"……아부하지 마."

그가 이렇게 말하면 계약 따위 필요 없다고 생각하게 되어 버린다.

저도 모르는 새에 다시는 인간을 믿지 않겠다고 다짐했던 마음이 흐릿해졌다.

그때였다.

휘익-

갑자기 한새가 그녀의 어깨에 얼굴을 기대고 있는 상태 그대로 깍지를 껴서 화인을 바짝 끌어안았다.

그러자 화인은 얼떨결에 그의 품 안에 갇히듯이 안기고 말았다. 그럼에도 싫은 감정은커녕 오히려 따뜻한 온기가 느껴져 기분이 좋았다.

잠시 머뭇거리던 화인이 자신을 안고 있는 한새의 어깨에 조심스럽게 손을 올렸다.

투욱.

그 작은 손길에 고개를 숙이고 있던 한새의 눈동자가 크게 떠졌다.

그가 못 참겠다는 듯이 미간을 찌푸리며, 낮은 목소리로 중얼거렸다.

"이거 꿈이면 어쩌지?"

그 말에 화인이 설핏 웃으며 대답했다.

"그럼 일어나서 또 해 줄게."

                    *   *   *

잠에서 깨어난 한새는 침대에 누운 채로 몇 번이나 눈을 깜빡였다.

설마 어제 있었던 일이 꿈은 아니겠지?

너무나도 행복한 현실에 한순간 불안한 마음이 들었지만, 곧이어 옆 침대에 누워서 곤히 자고 있는 화인의 모습이 눈에 들어왔다.

침대를 하나 더 들인 지는 오래되었지만, 거기서 그녀가 잠을 청한 것은 어제가 처음이었다.

그리고 그것은 결코 어제 일이 꿈이 아니란 사실을 증명해 주었다.

두근두근.

같은 침대에 누워서 잔 것은 아니지만, 이렇게 일어나자마자 화인의 얼굴을 보게 되니 주책없이 가슴이 떨려 왔다.

바로 오늘이 화인과 정식으로 사귀기로 한 둘째 날이다.

나쁜 일과 좋은 일이 한꺼번에 겹쳐서 정신이 없었지만, 하루가 지나고 나니 그녀와 사귄다는 사실이 더욱 실감이 났다.

"큭큭."

한새는 저도 모르게 이불에 얼굴을 파묻고 바보처럼 웃음을 터뜨렸다.

세상을 다 가진 기분이라는 게 이런 감정일지도 모르겠다.

그는 조심스럽게 침대에서 내려와 간단하게 준비를 하고 바깥으로 향했다.

끼익.

대문을 열었다.

그러자 매일 보던 풍경인데도 이상하게 오늘따라 유달리 빛이 나 보였다.

한새는 가벼운 발걸음으로 조깅을 시작했다.

그런 그의 입가에 저도 모르는 희미한 미소가 지어져 있었다.

"으음."

화인은 그로부터 조금 시간이 흐른 뒤에야 잠에서 깨어날 수 있었다.

그녀가 몽롱한 눈빛으로 흐릿하게 눈을 뜨자, 가장 먼저 보이는 건 바로 한새였다. 그가 자신의 얼굴을 빤히 내려다보고 있었다.

순간 깜짝 놀란 화인이 미간을 찡그리며, 아침이라 갈라진 목소리로 말했다.

"뭐하는 거야?"

"내 여자가 자는 거 보고 있었어."

"미친……."

저도 모르게 튀어나온 욕에 화인이 멈칫했지만, 한새는 뭐가 그리도 좋은지 키득키득 웃음을 터뜨릴 뿐이었다.

화인이 어처구니없다는 듯 말했다.

"대체 뭐가 웃긴 거야?"

"모르나 본데, 오늘은 누가 무슨 짓을 해도 웃어 줄 만큼 기분이 좋거든."

묘하게 들떠 보이는 한새의 모습에 화인은 괜스레 얼굴이 뜨거워지는 것 같았다.

그가 이렇게 좋아하는 이유가 뭔지 뻔히 보이기 때문이다.

자신과 사귀기로 했다는 사실이 그리도 좋을까 문득 궁금해질 정도였다.

"가만히 있어 봐."

한새가 한 손을 들어서 그녀의 삐죽 솟아오른 머리카락을 매만져 주었다.

스윽.

그 별거 아닌 손길에 화인의 가슴이 설레어 온다.

사실 여태까지 한새가 자신의 머리를 쓰다듬어 줄 때마다 이상하게 기분이 좋았었다.

한새가 부드러운 목소리로 말했다.

"준비하고 나와."

그는 그 말만 남긴 채, 곧이어 방에서 나갔다.

한새가 사라지자 화인은 그대로 다시 제자리에 풀썩 쓰러지듯이 누웠다.

그가 사랑스럽다는 듯이 자신을 바라볼 때마다 마치 아이스크림처럼 녹는 것만 같은 기분이다.

화인이 양팔을 자신의 얼굴 위로 올리며, 나지막이 중얼거렸다.

"왜 저렇게 기분이 좋은 거야?"

두근두근.

세차게 뛰고 있는 자신의 심장 소리가 똑똑히 들려왔다.

화인이 어쩔 줄 모르겠다는 듯 여전히 얼굴을 가린 채로 뒷말을 이었다.

"……덩달아 나까지 좋아지잖아."

달칵.

화인이 어기적거리며 방에서 나오자, 거실에는 지금까지 본적도 없는 풍경이 펼쳐져 있었다.

바로 갓 구운 빵과 따뜻한 아메리카노가 준비되어 있었기 때문이다.

"이게 뭐……."

당황스러워서 말꼬리를 흐리자, 한새가 아무렇지 않은 표정으로 대답했다.

"먹어. 아침에 조깅하러 나간 김에 사 왔어."

"지금까지 수도 없이 조깅하러 나갔지만, 이런 적은 한 번도 없었잖아."

하급 악마가 나타날까봐 언젠가부터 한새는 조깅조차 멀리 가질 못했다.

그런 그가 근처 빵집에 들러 이렇게 무언가를 사 오기란 쉽지 않은 일이다.

핵심을 콕 짚는 그녀의 말에 애써 무심한 표정을 짓고 있던 한새의 얼굴이 조금 붉게 변했다.

그가 낮게 헛기침을 하며 나지막이 말했다.

"말했잖아."

"……?"

그녀가 의아하다는 시선으로 쳐다보자, 한새가 희미하게 웃으며 말을 이었다.

"내 여자한테는 잘해 준다고."

그 말에 불현듯 화인의 머릿속에 떠오르는 기억이 있었다.

바로 한새가 제일 처음 자신의 마음을 밝혔던 날이다.

그녀가 거절을 하자 이튿날 온갖 똥개 훈련을 다 시키더니, 자기 여자한테는 잘한다며 시험해 보지 않겠냐고 제안을 한 적이 있었다.

그때는 말도 안 된다고 생각했지만, 이런 모습을 보니 조금 신빙성이 느껴지긴 했다.

"뭐, 얼마나 잘해 주는지 두고 볼게."

나지막한 말과 함께 화인은 그대로 터벅터벅 걸어서 한새의 반대편에 앉았다.

자신이 좋아하는 빵은 어떻게 안 건지, 그가 사 온 것들은 전부 그녀가 좋아하는 것이었다. 하지만 화인은 별다른 내색 없이 앞에 있는 빵을 하나 집어서 먹을 뿐이었다.

잠자코 그 모습을 지켜보던 한새가 나지막이 물었다.

"맛있어?"

"……."

그 말에 화인이 저도 모르게 순간 멈칫하자, 한새가 희미하게 웃었다.

머뭇거리는 그녀의 모습에 한새가 먼저 입을 열어 다시 말했다.

"그거 알아? 넌 가끔 아무 말도 하지 않는 편이 더 솔직해."

한새는 하루아침에 변한 이 관계를 화인이 얼마나 쑥스러워하는지 잘 알고 있다. 하지만 아무렇지 않은 척 감추는 모습을 보고 있자니 문득 놀려 주고 싶었다.

그 말마따나 화인의 얼굴이 순간 붉게 물들었다.

그녀가 고개를 반대편으로 돌리며, 입 안에 들어 있는 빵을 오물거리며 삼켰다.

"넌 가끔 너무 능글맞아."

그 말에 한새는 낮게 웃을 뿐이었다.

그가 기억하는 한, 오늘은 세상에서 가장 행복한 아침이었다.

"귀여워 죽겠다."

한새의 그 말에 화인은 저도 모르게 슬쩍 미간을 찡그렸다.

그의 귀엽다는 말에 자신이 정말로 귀여워 보였으면 하고 바라게 되는 마음이 느껴졌기 때문이다.

그런 스스로의 마음이 너무나도 생소해서, 화인은 더욱 그의 시선을 피할 수밖에 없었다.

평상시에는 안 하던 아침 식사를 마친 뒤, 화인은 가만히 소파에 앉아 남은 커피를 마시고 있었다.

그런 그녀를 가만히 내버려 두지 못하고 한새가 나지막이 물었다.

"어디 가고 싶은 데 없어?"

"갑자기 그건 왜?"

"오늘 스케줄도 없는데, 너랑 나가서 데이트하려고."

거침없는 한새의 말에 화인이 당황스럽다는 듯이 그를 쳐다봤다.

"지금까지 어떻게 참았어?"

"뭘?"

"데이트라니, 네가 이렇게 낯간지러운 말을 잘하는지 지금 알았어."

"그게 어때서?"

영문을 모르겠다는 듯한 한새의 표정을 바라보던 화인은 문득 궁금증이 들었다.

생각해 보니 인간 세상에서 연애를 한 적은 처음이다.

자신만 이런 상황에 어색해하고 몸이 꼬이는 걸까?

"다른 여자들한테도 그렇게 말했어?"

무심코 물어보는 화인의 질문에 한새는 표정을 딱딱하게 굳혔다. 지금까지 수차례 오해받았던 상황이 그의 머릿속에 떠올랐기 때문이다.

한새가 심각한 표정으로 화인의 앞에 다가가 앉으며 입을 열었다.

"분명히 말하지만, 잘생긴 남자가 연애를 많이 해 봤을 거라는 건 다 편견이야."

실제로 한새는 연애 경험이 별로 없었다.

화인을 만나기 전까지 누군가와 깊은 관계를 맺기보다는 짧은 만남을 더욱 선호했으니까.

화인이 의아하다는 표정으로 물었다.

"그래서?"

"지금 너밖에 없다는 소리를 하는 거잖아."

아무렇지 않게 툭 던지는 그의 말에 화인은 순간 얼굴이 뜨거워지는 것 같았다.

자꾸만 쑥스러웠다.

사랑한다는 감정을 조금도 감추지 않고 다가오는 한새의 마음이 너무나도 간질거린다.

대악마로 살아온 세월까지 전부 다 포함해서 그녀에게 이런 감정을 느끼게 한 남자는 정말이지 처음이었다.

"그만해, 더는 못 들어 주겠으니까."

고개를 돌리며 말하는 화인의 딱딱한 대답에도 한새는 그저 희미하게 웃을 뿐이었다.

남들은 이런 화인의 태도를 오해할지도 모르겠지만, 한새는 지금 그녀의 심정을 정확히 눈치채고 있었으니까.

스윽.

한새가 양손을 뻗어 화인의 얼굴을 감쌌다.

그렇게 다시 자신 쪽으로 고개를 돌리자 두 사람의 시선이 허공에서 마주쳤다.

그는 엄지로 그녀의 입꼬리를 늘려 웃는 것처럼 만들며 말했다.

"좋으면 그냥 웃어 줘."

화인은 자신에게 똑바로 향하는 그의 맹렬한 시선에 잠시 숨을 멈추고 말았다.

조각 같은 한새의 얼굴이 바로 코앞에 있었다.

이 남자가 이제 온전히 자신의 것이라는 생각에 이상하게 가슴이 뻐근했다.

더는 오기 부리지 않고 이 남자를 선택하길 잘했다고, 자꾸 설레어 오는 자신의 가슴이 분명 그렇게 말하고 있었다.

화인은 자신의 얼굴을 잡고 있는 그의 장난스러운 손을 슬며시 떼어 내며 말했다.

"너, 내가 누군지는 알고 있는 거야?"

대악마 벨로나.

마계에서 그 이름을 모르는 사람은 없었다.

더구나 이름 앞에 전쟁의 여신이라고 붙을 정도로 그녀의 손에선 피가 마를 날이 없었다. 그만큼 악명 또한 자자했다.

지금까지 자신을 한새처럼 대한 사람은 없었다.

분명 화인의 본모습을 아는 누군가가 이런 상황을 봤다면 놀라서 기절했을지도 모르는 일이다. 하지만 진지한 그녀의 질문에 한새는 아무렇지도 않은 표정으로 대답할 뿐이었다.

"네가 뭐든, 나한텐 그냥 여자야."

"……."

화인은 아무런 반박도 할 수 없었다.

그의 말이 틀리지 않은 것도 있지만, 누군가에게 이렇게 온전히 여자로 보인 적은 처음이다.

그녀는 여자이기 이전에 대악마였고, 전쟁의 여신이었으며, 또한 칼리드 황자를 모시는 장군이었다.

지금까지 자신을 이루는 것들 중에 가장 하찮게 여겼던 여자라는 사실이 이렇게 감동스러울 거라고는 생각지도 못했다.

자신이 무엇이든, 어떤 존재이든 간에 한새에겐 그저 여자로 보인다는 사실이 왜 이토록 좋은 걸까.

"⋯⋯좋다."

화인의 나지막한 중얼거림에 도리어 한새의 눈동자가 조금 커졌다.

화인이 이렇게 순순히 수긍할 줄은 그조차도 몰랐다.

지금까지 줄곧 좋아한다고 쫓아다닌 건 한새였다. 그녀가 이렇게 자신의 마음을 내비친 건 처음이었다.

벌떡!

한새가 뭐라고 반응을 하기도 전에, 화인은 갑자기 앉아 있던 자리에서 몸을 일으켰다.

그녀가 결심한 듯 단호한 목소리로 말했다.

"가자."

"어딜?"

"데이트하자며."

조금 전까지만 해도 낯부끄럽다고 하던 그녀의 입에서 흘러나온 말이다.

한새가 못 믿겠다는 듯이 그녀를 바라보고 있을 때였다.

화인이 그를 향해 느닷없이 입꼬리를 늘리며 어색하게 웃어 보였다.

매번 좋은 감정이 들 때마다 저도 모르게 인상을 찌푸리며 참았기 때문에, 이런 표정을 짓는 게 화인 스스로도 굉장히 어색했다.

"너……."

한새가 뭐라고 말을 하려 했지만, 이 상황이 민망했던 화인은 곧바로 등을 돌렸다. 그리곤 나지막이 말했다.

"준비하고 나올게."

그렇게 그녀가 터벅터벅 걸어서 방 안으로 사라질 때까지 한새는 꼼짝없이 제자리에 얼어 있었다.

자신이 좋으면 웃어 달라고 한 말에, 화인은 바로 이렇게 행동으로 옮긴다.

한새가 어쩔 줄 모르겠다는 듯, 양손으로 얼굴을 감싸 쥐며 나지막이 중얼거렸다.

"……대체 누구더러 거침이 없다는 거야."

전혀 생각지도 못한 행동으로 사람을 들었다 놨다 하는 건 자신이 아니라 바로 그녀였다.

평소와 달리 화인의 준비 시간은 길었다.

매일 아무렇게나 대충 걸치고 나갔던 것과 달리 오늘은 특별히 신경을 썼기 때문이다.

첫 데이트다.

마계에서도 하지 않았던 걸 이렇듯 인간 세상에서 처음으로 경험하고 있었다.

마지막으로 거울을 다시 한 번 확인한 그녀가 서둘러 방문을 열고 바깥으로 나갔다.

끼익-

그러자 벽에 기대어 서 있는 한새의 모습이 눈에 보였다.

그는 모자를 깊게 눌러쓰고 있을 뿐만 아니라, 검은색 뿔테 안경을 끼고 있었다.

자세히 들여다보지 않으면 그가 이한새라는 걸 눈치채지 못할 정도였다. 지금까지와 전혀 다른 스타일에 화인이 의아한 표정으로 한새를 바라볼 수밖에 없었다.

그 시선을 느낀 한새가 먼저 입을 열었다.

"나인 줄 모르겠지?"

"얼핏 보면 몰라볼 것 같긴 하네."

"다행이다, 그럼 나가자."

서둘러 길을 재촉하는 한새를 향해 화인이 궁금하다는 듯 물었다.

"어디를 가려고 이렇게 입은 거야?"

그녀의 질문에 한새가 뒤돌아선 상태에서 고개만 슬쩍 돌린 채 웃었다.

"그냥 평범하게 가려고."

화인은 평범하단 단어가 이렇게 의미심장하게 들린 적은 처음이었다.

그렇게 한새를 따라 도착한 장소는 다름 아닌 영화관이었다.

주말이 아니라 한산하기는 했지만, 돌아다니는 사람들을 보고 있자니 괜스레 긴장이 되었다.

어떻게 보면 지금 두 사람은 신분을 숨긴 채 데이트를 즐기고 있는 중이다. 여기서 한새의 정체가 밝혀지면 시끄러워질지도 모른단 생각이 들었다.

화인이 저도 모르게 주변을 살피며 자그마한 목소리로 말했다.

"영화가 보고 싶으면 그냥 DVD로 보지, 왜 여기까지 나온 거야?"

"말했잖아, 기본적인 데이트 코스에 영화관은 안 빠지거든."

"그래도……."

뭐라고 더 입을 열려는 그녀에게 한새가 영화 전단지를 건네며 말했다.

"골라 봐, 보고 싶은 거."

화인은 잠시 못마땅하다는 표정으로 그를 쳐다보다가 이내 전단지를 빼앗아 가듯 가져갔다. 그럼에도 금세 골똘히 고르고 있는 그녀의 모습이 귀엽기 짝이 없었다.

한새는 그런 화인의 모습을 흐뭇하게 바라보았다.

자신의 직업 때문에 지금까지 두 사람은 가능한 사람이 많은 곳을 피해 다녔다.

하지만 이제는 더 이상 그런 것에 얽매이기보다는 인간 세상에서 힘들게 살았을 화인에게 조금 더 좋은 기억을 많이 만들어 주고 싶었다.

앞으로 그녀와 함께하고 싶은 게 수천 가지였지만, 우선은 남들이 다 하는 것부터 차근차근 해 볼 생각이다.

화인이 마음을 정했는지 한 영화 포스터를 손으로 가리키며 말했다.

"이거 보자."

뜻밖에도 그녀가 고른 것은 멜로 영화였다.

한새가 의외라는 듯이 대답했다.

"이런 것도 좋아해?"

"뭐, 재밌을 것 같아서."

"넌 왠지 액션 영화를 좋아할 줄 알았는데."

무심코 내뱉은 한새의 말에 화인이 어처구니없다는 듯이 피식 웃으며 대답했다.

"나한테 그런 건 시시하지."

뭔가 굉장한 의미가 담겨 있는 말에 한새는 저도 모르게 그녀를 따라 웃었다.

새삼스럽지만 자신의 여자 친구는 바로 대악마였으니까.

두 사람은 곧바로 영화를 예매하고, 팝콘을 사러 걸음을 옮겼다.

그렇게 양손에 먹을거리를 잔뜩 들고, 상영 시간이 가까워지자 들어가서 지정된 좌석에 앉았다.

어떻게 보면 별거 아닌 평범한 일상이었지만, 사실 두 사람에게는 이 모든 게 너무나도 새로웠다.

둘 다 이렇게 여유로운 일상을 누군가와 함께 보낸 적이 없었기 때문이다.

곧이어 불이 꺼지고 커다란 스크린에서 몇 개의 광고가 나온 뒤 바로 영화가 시작했다.

화인은 묵묵히 팝콘을 집어 먹으면서 영화에 집중했지만, 한새는 이상하게 자꾸 시선이 옆자리에 앉아 있는 그녀에게로 향했다.

툭.

팝콘을 집어 먹다가 손이라도 스치면 사춘기 소년처럼 가슴이 쿵쿵거린다.

'……이런 거 정말 나한텐 없을 줄 알았는데.'

화인과 사귀기로 한 다음부터 도무지 현실 같지 않은, 행복한 꿈을 꾸고 있는 기분이다.

누군가에게 이렇게 온 마음을 송두리째 빼앗겨 버린 것도 신기했지만, 그런 상대방과 함께할 수 있는 지금 이 순간이 마치 기적과 같았다.

몰래 그녀를 훔쳐보던 한새의 눈에 들어오는 것이 있었다.

바로 팔걸이에 걸치고 있는 화인의 작은 손이었다.

'잡고 싶다.'

가장 먼저 머릿속에 든 생각이었다.

하지만 사귀기로 한 지 얼마나 되었다고 벌써부터 이런 스킨십을 해도 되나 고민이 들었다.

물론 이미 키스도 한 사이였지만, 그때는 정신이 나가서 그랬던 거고 지금은 상황이 달랐다.

그녀가 거부감을 느끼지 않을 정도로 천천히 다가가고 싶었다.

무엇보다 소중한 여자였으니까.

'……어쩌지?'

마음은 이미 그녀의 손을 잡으라고 말하고 있었지만, 머리가 아직 이르다고 그를 말리고 있었다.

한새의 긴 손가락이 갈 길을 못 정한 채 갈팡질팡하고 있을 때였다.

휘익—

갑자기 그의 손을 감싸는 온기가 느껴졌다.

바로 화인이 망설이던 한새의 손을 덥석 잡아 버린 것이다.

"아……."

한새가 저도 모르게 놀란 표정으로 화인을 쳐다봤다.

그러자 어느새 스크린을 보고 있던 화인이 고개를 돌려 그를 바라보고 있었다.

그녀가 자그만 목소리로 말했다.

"신경 쓰여. 혹시 손잡고 싶은 거면 그냥 잡아."

마치 명령하듯이 말을 내뱉곤 그녀는 다시금 스크린으로 시선을 돌렸다.

여타의 여자들과 전혀 다른 모습이었다.

한새는 화인의 그런 행동에 얼굴이 새빨갛게 변해 버렸다.

화인은 가끔 남자인 자신보다 더 박력 있는 모습을 보이곤 했다. 바로 지금처럼 말이다.

하지만 이런 모습조차 너무나도 사랑스럽다는 걸 알까.

한새는 자신의 속마음을 들킨 것 같아 부끄러웠지만, 그것보다 지금은 서로 손을 마주 잡게 된 이 상황이 너무 좋았다.

스윽.

엉성하게 잡고 있는 화인의 손을, 한새가 제대로 깍지를 껴서 잡았다.

이제 팔걸이에는 두 사람이 잡은 손이 같이 올라가 있었다.

힐끔.

그렇게 손 모양이 바뀌자 정면을 바라보고 있던 화인의 시선이 남몰래 한새를 향했다. 그는 반대쪽 팔걸이에 팔을 기댄 채, 턱을 괴고 스크린을 바라보고 있었다.

긴 팔에, 작은 얼굴⋯⋯.

오뚝한 코와 날카로운 턱은 앞에서 쏟아지는 빛 때문에 음영이 져 있었다. 손가락에는 힘줄이 도드라져 있는데 그것조차도 완벽한 모습이었다.

그는 한마디로 영화를 감상하는 데 엄청나게 방해가 되는 남자였다.

더구나 자꾸 신경 쓰이게 해서 손을 내줬더니, 이번에는 절대 놓지 않겠다는 듯이 미동조차 하지 않는다.

'⋯⋯뭐가 이렇게 설레.'

손을 잡은 게 얼마나 대수로운 일이라고 이렇게 가슴이 술렁거린단 말인가.

화인은 난생처음 하는 데이트에서 이대론 심장이 남아나질 않겠다는 생각이 들었다.

영화가 끝나자 두 사람은 손을 잡은 상태 그대로 바깥으로 걸어 나왔다. 화인은 뭔가 민망해 죽겠는데, 그래도 그의 손을 먼저 놓고 싶지는 않았다.

다양하고 복합적인 감정들이 마구 밀려든다.

하지만 그 모든 것들의 결론은 지금 자신의 옆에 서 있는 이 남자가 좋다는 사실이다.

'연애는 제정신으로 하기 힘든 거네.'

한새가 아닌 남자와는 죽었다가 깨나도 못 할 것 같았다.

묵묵히 걷는 화인을 향해 한새가 먼저 입을 열었다.

"영화 재밌었어?"

그 말에 화인은 '네가 자꾸 신경 쓰이게 해서 집중할 수 있었겠냐.'고 되묻고 싶은 걸 참았다.

그런 마음까지 들키고 싶지는 않았으니까.

"그냥 괜찮았어."

"다행이네."

한새는 슬쩍 주변을 둘러보며 다시 나지막한 목소리로 입을 열었다.

"뭐 먹고 싶은 건 없어?"

"밖에 너무 오래 있는 거 아니야? 이만 들어가자."

"오늘 같은 날 이렇게 빨리 들어가면 아깝잖아."

"……뭐 얼마나 대수로운 날이라고 이렇게 신났어."

퉁명스러운 화인의 말에 한새가 조금은 짓궂게 웃으며 대답했
다.

"난 지금 네가 내 여자라는 사실에 날아갈 것 같은데."

조금도 숨김없는 그의 고백에 화인도 결국 못 말리겠다는 듯
이 웃고 말았다.

그렇게 두 사람은 서로의 손을 맞잡은 채, 사람이 가득한 거리
를 걷고 있었다.

*   *   *

지이잉, 지이잉.

갑작스럽게 걸려 온 전화에 한새의 시선이 휴대폰으로 향했다.

발신자는 바로 찬우 형이었다.

한새가 맞은편에 앉아 있는 화인에게 나지막한 목소리로 양해
를 구했다.

"잠깐만, 전화 좀 받고 올게."

"그래."

흔쾌히 떨어지는 그녀의 허락에 한새는 자리에서 일어나 바깥
으로 나갔다.

통화 버튼을 누르니 수화기에서 바로 찬우의 목소리가 들려왔다.

—얼마 전까지만 해도 쉬고 싶다더니, 갑자기 이 일은 왜 하겠다는 거야?

한새는 본인의 목소리가 절대 화인에게 들릴 리 없다고 판단한 다음에서야 나직하게 대답했다.

"정승현이라는 놈, 내가 묻어 버리려고."

정승현은 민준을 따라간 파티에서 화인에게 손을 대려던 놈의 이름이었다. 법적인 처분을 하지는 못하겠지만 한새는 애초부터 승현을 가만히 내버려 둘 생각이 없었다.

하지만 화인에게 사실대로 말하면 괜히 신경을 쓸 것 같아서 밝히지 않은 것뿐이다.

—네가 그런 모델도 알아?

한새와 친분을 쌓고 지내기에 승현은 한참 급이 떨어지는 모델이었다.

최근에서야 조금 빛을 본 것 같지만, 이제 막 유명세를 타기 시작한 거라 신인이나 다름없었다.

"알아. 그래서 이 바닥에선 발도 못 붙이게 만들려고."

—웬일이래, 네가 그런 살벌한 말을 다 하고. 걔랑 무슨 일 있었어?

한새의 성격이 좋지는 않았지만 그래도 누군가에게 쉽게 원한을 품는 성격은 아니었다.

물론 그게 워낙 다른 사람에게 관심을 두지 않는 성격이라 그런 것이지만, 한새의 이런 반응은 찬우로서도 처음 보는 것이었다.

"형은 알 필요 없어. 어쨌든 개랑 계약된 건 전부 나한테 돌려줘. 자잘한 건 우리 에이전시에서 잘 나가는 애들로 붙여 주고."

─내가 이런 개인적인 원한까지…….

"부탁 좀 할게. 이렇게라도 안 하면 내가 어느 날 찾아가서 그 새끼 죽여 버릴 것 같아서."

찬우는 그저 농담처럼 던진 말이었는데, 한새의 반응은 서늘하기 그지없었다.

기에 눌린 찬우가 나직한 목소리로 대답했다.

─알았어, 인마. 괜히 겁주지 마.

"그럼 그렇게 알고, 난 이만 끊을게."

─뭐야? 왜 이렇게 바쁜 척이야.

투덜거리는 찬우의 말에 한새의 시선이 저도 모르게 화인을 향했다.

자신을 기다리고 있는 그녀의 모습을 보니 괜스레 기분이 좋았다. 그래서 조금 전까지만 해도 차가운 표정을 짓고 있던 그의 얼굴에 따스한 기운이 감돌았다.

"나 지금 데이트하느라 바빠."

생각지도 못한 한새의 말에 찬우는 깜짝 놀랄 수밖에 없었다.

찬우가 당황스러운 목소리를 감추지 못한 채 재빨리 다시 입을 열었다.

─너 설마 그 운전기사랑 사귀어?

"응, 축하해 줘."

자랑하듯이 말하는 한새에게 찬우는 저도 모르게 떨떠름한 목소리로 대답했다.

─추, 축하해.

한새는 그런 그의 반응이 마음에 안 든다는 듯이 다시 입을 열었다.

"무슨 반응이 그래?"

─갑자기 들으니까 당황스러워서 그래.

"내가 좋아하는 여자랑 사귄다는데 형이 왜 당황스러워?"

날카로운 한새의 물음에 찬우는 마른침을 꿀꺽 삼킬 수밖에 없었다.

사실 그가 일반인과 사귄다는 소문이 퍼지면 혹시라도 이미지에 안 좋은 영향을 끼칠까 봐 걱정이 됐기 때문이다.

나중에 대표가 이 사실을 알면 자신한테 분명 언제부터 알았냐고 들들 볶을 텐데, 그걸 생각하면 괜스레 긴장이 될 수밖에 없었다.

─네가 잘 이루어진 건 천만다행이지만, 솔직히 비즈니스적으로는 좀 걱정이 돼서 그렇지.

"정 안 되면 은퇴해야지, 뭐."

아무렇지 않게 흘러나오는 한새의 대답에 찬우는 경악할 수밖에 없었다.

―뭐라고?

지금까지 한새는 단 한 번이라도 농담처럼 이런 말을 해 본 적이 없었다. 그렇기에 그만큼 진심이 느껴져서 더욱 놀랄 수밖에 없었다.

찬우가 다급하게 다시 입을 열었다.

―진짜 진심이야?

바짝 긴장한 그와 달리 한새는 여유로운 표정을 짓고 있을 뿐이었다.

"내가 이런 걸로 빈말 안 하는 거 알잖아."

가능하면 지금 하는 모델 일을 그만두고 싶지 않았지만, 그 때문에 화인과 만나는 걸 포기해야 되는 상황이 놓인다면 이미 답은 정해져 있었다.

한새의 말이 다시 이어졌다.

"돈도 이미 벌 만큼 벌었고……."

이제는 어렸을 때처럼 한울이의 병원비를 걱정할 필요도 없었다. 지금 일을 그만둔다고 해도 딱히 먹고 사는 데 지장이 없을 정도로 이미 모아 놨으니까.

찬우의 다급한 목소리가 다시 수화기를 통해 들려왔다.

―한새야, 쉽게 결정하지 마. 만약 스캔들이 터져도 이 형이 잘 막아 볼 테니까.

지금까지와 달리 적극적인 찬우의 태도에 한새는 그저 흐릿하게 웃을 뿐이었다.

"그렇게 해 주면 좋고."

한새의 시선은 여전히 자신을 기다리고 있는 화인에게로 향해 있었다. 그렇게 강렬한 눈빛으로 유리창 너머의 그녀를 바라보던 한새가 다시 나지막한 목소리로 말을 이었다.

"……나 저 여자한테 목숨까지 걸었거든."

정말 무엇을 줘도 아깝지 않을 것 같았다.

지금도, 그리고 앞으로도 자신에게 박화인보다 더 소중한 것은 없을 테니까.

난데없는 한새의 고백에 찬우는 당황스럽긴 했지만, 곧이어 침착하게 대답했다.

─그래, 어쨌든 형만 믿어.

"내 여자 친구니까, 오다가다 만나게 되면 잘해 주고."

─넌 어떻게 된 게 벌써부터 팔불출이야?

"어쨌든 지금은 화인이가 기다리고 있어서 이만 끊을게. 나중에 다시 통화하자."

그렇게 서둘러 찬우와의 전화를 끝낸 그가 화인이 앉아 있는 곳으로 다가갔다. 한새가 의자에 앉으며 나지막이 말했다.

"좀 늦었지?"

"괜찮아. 무슨 일 있는 건 아니지?"

"당연하지, 나한테 무슨 일이 생길 게 뭐가 있다고."

한새는 아무렇지 않게 시치미를 떼고는 테이블에 놓여 있는 메뉴판을 다시 내려다봤다.

영화관에서 나온 뒤, 시간은 총알처럼 지나서 지금은 벌써 어둑어둑한 저녁이었다.

두 사람은 현재 집 근처의 작은 술집에 도착해 있었다.

집으로 돌아가기 전에 딱 한잔만 하고 가자고 이미 서로 합의를 본 상태다.

"뭐 먹을래?"

"소시지."

즉각 대답하는 그녀가 왠지 귀여워서 한새는 픽 하고 작게 웃고 말았다. 그렇게 몇 개의 안주를 주문한 두 사람의 테이블에는 곧이어 소주가 올라왔다.

한새가 그녀의 술잔에다가 먼저 술을 채워 주며 나지막이 물었다.

"술 잘 마셔? 그러고 보니 둘이서 제대로 마셔 본 적이 없네."

"뭐, 그냥저냥 남들 마시는 만큼."

"혹시 너무 취할 것 같으면 미리 말해, 난 주량이 꽤 좋은 편이거든."

사실 한새는 술을 별로 즐기지 않아서 마시지 않았을 뿐, 지금 껏 제대로 취해 본 적이 없을 정도로 술을 잘 마시는 타입이었다.

어딘가 자신만만한 그의 태도에 화인이 무심한 표정으로 대답했다.

"혹시 내가 취하면 업고 가면 되잖아."

아무렇지도 않게 하는 그녀의 말에 한새는 새삼 지금 두 사람이 같은 집에서 살고 있다는 사실을 떠올렸다.

누굴 데려다주고 할 필요가 없었기에 훨씬 간편하기는 했지만, 반대로 그만큼 위험하기도 했다.

무심코 깨닫게 된 사실에 한새가 나지막한 목소리로 중얼거렸다.

"……오늘은 진짜 취하면 안 되겠네."

그 말을 알아듣지 못한 화인이 그를 향해 재차 물었다.

"뭐라고?"

"아니야, 아무것도."

그렇게 두 사람의 술자리가 시작되었다.

둘 다 주량이 나쁘지 않은 편이었기에 순식간에 테이블 위에는 술병이 다섯 병이나 올라가 있었다.

탁!

술잔을 비운 화인이 소주잔을 내려놓자, 그 모습을 지켜보던 한새가 재빨리 안주를 집어 주었다.

화인이 잠시 멈칫했지만, 곧이어 그가 주는 음식을 그대로 받아먹었다.

평상시라면 부끄러워서 하지 못할 행동이었지만, 지금은 술이 들어가니 조금 적응이 되었다. 그러자 한새는 마치 야생동물을 길들인 것처럼 환한 표정을 지어 보였다.

화인이 어처구니가 없다는 듯이 물었다.

"그렇게 좋아?"

"응, 완전 좋은데?"

한새는 조금의 망설임도 없이 대답하고는 다시 테이블에 있는 안주들을 둘러보며 입을 열었다.

"다른 것도 먹여 줄까?"

"됐어, 부끄러운 줄도 모르고."

"대악마라면서 은근 고지식하기는."

"뭐라는 거야?"

화인이 그의 말을 귓등으로 흘리며 다시 술병을 들고 서로의 잔을 채웠다.

이렇게 술자리를 갖는 건 그녀로서도 아주 오랜만이었다.

그리고 무엇보다 한새와 이렇게 앉아서 두런두런 이야기 하며 마시는 술이 썩 나쁘지 않았다.

화인이 머릿속에 문득 떠오른 생각에 그를 향해 나지막이 물었다.

"네가 마력이 없었다면, 우리 이렇게 만나지 못했겠지?"

어떻게 보면 운명인지도 모르겠다.

화인에게 한새가 가진 힘은 도저히 거부할 수 없는 유혹이었으니까.

그 말에 한새가 퉁명스러운 목소리로 대답했다.

"내가 마녀라서 다행인 줄 알아. 네가 나 말고 다른 사람한테 이렇게 매달리는 꼴은 못 보니까."

"웃기시네. 너도 처음엔 나 싫어했잖아."

아무렇지 않은 표정으로 덤덤하게 말하는 화인을 보며, 어느 순간 한새의 눈동자가 진지하게 가라앉았다.

처음에 먼저 다가온 건 분명 화인이었지만, 한새는 장담할 수 있었다.

언젠가 이 여자에게 기필코 빠지고 말았을 거라고.

과거를 다시 돌린다 해도, 그녀가 지금과 다른 모습이라고 해도…….

한새는 변함없이 화인을 사랑할 것 같았다.

이상하게 그런 확신이 들었다.

"우리가 설령 다르게 만났더라도…… 그래도 난 너일 것 같아."

갑작스러운 한새의 말에 화인은 저도 모르게 얼굴을 찡그렸다.

그는 좋으면 웃으라고 했지만 이미 버릇이 된 건지 그게 쉽지가 않았다. 그리고 정말 바보처럼 가만히 있다간 무슨 짓을 할지도 몰랐다.

그의 말은 너무나도 달콤했으니까.

스윽.

화인이 조금 붉어진 얼굴로 한 손을 들어 한새의 입술을 막았다.

"적당히 좀 해."

핀잔을 주는 화인의 말에 한새가 머쓱하게 웃어 보였지만, 이어지는 그녀의 말에 숨을 멈추고 말았다.

"……너 때문에 내 심장이 아주 시끄러워지니까."

한새는 놀란 눈빛으로 그녀를 쳐다볼 수밖에 없었다.

먼저 다가간 것도, 혼자 애태우던 것도 모두 자신이었다.

그런데 언제부턴가 화인이 이렇게 자신의 마음에 대답을 해 주고 있었다. 그 사실이 못 견디게 행복해서 한새는 이대로 죽을지도 모르겠다는 생각이 들 정도였다.

쪽.

한새가 그대로 화인의 손바닥에다 입맞춤을 했다.

그녀가 깜짝 놀라서 손을 떼자, 그가 눈꼬리를 휘며 웃었다.

"뽀뽀하고 싶다."

한새의 거침없는 애정 표현에 화인이 못 말리겠다는 듯이 고개를 저었다.

대체 이 남자는 자신이 마음을 받아 주지 않았으면 어쩔 뻔했을까.

문득 그런 의문이 생길 정도였다.

그렇게 분위기에 취해 두 사람은 꽤나 많은 술을 마시고 말았다. 어느샌가 그들이 마신 술병은 열 병을 훌쩍 넘어가고 있었으니까.

하지만 예상과 달리 술에 취한 사람은 화인이 아니라 바로 한새였다.

비틀거리는 한새를 부축하며, 화인이 힘겹게 집 안으로 들어섰다. 모델답게 큰 키를 자랑하고 있었기에 그를 지탱하는 게 여간 힘든 일이 아니었다.

화인이 투덜거리듯이 입을 열었다.

"주량 좋다면서 이게 죽으려고."

그나마 술집에서 앉아 있을 때는 취기가 조금 올라온 상태였는데, 이렇게 육체노동을 하고 나니 술이 완전히 다 깨 버렸다.

털썩.

겨우 한새를 침대에까지 눕히고 나니 저도 모르게 지친 한숨이 푹 나왔다.

"하아."

무심코 그를 내려다보고 있자니, 문득 그의 붉은 입술이 눈에 들어왔다.

그뿐이 아니다. 창백한 피부에 풍성한 속눈썹은 웬만한 여자 뺨칠 정도로 섹시했다.

"……뭐 이렇게 쓸데없이 색기가 넘쳐."

화인은 괜스레 고개를 절레절레 흔들며, 이내 한새가 편히 잘 수 있도록 입고 있는 옷을 느슨하게 풀어 주었다.

그렇게 그녀가 침대에서 몸을 일으키려고 하는 순간이었다.

"박화인."

갑작스럽게 자신을 부르는 한새의 목소리에 화인은 제자리에 우뚝 멈출 수밖에 없었다. 어스름한 방 안에 흐르는 그의 허스키한 목소리가 묘하게 매력적이었다.

화인이 느릿하게 고개를 돌려 보니, 그는 여전히 두 눈을 감고 있었다. 그럼에도 한새는 다시 중얼거리듯이 말했다.

"……화인아."

어딘가 간절하게 들리는 그 부름이 화인의 마음을 찌르르 울려 왔다.

아마 그는 술에 취해서 자신의 꿈을 꾸고 있는 모양이었다.

대체 무슨 꿈을 꾸고 있는 걸까?

왜인지 자신이 그를 괴롭히는 꿈인 것만 같았다.

그렇지 않다면 이렇게 애절하게 자신의 이름을 부를 리는 없을 테니까.

"……좋아해."

괴로운 듯이 얼굴을 찡그리며 내뱉는 그의 마지막 말에 화인은 순간 울컥하고 감정이 복받쳤다.

무슨 남자의 술버릇이 이 모양인지 심히 마음에 들지 않았다.

그동안 자신 말고 다른 여자한테도 이렇게 한 건 아닌지 알아보고 싶을 정도다.

하지만 화인은 한새의 그 애절한 말에 여기서 한 발자국도 움직일 수가 없었다.

스윽.

그래서 그녀는 다시 한새가 누워 있는 침대로 다가가 앉았다.

자고 있는 한새의 얼굴을 빤히 쳐다보다가 저도 모르게 손을 들어 그의 얼굴을 가리고 있는 앞머리를 뒤로 넘겨 주었다.

그는 알까.

이런 감정이 자신에게도 처음이라는 걸.

그렇게 가만히 이마를 찡그리고 있는 한새의 얼굴을 바라보던 화인이 나지막한 목소리로 말했다.

"나도 좋아해."

*   *   *

해준은 오늘도 여전히 화인과 찍은 어린 시절 사진을 바라보고 있었다.

언제 봐도 좋았다. 말로 표현하기 어려웠지만, 화인은 그 존재 자체만으로도 자신에게 버팀목이 되어 주는 느낌이었다.

그렇게 그녀를 바라보며 희미하게 짓고 있던 미소가 곧이어 사라졌다. 불현듯 얼마 전에 화인과 했던 짤막한 통화가 떠올랐기 때문이다.

너 누구 좋아해 본 적 있어?

그때 자신에게 물어본 그 질문은 전혀 그녀답지 않았다. 그래서 불안감이 엄습했다.

해준이 왜 그 감정을 모르겠는가. 미치도록 사랑해 마지않는 여자가 바로 그녀, 화인이었는데 말이다.

해준이 저도 모르게 나지막한 한숨을 내뱉었다.

"후우."

요즘 따라 한새가 자신에게 했던 말도 뇌리에서 잊히지가 않았다.

남동생이란 허울 좋은 이름 뒤에 숨어 있는 자신은 결코 그의 라이벌이 될 수 없다고 했었다.

'……슬슬 말해야겠지.'

자신의 마음을 고백해야 된다는 사실을 알면서도 자꾸만 겁이 나서 주춤거리게 된다.

하지만 스스로가 가장 잘 알고 있었다.

더 이상 여기에 머물러 있을 수 없다는 사실을.

화인은 어찌 된 영문인지 한새의 곁에서 조금도 떨어지려 하지 않았기에 얼굴을 보기도 힘든 실정이다.

잠시 고민하던 해준이 인터폰을 들고는 나지막이 말했다.

"내일 오후 스케줄 전부 빼 주세요."

마음에 들진 않았지만, 한새와 셋이 보는 한이 있더라도 이젠 그녀를 만나야겠다.

더 이상은 그리움이 넘쳐흘러서 참을 수가 없었으니까.

9

내가 좋아하는 남자

잠에서 깨어난 한새는 침대에 그대로 누운 채, 눈을 몇 번 깜빡거렸다.

이곳이 자신의 방이라는 사실은 어렵지 않게 알아차릴 수 있었지만, 문제는 여기까지 어떻게 들어왔는지가 기억나질 않는단 사실이다.

"아으, 머리야……."

지금껏 취해 본 적이 별로 없어서 너무 방심했다.

화인과 같이하는 술자리가 너무 좋아서 술을 물처럼 들이붓다 보니 이런 상황이 벌어지고 만 것이다.

자리에서 일어난 그가 무의식적으로 화인의 모습을 찾을 때였다.

끼익—

옆 침대에 화인이 없다는 사실을 깨닫는 순간, 마침 방문이 열리며 그녀가 들어왔다.

화인이 한새를 힐끔 쳐다보며 나지막이 말했다.

"일어났어?"

"어제 내가 먼저 취한 건가?"

그의 질문에 화인이 어처구니없다는 표정을 지어 보이며 대답했다.

"그럼 누가 여기까지 데리고 왔을 거 같은데? 어디 가서 주량 좋다는 말 하지 마."

"내가 안 좋은 게 아니라…… 네가 술을 너무 잘 마시는 거야."

"변명은."

화인이 시큰둥한 대답과 함께 다시 바깥으로 나갔다.

한새는 그녀가 사라지는 뒷모습을 가만히 쳐다보다가 이내 한 손으로 머리를 짚었다.

어제 정말 술을 꽤나 많이 마셨던 모양인지 평소에 없던 숙취가 느껴지는 것 같았다.

자신이 이 정도인데 화인의 속은 괜찮은 건지 걱정이 되었다.

조금만 몸을 추스르고 같이 해장이나 하러 나가야겠다는 생각을 하고 있을 때였다.

어딘가로 사라졌던 화인이 쟁반을 든 채로 다시 방 안에 나타났다.

스윽.

그리곤 쟁반 위에 올라가 있는 그릇을 한새를 향해 내밀었다.

생각지도 못한 그녀의 행동에 한새가 의아한 표정으로 바라보며 물었다.

"이게 뭐야?"

"뭐긴 뭐야, 꿀물이지."

너무나도 당연하게 흘러나오는 그녀의 말에 한새는 저도 모르게 다시 한 번 되묻고 말았다.

"……뭐?"

그가 멍하니 화인이 내밀고 있는 그릇을 쳐다보았다.

분명 저 안에 찰랑거리고 있는 액체를 보아하니 그녀의 말이 틀리지는 않은 것 같았다.

그런데 화인이 자신을 위해 이렇게 꿀물을 타 주었다는 게 쉽사리 믿기지가 않았다.

그렇게 가만히 구경하고 있는 한새를 향해 화인이 다시 말했다.

"뭐해? 받아."

그녀가 조금 더 그릇을 들이밀자, 한새는 얼떨결에 그것을 받고 말았다.

하지만 손에 들고도 마시지 못한 채, 가만히 바라만 보고 있을 뿐이었다.

그의 행동이 도무지 납득되지 않아 화인이 다시 한 번 입을 열었다.

"안 먹어?"

"……먹기 아까워."

"고작 꿀물인데, 뭐가 아깝다는 거야?"

화인의 말에 한새는 고개를 들어 뜨거운 눈빛으로 그녀를 쳐다봤다.

"네가 타 준 거잖아."

한새의 찌를 듯한 시선에 화인이 저도 모르게 멈칫할 때였다.

그가 허스키한 목소리로 다시 말했다.

"네가 날 위해서 해 준 건데, 아까워서 어떻게 먹어."

그 말을 이해한 화인은 곧이어 황당하다는 듯이 한새를 쳐다볼 수밖에 없었다.

하지만 그럼에도 한새는 여전히 진지한 표정을 짓고 있을 뿐이다.

화끈.

화인의 얼굴이 괜스레 붉어졌다.

자꾸만 간질거리는 상황에 그녀가 미미하게 얼굴을 찡그리며 나지막한 목소리로 말했다.

"빨리 안 마시면 앞으론 다시 안 타 줄 줄 알아."

그 말에 한새가 기분 좋다는 듯이 낮게 웃음을 터뜨리며 대꾸했다.

"그럼 내가 술 마실 때마다 이렇게 꿀물 타 줄 거야?"

"어려운 것도 아닌데, 못 할 건 없지."

아무렇지 않게 대답하는 화인을 보고 있자니, 사랑스러워서 미칠 것만 같았다.

그녀의 말처럼 앞으로 이런 날들이 계속 이어진다면 정말 행복에 겨워 죽을지도 모르겠다.

지금껏 가슴이 이렇게 따뜻했던 적은 없었다.

꿀꺽꿀꺽.

단번에 꿀물을 비워 낸 한새가 그릇을 옆으로 치워 두고는 바로 앞에 서 있는 화인의 손목을 잡아챘다.

휘익-

그대로 화인을 끌어당기자 균형을 잃은 몸이 한새를 향해 기울어졌다.

한새는 화인의 작은 몸을 힘껏 껴안으며, 그녀의 어깨에 고개를 묻은 채로 나지막이 속삭였다.

"……고마워."

내 것이 되어 주어서.

사랑하는 그녀가 점점 자신과 똑같은 마음이 되어 가는 게 느껴진다. 이 기분을 뭐라고 표현할 방법이 없었다.

혼자만의 사랑으로 끝나 버리지 않아서 천만다행이었다.

한새는 그녀와 사랑할 수 있게 해 준 세상의 모든 것들에게 감사하고 싶었다.

갑작스러운 그의 스킨십에 깜짝 놀랐던 화인은 곧이어 허탈하게 웃으며 말했다.

"이렇게 사소한 일 하나하나에 반응하지 마. 부끄러워서 아무것도 안 해 주는 수가 있어."

"……좋은 걸 어떡해."

정말이지, 그녀가 무언가를 해 줄 때마다 좋아서 죽을 것만 같았다.

한새는 그녀를 으스러지게 꽉 끌어안으며, 다시 나직하게 입을 열었다.

"책임져. 너 때문에 주정뱅이가 될지도 모르니까."

술을 마시고 난 뒤에 먹는 꿀물이 이렇게 달콤한지 처음 알았다.

앞으로는 그녀가 타 주는 꿀물이 먹고 싶어서 술을 마실지도 모르겠다.

*   *   *

해준은 오전 안에 급한 일을 모두 마치고는 바로 한새의 집으로 향했다.

하지만 막상 대문 앞에 도착하고 나니, 문득 불안한 마음이 들었다.

화인을 만나야겠다는 생각에 무작정 스케줄을 비우고 찾아왔으니, 약속 같은 걸 했을 리 없다. 여기까지 와서야 그녀가 집에 없을지도 모른다는 사실을 깨달았다.

"……하아."

완벽한 일처리를 자랑하는 해준이었지만, 이상하게도 그녀와 연관이 된 일에는 이렇게 어수룩해질 때가 있었다.

평소와 달리 이성보다 감정이 너무 앞서 나가 버려서인지도 모르겠다.

조금 망설이던 그가 초인종을 눌렀다.

띵동—

초조한 마음으로 잠시 기다리고 있으니, 곧이어 인터폰을 통해 화인의 목소리가 들려왔다.

"여기까지 어쩐 일이야?"

"아, 누나."

반가운 그녀의 목소리에 무표정했던 해준의 얼굴이 밝게 변했다.

다행히도 헛걸음을 하지는 않은 모양이었다.

"일단 들어와."

그 말과 함께 대문이 열렸다.

서둘러 집 안으로 들어서자, 자신을 기다리고 있는 화인의 모습이 눈에 들어왔다.

눈에 띄게 아름다워진 그녀의 모습에 해준은 눈을 크게 뜰 수밖에 없었다.

마치 어렸을 때로 되돌아간 것만 같았다.

화인의 바로 앞까지 다가간 해준이 얼떨떨한 표정으로 입을 열었다.

"못 본 새에 왜 이렇게 예뻐진 거예요?"

"입에 침이나 바르고 말하지."

화인은 어처구니없다는 듯이 작게 실소를 머금을 뿐이었다.

하지만 해준은 순간 저도 모르게 가슴을 움켜쥘 뻔했다. 심장이 미친 듯이 뛰어왔기 때문이다.

어딘가 부드러워진 그녀의 분위기가 무척이나 마음에 들었다.

"혹시 좋은 일 있어요? 오늘 이상하게 누나 기분이 좋아 보이네요."

뭔가 때맞춰 온 것 같다는 생각에 해준의 기분 또한 덩달아 유쾌해졌다.

그때였다.

가만히 두 사람을 지켜보고 있던 한새가 다가와서는 화인의 어깨를 쥐었다.

그리고는 순식간에 뒤로 두어 걸음 물러서며 해준에게서 거리를 벌렸다.

너무나도 자연스러운 한새의 스킨십에 해준의 반듯한 이마가 단번에 찌푸려졌다.

하지만 그가 뭐라고 입을 열기도 전에 화인이 먼저 말을 꺼냈다.

"뭐하는 거야?"

한새는 대놓고 해준을 경계하는 눈빛을 보내며 나직하게 대답했다.

"아무리 남매라고 해도 너무 가까워."

"남동생도 질투하는 거야?"

화인의 황당하다는 반응에 이상하게 해준의 가슴 한편이 아려 왔다.

남동생.

오늘따라 그 단어가 비수처럼 가슴에 꽂혀 왔다.

한새는 아무것도 모르는 화인을 바라보며 남몰래 속을 태웠다.

화인은 해준이 자신을 좋아할 거라고 생각도 못 하고 있었지만, 한새는 그가 꽤나 화인을 마음속 깊이 품고 있다는 사실을 알고 있었다.

그렇다고 한새가 대신해서 해준의 마음을 밝혀 줄 생각은 없다. 하지만 이대로 그냥 내버려 둘 수도 없는 노릇이었다.

"그래, 나 이외에 모든 남자는 다 경계 대상이야. 그러니까 너무 가까이 붙어 있지 마."

이런 행동들이 설령 화인의 눈에 지나친 소유욕으로 비추어지더라도 할 수 없다.

한새는 누구에게도 그녀를 양보할 수 없었으니까.

"어린애도 아니고……."

화인이 기가 막힌다는 듯 중얼거렸지만, 이내 알겠다는 듯이 고개를 끄덕였다.

"알았으니까, 일단 놔."

순순히 대답하는 그녀의 말에 누구보다 해준의 눈동자가 커졌다.

자신의 마음을 알고 있는 한새가 저런 행동을 하는 이유는 뻔했다. 하지만 아직 아무것도 모르는 화인이 그의 말을 받아들일 거라고는 생각지 못했다.

화인은 제멋대로인 여자였다.

누군가의 뜻을 이렇게 쉽게 받아들여 주는 사람이 결단코 아니었다.

처음부터 둘 사이에 껴 있으면서 왜인지 모를 소외감을 느꼈었지만, 지금은 그 정도가 심했다.

뭔가 이상하다는 생각이 들었다.

해준이 혼란스러운 눈동자로 두 사람을 바라보고 있을 때였다.

화인이 나지막한 목소리로 말했다.

"그런데 넌 무슨 일로 찾아온 거야?"

왜인지 그 말이 본론만 말하라는 것처럼 들려서 해준은 저도 모르게 차가운 목소리로 입을 열었다.

"저는 무슨 일이 있어야만 누나를 보러 올 수 있는 건가요?"

따지듯이 묻는 그의 질문에 화인이 의아하다는 듯이 대꾸했다.

"그건 아니지만, 혹시라도 무슨 일이 생긴 건가 해서……."

"누나가 자꾸 무슨 일이냐고 묻는 거 싫어요."

자신이 화인을 보고 싶어 하는 것에는 아무런 이유가 없었다.

그냥 살아서 숨을 쉬는 것처럼 어느 순간 자연스러워진 일이었다.

갑작스러운 그의 불만에 화인은 조금 당황스러웠지만, 이내 고개를 끄덕이며 대답했다.

"알겠어. 네가 싫다면 그런 말 안 할게."

"……."

그 말에 해준은 입술을 꾹 깨물고 말았다.

분명 화인은 과거에 비해 자신에게 많이 다정해졌다.

예전이었다면 단칼에 잘라 냈을 말도 지금은 이렇게 들어 주고 있었으니까.

그것만 생각하면 기뻐서 죽을 것 같은데…….

해준의 시선이 천천히 화인의 옆으로 향했다. 못마땅한 눈빛으로 자신을 바라보고 있는 한새를 보자 무언가 울컥하고 복받쳤다.

억울하다.

왜 이 따뜻함은 자신에게만 허락된 게 아닌 걸까.

해준이 슬픈 눈빛으로 아무 말도 못 하고 서 있자, 화인이 머리를 긁적이며 어색하게 입을 열었다.

"뭐라도 마실래?"

그녀가 부엌으로 향하려고 하자, 한새가 자연스럽게 앞을 막아섰다.

"내가 가져올게, 여기 있어."

어떻게 보면 정말 별거 아닌 행동이었지만, 두 사람의 이런 익숙한 모습들이 미치도록 부러웠다.

언제나 생각했다.

한순간만이라도 좋으니까.

누나가 내 것이 되었으면…….

한새가 저벅저벅 부엌으로 사라지는 모습을 가만히 지켜보고 있던 해준이 힘없이 고개를 바닥으로 떨어트렸다.

오늘따라 화인에게서 거대한 벽이 느껴지는 것만 같았다.

"누나랑 둘이서만 있고 싶은데, 잠깐이라도 좋으니까 같이 나갈래요?"

"그건 안 돼."

"왜요?"

화인이 고갯짓으로 한새가 사라진 방향을 가리키며 나직이 대답했다.

"말했잖아, 쟤 옆에서 못 떨어진다고."

해준은 도무지 두 사람의 관계를 이해할 수가 없었다.

지금까지 셀 수도 없이 많은 밤을 화인을 생각하며 지새웠다.

이렇게나 그녀를 좋아하고 있었다.

그런데 왜 자신이 아니라, 이한새의 곁에서만 떨어질 수 없는 걸까.

해준이 저도 모르게 입가에 꾸욱 힘을 주고는 쥐어짜듯이 말했다.

"왜요? 대체 이한새가 누나한테 뭔데요?"

화인은 갑작스러운 그의 질문에 조금 당황하긴 했지만, 어차피 감출 사실이 아니었기에 이내 침착한 목소리로 대답했다.

"내가 좋아하는 남자."

"……네?"

"어쩌다 보니 이렇게 됐어. 사귀기로 한 지 얼마 안 돼서 미리 말 못 했어."

"뭐, 뭐라고요?"

해준의 눈동자가 충격을 받아서 크게 뜨여졌다.

뭔가 이상하다는 건 오늘 이 집에 들어온 순간부터 느끼고 있었다.

하지만 벌써 두 사람이 이런 사이가 됐다고까지는 생각하지 못했다.

이한새만 누나를 짝사랑하는 게 아니라…….

"누나가 좋아한다고요?"

덜덜 떨리는 목소리로 되묻는 해준은 지금 자신의 눈앞에 서 있는 여자가 순간 누구인지 모르겠단 생각이 들었다.

화인의 뺨이 부끄러움에 조금 붉어져 있었다.

그가 아는 그녀는 결코 이런 타입의 여자가 아니었다.

휘청.

해준이 저도 모르게 제자리에서 몸을 비틀거렸다.

그러자 깜짝 놀란 화인이 그를 향해 다가서려고 할 때였다.

그가 재빨리 손을 들어 화인의 움직임을 막아서며 말했다.

"오지 마세요."

"괜찮아?"

화인은 자신이 한새와 사귄다는 사실에 크게 동요하는 것처럼 보이는 해준을 이해할 수가 없었다.

의아한 표정으로 자신을 바라보고 있는 화인의 얼굴을 보자 해준은 숨이 턱 막혔다.

대체 어디서부터 잘못된 걸까.

해준은 피가 나도록 입술을 깨물고는 화인을 향해 나지막이 말했다.

"죄송해요, 다음에 다시 찾아뵐게요."

그는 그대로 비틀거리는 걸음으로 재빨리 집을 나갔다.

더 이상 화인의 앞에 서 있다가는 자신이 무슨 말을 할지 모르겠다는 생각이 들었다.

아니, 지금 그녀에게 할 수 있는 말이 있기나 할까?

정신없이 걷던 해준이 어느 순간 벽을 짚고 서서는 허탈하게 웃음을 토해 냈다.

"……하하."

처음 화인을 찾아내고 한새와 함께 찍힌 사진을 봤을 때부터 불안했다.

그래서 어떻게든 두 사람을 떼어 놓으려고 노력했지만, 뜻대로 되지 않았다.

지금까지 마음 한편으로는 설령 그녀가 누구를 사랑하든 상관이 없다고 생각했다.

결국엔 내가 가질 거니까.

당장은 조금 느리더라도 마지막에 가서 그녀를 차지하면 된다고, 그렇게 여겼다.

그런데 막무가내였던 마음가짐과 달리 지금은 너무나도 아팠다.

현실은 상상보다 더 지독했다.

털썩.

그래서 해준은 힘없이 제자리에 주저앉아 버리고 말았다.

"누나……."

이미 어떻게 할 수 없을 정도로 감정이 커져서 도저히 놓을 수가 없는데…….

"……왜 내가 아닌 거죠?"

*   *   *

화인의 머릿속은 해준에 대한 생각으로 복잡했다.

해준이 왜 그토록 충격을 받은 것처럼 보였는지, 그 이유를 도무지 알 수가 없었다.

'대체 어느 시점에서……?'

아무리 생각해 봐도 한새와 자신이 사귄다고 말을 했을 때인 것 같은데…….

누나한테 남자친구가 생겼다는 사실이 그렇게 놀랄 일인가?

전혀 납득이 가질 않았기 때문에 답이 없는 고민은 계속 이어질 뿐이었다.

그런 그녀의 주변을 소리 없이 맴돌던 한새가 더는 못 참겠다는 듯 가까이 다가왔다.

털썩.

한새가 바로 옆자리에 앉아서야 뒤늦게 화인의 시선이 그를 향했다.

한새가 못마땅하다는 듯이 입을 열었다.

"계속 박해준 생각하는 거야?"

"대체 뭐가 그렇게 놀랄 일인지 모르겠어서."

의외로 해준에 대해 꽤나 깊게 고민을 하고 있는 화인의 모습에 한새가 조심스럽게 물었다.

"그렇게 신경 쓰여?"

화인은 굳이 설명을 더 보태지 않아도 지금 한새의 질문이 무슨 뜻인지 알 것만 같았다.

두 사람은 같이 자라 온 세월도 길지 않았을 뿐만 아니라, 피한 방울 섞이지 않은 그저 법적인 남동생이다.

어떻게 보면 타인과도 같을 수 있는 존재인데, 해준이 왜 이렇게 신경 쓰이는 걸까.

답은 오래 고민하지 않아도 바로 알아차릴 수 있었다.

지금은 피를 나눈 부모님보다도 해준이 더욱 가족같이 느껴졌기 때문이다.

처음 만났을 때 해준은 분명 달갑지 않은 남동생이었다.

딱히 싫어했던 것은 아니지만, 어느 날 갑자기 아버지의 손을 잡고 나타난 그가 좋을 리도 없었다.

오랫동안 가족과 인연을 끊은 채로 살다 보니, 자연스럽게 해준과도 서로를 없는 사람 취급하며 지내 왔다.

그런데 우연히 재회하게 된 그는 스스럼없이 화인에게 다가왔다.

그녀의 안부를 궁금해하고, 함께 시간을 보내고 싶어 하는가 하면, 조금이라도 더 친해지기 위해 노력했다.

아무리 돌부처라 해도 이 정도로 친밀한 의사 표현을 계속 받다 보면 조금은 마음이 움직이기 마련이다.

그리고 지금의 화인이 그랬다.

"표현하지 못했을 뿐, 저는 처음부터 누나랑 친하게 지내고 싶었어요."

마치 어려운 고백처럼 내뱉던 해준의 말이 떠올랐다.

어렸을 때는 자신도 여유가 없어서 그를 신경 쓸 겨를이 없었지만, 지금에 와서 생각해 보면 해준은 딱히 미워할 만한 구석이 없는 동생이었다.

한새를 제외하고 보자면, 인간 세상에서 그녀를 신경 써 주는 유일한 사람이기도 했다.

잠시 생각에 잠겨 있던 화인이 나지막한 목소리로 말했다.

"그 녀석만큼은 내가 연락을 받지 않아도 꾸준하게 전화를 걸어오더라고……."

그건 한새도 지금까지 몰랐던 사실이었기에 조금은 놀랄 수밖에 없었다.

"그랬어?"

"정말 동생이 있었다면 이런 느낌인가 싶었거든. 그래서 조금 잘해 주려고 한 건데 어긋나 버렸네."

어딘지 허탈하게 들리는 화인의 목소리에 한새는 아무런 대답도 할 수가 없었다. 어쩌다 보니 중간에 있는 한새가 지금 두 사람의 상황을 모두 알게 됐기 때문이다.

화인이 동생으로 마음을 열게 된 해준은 정작 그녀를 여자로 좋아하고 있었다.

그러니 서로의 마음이 다를 수밖에.

가만히 화인의 옆모습을 지켜보던 한새가 갑자기 손을 뻗어서 그녀의 얼굴을 감싸 쥐었다.

스윽―

그리곤 그대로 자신이 있는 방향으로 고개를 돌렸다.

두 사람의 시선이 허공에서 마주치자, 한새가 나지막하게 말했다.

"나 좀 봐 줘."

하지만 더는 싫었다.

이유가 뭐든, 그게 누구든 간에, 더 이상 화인의 머릿속에 다른 사람이 들어 있는 게 싫다.

화인이 무심한 표정으로 대꾸했다.

"보고 있어."

"이제 다른 사람 생각은 그만해. 넌 나만 보고, 나한테만 웃어 줬으면 좋겠어."

생각지도 못한 한새의 어린아이 같은 투정에 화인이 못 말리겠다는 듯이 피식 웃고 말았다.

"그게 가능하다고 생각해?"

"난 그럴 수 있어. 오로지 너만 보고, 너 하나만 원하니까."

나지막한 말과 함께 한새가 그녀의 얼굴을 부드럽게 쓰다듬었다.

눈가와 볼을 어루만지는 그의 손길이 마치 굉장히 소중한 것을 다루듯이 조심스러워서, 화인은 괜스레 가슴이 뻐근해졌다.

"그렇게 질투가 심해서 어떡할래?"

화인의 질책 어린 질문에 한새가 입꼬리를 늘려 흐릿하게 웃었다.

"너 말고 다른 건 아무것도 필요 없는데 그럼 어떡해."

한새도 본인이 이렇게 소유욕 강한 남자일거라고는 생각하지 못했다.

남들은 잡은 물고기에 먹이를 주지 않는다는데, 자신은 왜 이렇게 자꾸만 애가 타는지 모르겠다.

정신을 차리고 보면 끊임없이 그녀를 원하고 있는 자신의 모습을 발견할 뿐이었다.

"정말이지……."

화인이 더는 못 참겠다는 듯이 나지막하게 중얼거렸다. 그리곤 그대로 한새의 목에다가 손을 둘렀다.

갑작스런 화인의 행동에 한새가 의아하다는 표정을 짓는 순간이었다.

휘익—

화인의 얼굴이 그대로 가깝게 다가와서 한새의 입술을 훔쳤다.

서로의 입술이 닿는 마찰음이 선명하게 들려왔다.

기습적으로 당한 입맞춤에, 한새의 눈동자가 놀란 듯이 커졌지만 이내 부드럽게 휘어졌다.

악마와의 계약을 맺을 때를 제외하고, 이렇게 화인이 먼저 다가온 것은 처음이었다.

매번 한새 혼자서만 일방적으로 밀어붙이던 키스와 전혀 다른 느낌이었다.

한새가 좋아서 어쩔 줄 모르겠다는 듯이 말했다.

"지금 뭐한 거야?"

"뭐한 거 같은데?"

화인은 지금까지 단 한 번도 무언가에 구속된다는 사실이 반가웠던 적은 없었다.

그런데 지금은 한새가 조금 더 나를 원해 주었으면 좋겠다는 생각이 든다.

이런 낯부끄러운 생각이 드는 걸 보면, 제정신이 아닌 것 같지만……

"귀여운 짓 좀 그만해, 이한새."

자신을 갖고 싶다고 안달이 난 그를 보면 정말이지, 귀여워서 못 참겠다.

"지금 누가 하고 싶은 말을 하는 거야?"

한새가 어처구니없다는 듯이 낮게 웃음을 터뜨렸다.

그 모습이 정말로 행복해 보여서 보고 있는 화인마저도 가슴이 따뜻해지는 느낌이었다.

＊　　＊　　＊

솔트의 사장이자, 해준의 양아버지인 상원은 생각지도 못한 이름에 깜짝 놀라고 말았다.

"뭐라고?"

그가 저도 모르게 다시 되묻자, 수화기 너머로 무미건조한 목소리가 반복해서 들려왔다.

—박해준 부사장님이 오후 스케줄을 비우고 간 곳이 바로 이한새라는 모델의 집이라고 말씀드렸습니다.

"아니, 그보다 그 집에 누가 살고 있다고?"

—조사해 본 결과, 이한새라는 모델과 화인 아가씨가 함께 살고 있었습니다.

"……!"

아주 오랜만에 들어 보는 이름이었다.

박화인, 가능하면 기억 저편으로 묻어 두고 싶었던 친딸의 이름이다.

하지만 놀란 것은 잠시였다.

상원은 곧이어 침착하게 이한새라는 모델에 대한 정보를 떠올렸다.

"이한새라면 지금 우리 회사의 광고 모델 아닌가?"

—맞습니다, 사장님.

"제우 그룹의 외손자라지?"

—네, 얼마 전에 그렇게 밝혀졌습니다.

해준이 제우 그룹이라는 든든한 인맥을 갖는 건 대환영이었다. 하지만 거기에 화인이 끼어 있다는 건 여러모로 이상한 일이었다.

설마 그가 누나인 화인을 만나러 간 것일까?

하지만 그렇게 예상하기엔 두 사람의 연결 고리가 너무도 적었다. 고작 어렸을 때 잠깐 만난 법적인 남매일 뿐이었으니까.

상원은 무심코 알게 된 이 세 사람의 관계가 무척이나 궁금해졌다.

그가 나지막한 목소리로 말했다.

"이한새라는 모델과 화인이가 어떤 사이인지, 해준이는 둘 중에 누굴 만나러 간 것인지, 조금 더 면밀하게 조사해 보고 다시 보고하도록 해."

—네, 알겠습니다.

그렇게 통화를 마친 상원은 사무실 의자에서 일어나 창가로 걸어갔다.

최고층에 위치한 사장실은 도심의 풍경이 한눈에 내려다보였다.

그동안 누구보다 믿음직하다고 여겼던 해준의 뒤를 캐기 시작한 건 얼마 되지 않은 일이었다.

발단은 아주 사소했다.

상원은 무의식적으로 얼마 전에 있었던 해준과의 대화를 떠올렸다.

"네 맞선 상대들이다. 그중에 네가 원하는 아가씨로 골라 보려무나."

상원은 해준의 앞으로 여러 장의 여성 사진을 내려놓았다.

모두 솔트를 운영하는 데 도움이 되는 집안의 아가씨들로 모아 놓은 것이었다.

아직 이십 대인 해준에게 결혼은 조금 이른 감이 있었지만, 어차피 정략결혼을 하게 될 테니 언제 하든 상관이 없을 거라 생각했다.

그리고 그때까지만 해도 해준도 솔트를 물려받을 후계자로서 이러한 부분에 대해 어느 정도 각오가 되어 있을 거라 여겼다.

하지만 그건 순전히 상원 혼자만의 착각이었다.

"……아버지, 죄송하지만 저는 아직 결혼할 생각이 없습니다."

다른 사람이 듣기엔 별거 아닐지 모르겠으나, 상원은 깜짝 놀랄 수밖에 없었다.

상원이 시킨 일을 해준이 싫다고 거절을 한 적이 처음이었기 때문이다.

상원이 의아한 표정으로 물었다.

"만나는 여자가 있었더냐?"

"그건 아닙니다."

"그럼 결혼이 비즈니스에 얼마나 도움이 되는지 알면서도 하는 소리냐?"

"당장 결혼으로 결속력을 다지지 않더라도 충분히 솔트를 잘 이끌어 갈 자신이 있습니다."

"……."

상원은 입을 다문 채, 눈앞에 있는 해준을 관찰했다.

그가 이렇게 무언가에 대해 자신의 의견을 강력하게 주장한 적은 처음이었다.

그만큼 정략결혼이 싫다는 소리인데, 사귀는 여자도 없다면서 이렇게 고집을 부리는 게 납득이 될 리가 없었다.

더군다나 이미 오랜 세월을 같이 지내면서 해준의 성격에 대해서도 어느 정도 파악이 된 상태다.

완전히 자신과 똑같다고 말할 순 없겠지만, 그래도 해준은 충분히 사업가의 피가 흐르고 있는 남자였다.

"……흐음."

잠시 고민하던 상원은 다시 나지막이 말을 이었다.

"알겠다. 내가 조금 성급했나 보구나. 네가 정 그러하다면 일단 지금 맡고 있는 일부터 제대로 처리해서 성과를 가지고 와 봐. 그 결과를 보고 정략결혼에 대해선 나중에 다시 얘기하자."

"감사합니다, 아버지."

해준은 그렇게 넘어간 거라고 믿은 모양이었지만, 사실은 완전히 달랐다.

상원은 바로 그날부터 사람을 시켜 해준의 일거수일투족을 감시하기 시작했다.

무언가 꺼림칙했기에 혹시라도 그에게 숨겨 둔 애인이 있는 건지 알아보려던 것이다.

남자가 사업을 하는 데 여자는 큰 걸림돌이 될 수도 있었으니까.

하지만 그의 단조로운 일상에 서서히 의심이 걷혀 가려던 찰나, 때마침 화인이라는 이름이 귀에 들려온 것이다.

죽을 만큼 아파도 회사에는 꼬박꼬박 출근하는 해준이 오후 스케줄을 몽땅 비우고 간 곳이다.

결코 가벼운 이유일 리는 없다.

해준, 화인, 한새.

전혀 연관이 없어 보이는 세 사람인데, 대체 무슨 관계인 걸까.

*   *   *

며칠간 별다른 스케줄 없이 화인과 행복한 시간을 보내던 한새가 오랜만에 촬영장에 모습을 드러냈다.

하필이면 솔트와 관련한 일이라서 내심 불편한 마음을 감출 수가 없었다.

'……역시 그때 계약을 하는 게 아니었어.'

어쩔 수 없이 한 솔트와의 계약이 계속 한새의 발목을 잡는 기분이다.

얼마 전에 해준이 자신의 집에 나타났던 일이 떠올라 왜인지 신경이 쓰였다.

처음 솔트의 광고를 찍었을 때도 해준은 화인을 보기 위해 줄기차게 촬영장에 나타났었다.

이번에도 마찬가지로 다시 찾아올지 모른다는 생각이 들자 걱정이 앞섰다.

혹시라도 화인과 자신이 사귀기로 한 사실을 안 그가 무슨 짓을 꾸밀지도 모른다는 불안감이 들었다.

해준은 이미 한번 언론 플레이로 한새를 매장시키려고 한 경험이 있었다. 그가 다시 나쁜 마음을 먹었을지도 모르기에 마음을 놓을 수가 없었다.

계속 그녀의 곁에 있을 수 있다면 모르겠지만, 촬영이 시작되면 떨어져야 했으니까.

찜찜한 기분 때문에 별로 표정이 좋지 않은 한새를 향해 화인이 나직하게 말했다.

"오랜만에 일하러 나오니까, 하기 싫은 모양이네?"

조금은 장난스럽게 들리는 그 말에 한새는 저도 모르게 피식 웃고 말았다.

그가 부드러운 시선으로 화인을 쳐다보며, 나지막이 대답했다.

"네 옆에서 떨어져야 되는데, 당연히 좋을 리가 없잖아."

생각보다 더 직설적인 그의 말에 화인이 재빨리 고개를 돌려 주변을 살폈다.

그리곤 나무라듯이 다시 입을 열었다.

"이제 막 나가기로 한 거야? 이러다 다른 사람이 들으면 어쩌려고 그래?"

"상관없어."

"내가 싫어."

덤덤한 한새와 달리 화인은 그것만큼은 최대한 피하고 싶은 심정이었다.

인간의 몸으로 그녀가 해 줄 수 있는 건 분명히 한계가 있었다.

자신 때문에 한새가 곤경에 처하거나 불이익을 당하는 걸 가만히 지켜봐야만 하는 상황만큼은 정말이지 최악이었다.

원래대로 힘을 쓸 수만 있다면…….

세상 전부를 그의 발아래 놓아주고 싶은 심정이다.

그런데 이런 마음가짐과 달리 정작 해 줄 수 있는 건 아무것도 없었으니까.

불현듯 떠오른 자신의 처지에 화인이 씁쓸한 표정을 지어 보였다.

'……그러니까 최소한 너한테 짐은 되고 싶지 않아.'

그건 그녀에게 남아 있는 마지막 자존심과 같은 것이었다.

그렇게 촬영이 곧이어 시작되었다.

순조롭게 진행된 촬영은 그리 오랜 시간이 걸리지 않았고, 금세 막바지에 다다랐다.

화려한 조명 속의 한새는 언제나처럼 흠잡을 데 없이 완벽했고, 다른 사람들도 연신 그를 칭찬을 하는 걸 보면 모두 만족한 모양이었다.

별 탈 없이 지나간 것 같아서 다행이라는 생각이 들 때였다.

웅성웅성.

사람들의 목소리가 한데 모여 시끄럽게 들려왔다.

화인이 무심결에 소리가 나는 방향으로 고개를 돌려 보니, 거기에서 일련의 무리들이 걸어오는 모습이 보였다.

흡사 해준이 처음 촬영장에 나타났던 모습과 비슷해서 혹시나 하는 생각이 들었다.

그런데 그곳에선 화인이 전혀 생각지도 못한 얼굴이 나타났다.

바로 다시는 만날 일이 없을 거라고 여겼던 아버지, 상원이었다.

화인의 눈동자가 저도 모르게 크게 떠졌다.

상원 역시도 오랜만에 보는 화인의 얼굴을 단번에 알아본 상태였다.

뚜벅뚜벅.

그가 주변 사람들을 물리치고 곧바로 그녀를 향해 가까이 다가왔다.

두어 걸음 앞에 멈춰 선 상원이 흐릿하게 미소를 지으며, 아무렇지도 않은 목소리로 먼저 말을 건넸다.

"내 딸, 오랜만이구나."

화인은 상원이 다가온 덕분에 이쪽으로 사람들의 시선이 몰리는 게 느껴졌다.

그녀가 미미하게 얼굴을 찡그리며 나지막한 목소리로 대꾸했다.

"절 아는 척하실 줄은 몰랐네요."

"오랜만에 보는 반가운 얼굴인데 그냥 지나칠 수야 없지, 잠깐 얘기 좀 하자구나."

부드럽게 말하는 상원을 바라보며, 화인은 무언가 이상하다는 직감이 들었다.

오래 떨어져 지냈다고 해도 자신의 아버지였다.

어린 시절을 함께 보냈기 때문에 그의 성격이 어떤지 잘 알았다. 그는 아무런 이유 없이 다가올 사람이 결단코 아니었다.

화인이 미심쩍은 표정으로 상원을 바라보고 있을 때였다.

어느새 나타난 것인지 한새가 그녀의 옆으로 다가오며 말했다.

"제 일행에게 무슨 볼일이라도 있습니까?"

상원은 그가 바로 이한새라는 사실을 단번에 알아보았다. 그래서 반갑다는 듯이 먼저 손을 내밀며 대답했다.

"TV에서나 보던 분을 이렇게 뵙게 되는군요. 저희 회사 광고 모델을 맡아 주신 덕분에 요새 반응이 아주 좋습니다."

한새는 그제서야 상대가 솔트의 사장, 박상원 대표라는 사실을 알아차렸다.

곧이어 그가 화인의 친아버지라는 사실이 떠올랐기에, 저도 모르게 힐끔 그녀의 얼굴을 쳐다보게 되었다.

이게 도무지 어떤 상황인지 모르겠으나, 일단 한새는 상원이 내민 손을 맞잡고 악수를 했다.

"과찬입니다. 광고 효과보단 맛이 좋았기 때문이겠죠."

겸손한 한새의 대답이 마음에 든다는 듯 상원이 슬쩍 웃어 보였다.

현재 화인이 한새의 운전기사로 일하고 있다는 걸 이미 알고 있었기 때문에 상원이 다시 점잖은 목소리로 말했다.

"이 아가씨와 잠깐 사무실에 가서 대화를 좀 하고 싶은데, 제가 데리고 가도 되겠죠?"

상원의 입장에서는 답이 뻔히 정해져 있는 질문을 예의상 던진 것이었다.

하지만 그의 말에 한새의 얼굴이 딱딱하게 굳어졌다.

하급 악마가 언제 나타날지 모르기에 너무 멀리 떨어져 있을 수가 없는 탓이다.

"실례지만 제가 같이……."

한새가 거절하려는 것을 화인이 손을 들어 막았다.

그리곤 그녀가 상원을 똑바로 쳐다보며 나지막한 목소리로 말했다.

"그렇게 하죠."

대체 무슨 이야기를 하려는 것일까 궁금했다.

화인이 다시금 한새를 향해 고개를 돌리며 작게 입을 열었다.

"혼자 다녀올게."

그녀의 성격을 잘 아는 한새다.

한번 정한 이상 쉽사리 흔들리지 않을 걸 알기에 한새 또한 한 발 물러서듯 말했다.

"근처까지만 따라갈게."

"난 괜찮……."

"내가 안 괜찮아. 그렇게라도 해야 내 마음이 좀 편할 것 같아."

한새가 무엇을 걱정하는지 잘 아는 화인이었기에 결국 그녀는 고개를 끄덕였다.

서로 눈빛을 주고받는 두 사람을 바라보던 상원의 눈이 빛났다.

한새와 화인이 그냥 일반적인 고용주와 운전기사가 아닌 것 같아 보였기 때문이다.

이미 사람을 시켜서 알아낸 내용이 꽤 많았지만, 이렇게 제 눈으로 직접 확인하게 되니 몰랐던 사실들도 보이기 시작했다.

상원이 흐릿하게 입꼬리를 올렸다.

얼추 상황이 정리가 된 것 같았기에 상원이 먼저 화인을 향해 말을 건넸다.

"그럼 일단 조용한 장소로 옮기자구나."

그렇게 그가 먼저 앞장을 섰고, 화인과 한새가 조용히 뒤를 따랐다.

한새는 그들이 부녀지간이라는 사실을 알고 있었지만 내심 걱정이 되었다.

자신조차도 외할아버지와 사이가 좋지 않다. 그런데 지금까지 지켜본 바에 의하면 화인도 가족들과의 사이가 원만해 보이지 않았기 때문이다.

한새의 걱정 어린 눈길에도 화인은 혼자만의 생각에 잠겨 있을 뿐이었다.

마침내 세 사람은 촬영장에서 그리 멀지 않은 어느 사무실 앞에 도착했다.

끼익―

상원이 먼저 문을 열고 안으로 들어가자, 뒤에서 그것을 지켜보고 있던 화인이 한새를 향해 말했다.

"여기서 잠깐만 기다려 줘."

"알겠어."

짧은 대화를 마친 화인은 곧바로 상원을 따라 사무실로 들어갔다.

내부는 그리 크지 않았지만 깔끔하게 정돈되어 있었다.

화인은 굳이 묻지 않아도, 이곳이 자신과 만나기 위해 상원이 미리 마련한 장소라는 사실을 알아차렸다.

아무리 생각해 봐도 그가 촬영장에 나타난 이유는 자신을 만나기 위해서인 것 같았다.

상원이 먼저 소파에 앉아선 화인을 향해 손짓했다.

"앉거라."

"됐어요. 어차피 길게 대화할 것도 아닌데 이렇게 서 있다 가겠어요."

"성질머리는 하나도 변하지 않았구나."

상원은 왜인지 떠오르는 과거에 저도 모르게 피식하고 웃음을 흘렸다.

그럼에도 화인은 조금도 동요하지 않은 채, 딱딱한 목소리로 입을 열었다.

"본론부터 말씀하세요. 무슨 일로 저를 보러 여기까지 오신 거죠?"

상원은 단번에 자신의 의도를 알아차린 화인을 보면서 속으로 쓴웃음을 삼켰다.

피는 못 속인다더니, 역시 자신의 딸이었다.

"글쎄, 네가 한번 맞춰 보겠느냐?"

안 그래도 지금 화인은 그가 자신을 찾아왔을 이유에 대해서 계속 고민하고 있는 중이었다.

도무지 짐작 가는 바가 없었지만, 그래도 이것 때문만은 아니기를 바라는 내용이 하나 있었다.

"혹시…… 엄마한테 무슨 일이 생겼나요?"

걱정스러운 화인의 질문에 상원은 진심으로 웃음이 터질 뻔한 것을 간신히 참아 냈다.

"정말로 너는 여전하구나. 예나 지금이나 엄마 하나만을 찾는 걸 보면."

비꼬는 그의 말이 썩 듣기 좋지 않았지만, 다행히 엄마에 관한 내용은 아닌 것 같았다. 그렇기에 화인은 한시름 놓을 수가 있었다.

"그게 아니면 무슨 일로 저를 보자고 하신 거죠?"

의아하다는 표정을 짓고 있는 화인을 상원은 잠시 아무런 말 없이 쳐다보았다.

사실 자신이라고 해서 대를 물려 이어온 솔트를 다른 사람에게 넘겨주고 싶었던 건 아니다.

하지만 화인은 어렸을 때부터 사업에 대해선 일말의 관심조차 두지 않았다.

오로지 그녀가 바라보는 건 언제나 엄마라는 존재 단 하나였을 뿐이다.

점점 정신이 쇠약해지는 아내를 보고 있는 것이 힘들었지만, 그렇다고 화인이 악마라는 헛소리를 완전히 믿은 것은 아니었다.

상원은 지독한 현실주의자였기 때문에, 사실 화인이 악마라고 해도 상관없었다.

솔트를 크게 키워 줄 수만 있다면 그게 누구라고 해도 괘념치 않았을 것이다.

그런데 화인은 가업으로 이어져 온 솔트를 너무나도 헌신짝처럼 대했다.

아마 억지로 물려줬다면 화인의 대에서 망해 버렸을 것이다.

상원은 지금까지와 달리 조금 딱딱해진 목소리로 말했다.

"해준이가 좋아하는 여자가 있는 것 같은데, 그게 누군지 아느냐?"

"해준이가요?"

전혀 생각지도 못한 질문에 화인은 더욱 의아한 표정을 지을 수밖에 없었다.

더구나 그에게 좋아하는 여자가 있다는 소리는 지금 처음 들어 보는 것이었다.

그런 그녀의 반응을 면밀히 살피며 상원이 다시 입을 열었다.

"내가 얼마 전에 정략결혼을 제안했는데 거절을 하더구나. 아마도 마음에 품고 있는 여자가 있는 듯해서 말이야."

"저는 전혀 아는 바가 없어요. 번지수를 잘못 찾으셨네요."

"너는 해준이가 누구와 결혼을 하든 전혀 상관이 없다는 건가?"

확인 사살을 하는 상원의 말에, 다시 한 번 곰곰이 생각을 해 보던 화인이 이내 고개를 저었다.

상원이 순간 눈을 번뜩이며 말했다.

"……아니라는 게냐?"

"해준이가 정략결혼을 거절했다면서요. 그렇다면 그냥 하고 싶은 대로 하게 놔두세요."

화인이 뜻밖에도 해준의 편을 들자, 상원이 어처구니가 없다는 듯이 입을 열었다.

"내가 모르는 사이에 너희끼리 꽤나 친해진 모양이구나."

"아버지가 얼마나 해준이를 못살게 구실지 잘 알기 때문에 드리는 말씀이에요."

"네가 뭘 안다고……."

상원이 하는 말을 자르며, 화인이 진지한 눈빛으로 그를 향해 물었다.

"왜 하필 해준이었어요?"

궁금해졌다.

과거에 해준이를 입양하고 주변에서 수군거리는 소리가 끊이질 않고 들려왔다.

사실 갓난아이를 입양할 수도 있는 거였고, 이런 저런 방법이 많았음에도 불구하고 결국 상원이 택한 아이는 나이가 많은 해준이었으니까.

지금까지는 별로 관심을 두지 않았지만, 당시에 떠돌았던 소문이 마음에 걸렸다.

"해준이가 정말 아버지 자식은 아니죠?"

화인의 날카로운 질문에 상원은 저도 모르게 낮게 웃고 말았다.

지금까지 수도 없이 받아 온 질문이었지만, 정작 가족한테 듣기는 처음이었다.

화인은 해준을 데리고 오던 그날까지도 무심한 표정으로 바라볼 뿐이었으니까.

"그게 이제서야 궁금해진 게냐?"

"대답이나 해 주세요."

"너 이외에 다른 자식이 있었으면 좋겠다고 바란 건 사실이야. 하지만 안타깝게도 그게 해준이는 아니다."

"그렇다면 왜……?"

"남의 자식을 데리고 와서 내 자식처럼 키울 생각은 애초부터 없었어. 내가 해준이에게 필요하듯이 그 아이도 내가 필요하지. 그러니까 믿을 수 있는 거야."

뼛속 깊은 사업가 마인드에 화인은 정말이지 혀를 내두를 수밖에 없었다.

상원의 말을 끝나지 않고 계속 이어졌다.

"설령 내 자식이라고 속여서 키운다고 한들 뭐하겠느냐. 나중에 친부모가 있다는 걸 알게 되면 그리로 마음이 가 버릴 텐데……. 그럴 바엔 아예 돌아갈 곳이 없는 놈을 집안에 들이는 게 낫지."

해준은 상원의 생각하는 최적의 조건을 가지고 있는 아이였다.

그리고 지금까지는 단 한 번도 실망시키지 않은 착한 아들이었지만, 마음에 걸리는 것이 생겼다.

"네 반응을 봐선 아무것도 모르는 눈치지만, 그래도 단도직입적으로 하나만 묻겠다. 혹시 해준이가 마음에 품고 있는 여자가 화인이 너냐?"

"뭐라고요?"

생각지도 못한 그의 말에 화인의 눈동자가 커졌다.

하지만 곧이어 그녀의 얼굴이 와락 찌푸려지며, 기가 막힌다는 듯이 반박했다.

"말이 되는 소리를 하세요."

"나도 그랬으면 좋겠다만⋯⋯."

해준이는 속마음을 쉽게 드러내는 타입이 아니었다.

상원이 그렇게 키운 것도 있었지만, 그 자체적으로도 성격이 그랬다.

그런 그가 스케줄을 몽땅 비우고 화인이 있는 집에 찾아갔다는 건, 여러모로 말이 되질 않았다.

더구나 알아본 바에 의하면 한새의 모델료도 상상 이상으로 지급이 되었다.

한새와 광고 계약을 하기 위해 그의 에이전시에 뇌물까지 쓴 걸 보면 절대로 쉽게 생각할 문제가 아니었다.

정황상 아무리 생각해 봐도 제우 그룹의 외손자와 친분을 쌓으려 했다기보다, 화인에게 다가갈 구실을 만들었다는 게 맞았다.

그래서 참다못한 상원이 여기까지 직접 발걸음을 한 것이었다. 이게 도대체 어떻게 된 상황인지 직접 알아보기 위해서 말이

내가 좋아하는 남자 401

다.

그런데 직접 만나고 보니, 웬걸 화인이와 그럴듯한 분위기를 풍기는 건 해준이가 아니라 바로 한새였다.

상원이 나지막한 목소리로 말했다.

"네 반응을 보니 걱정할 정도는 아닌 것 같아 안심이 되지만, 혹시라도 내가 예상하는 게 맞는다면 네가 알아서 정리해 주거라."

"그럴 일은 절대 없으니, 염려 붙들어 매시죠."

단호한 화인의 말에 상원은 걱정이 조금 덜어지는 기분이었다.

이제껏 솔트의 후계자로서 키워진 해준이다.

두 사람이 법적인 남매라는 관계를 떠나서, 그는 솔트에 도움이 되는 집안의 여식과 맺어져야 했다.

불쾌한 표정을 짓고 있는 화인을 바라보며, 상원이 다시 입을 열었다.

"너 혹시 제우 그룹의 외손자와 연애하고 있는 중이냐?"

만난 지 얼마나 됐다고 벌써 거기까지 꿰뚫어 본 상원의 눈썰미에 화인은 미미하게 얼굴을 찌푸릴 수밖에 없었다.

그녀가 못마땅하다는 듯이 대답했다.

"설령 그렇다고 해도, 그게 아버지와 무슨 상관이죠?"

"왜 상관이 없어? 솔트의 외동딸과 제우 그룹의 외손자가 연애를 한다는데."

정치적으로 엮는 그의 발언에 화인이 더는 못 참겠다는 듯이 언성을 높였다.

"그만하세요."

화인은 이런 아버지가 마음에 들지 않았다.

그가 조금이라도 따뜻하게 엄마를 감싸 줬다면 이렇게까지 아프지는 않았을지도 모른다.

집안에서 아버지는 차가웠고, 어머니는 자신을 무서워했으니 결국 마음의 병을 얻고 만 것이다.

화인이 나직하게 말했다.

"이런 거에 신경 쓸 시간이 있으면 엄마나 좀 챙겨 주세요. 이젠 아버지밖에 곁에 없잖아요."

"난 지금 집안 얘기를 하고 있다."

"저는 지금 엄마 얘기를 하고 있는 거예요."

두 사람은 서로 한 치도 물러설 수 없다는 듯이 상대방을 쳐다봤다.

예나 지금이나 둘 사이에는 원만한 대화가 이루어지기 힘들었다.

화인이 속으로 낮게 한숨을 내쉬며, 다시 나지막이 말했다.

"해준이 일은 더 이상 신경 쓰지 마세요. 모쪼록 엄마를 잘 부탁드립니다."

"내가 알아서 할 테니 너도 신경 쓰지 말거라."

차가운 상원의 대답이 마음에 들지 않았지만, 그렇다고 해서 화인이 더 이상 요구할 수는 없었다.

할 말이 끝났다고 여긴 화인이 바깥으로 나가기 위해서 몸을 돌렸다.

그렇게 몇 걸음을 걷던 그녀가 갑자기 발길을 멈췄다.

화인이 돌아선 채로 상원을 향해 나직한 목소리로 입을 열었다.

"경고하지만, 혹시라도 저를 이용해서 제우 그룹이랑 엮일 생각은 하지 마세요."

마지막으로 그 말만 남긴 채 화인은 완전히 나가 버렸다.

혼자 남겨진 상원은 그녀가 사라지고 남은 빈자리를 바라보며 나직하게 중얼거렸다.

"……이미 알게 된 사실인데 어떻게 신경을 쓰지 말라는 게냐."

이용 가치가 있는 건 아무리 작은 거라도 그냥 지나칠 수 없었다.

그게 설령 오랜만에 만난 딸이라고 해도 마찬가지였다.

달칵.

화인이 바깥으로 나오자, 한새가 기다렸다는 듯이 그녀를 향해 다가왔다.

"무슨 일이 있었던 건 아니지?"

걱정스럽게 물어 오는 한새의 말에 화인은 왜인지 방금 전까

지 느껴지던 묘한 불쾌감이 조금은 사라지는 듯한 느낌이 들었
다.

"……별일 없었어."

순간 해준에 관한 이야기를 할까 하다가 참았다.

처음에는 말도 안 되는 소리라고 치부했지만, 얼마 전에 그가
보였던 행동이 왜인지 수상쩍었기 때문이다.

그렇다고 아직 확실하지 않은 일을 한새에게까지 말해서 걱
정을 시키고 싶진 않았다.

무엇보다 지금 그녀의 기분을 가라앉게 만드는 건, 해준이 자
신을 좋아하는지 아닌지가 아니었다.

'네가 이렇게 불쌍하다고 느껴지긴 처음이네…….'

아버지는 본인의 인생 전부를 솔트에 걸었다.

그리고 그 후계자로 해준을 선택했다. 그 말인즉 해준에게 개
인의 삶은 존재할 수 없다는 소리다.

사실 그 숨 막히는 삶은 자신의 것이었다.

그런데 해준이 그것을 대신해서 짊어지고 있었다.

자신이 나온 그 차가운 집에서 혼자서 버텨 냈을 동생이 오늘
따라 안쓰럽게 느껴졌다.

생각에 잠겨 걷고 있던 화인이 문득 옆에 서 있는 한새를 올려
다보았다.

인간 세상은 여전히 싫다.

냉철한 아버지, 아픈 어머니, 그리고 아무것도 못 하는 나.

인간으로 태어난 이상 끊으래야 끊을 수 없는 굴레였다.

과거에 힘들었던 기억이 조금도 사라지지 않은 채, 여전히 가슴속에 존재했지만…….

그럼에도 네가 있기에.

이런 순간마저 함께해 주는 한새가 있어서 조금은 힘이 나는 느낌이다.

화인이 나지막한 목소리로 말했다.

"……네가 있어서 다행이란 생각이 들어."

한새는 갑작스러운 그녀의 고백에 흐릿하게 웃어 보이며 대꾸했다.

"그걸 이제 느꼈어?"

"……?"

"난 이미 한참 전에 느낀 감정이라고."

한새가 툭 하고 그녀의 정수리에다가 손을 올리곤 가볍게 머리를 쓰다듬어 주었다.

"참고로 지금은 네가 없으면 못 살 거 같다고 생각하는 중이야."

한새의 달달한 말에 화인은 저도 모르게 픽 하고 웃고 말았다.

요즘 들어 연애라는 게 얼마나 행복한 것인지 새삼 깨닫고 있었다.

10
전부 다 네 거야

해준이는 어두컴컴한 서재 안에 혼자 덩그러니 앉아 있었다.

한새와 화인이 사귄다는 사실을 알고 난 뒤부터 줄곧 이런 상태였다.

마음속이 텅 비어 버렸다.

난생처음 아무것도 하고 싶지 않다는 무기력감이 온몸을 덮쳤다.

"……하아."

나지막한 한숨 소리와 함께 해준이 마른세수를 할 때였다.

무심코 고개를 돌리자 액자 속에 든 화인과 함께 찍은 어린 시절 사진이 눈에 들어왔다.

지금껏 가장 소중하게 여긴 보물이었다.

그녀가 집을 나가고 난 뒤에 외롭고 힘들 때마다 자신을 지탱해 주던 물건.

어느새 해준의 손이 습관처럼 뻗어져 액자를 조심스럽게 집었다.

액자 안에는 무표정하게 서 있는 어린 시절의 화인과, 그녀의 옆에서 고개를 푹 수그리고 있는 해준의 모습이 찍혀 있었다.

사진 속에 잔뜩 움츠러들어 있는 자신의 어깨가 왜인지 겁을 집어먹은 것처럼 보였다. 마치 당시에 자신감이 없었던 스스로의 모습을 단편적으로 보여 주는 것만 같았다.

해준은 그런 본인의 모습이 마음에 들지 않는다는 듯, 손바닥으로 가려 버렸다. 그리곤 잔뜩 낮아진 목소리로 중얼거렸다.

"……멍청한 자식."

그건 자기 자신에게 내뱉은 말이었다.

화인의 곁에서만 맴돌다가 바보같이 다른 남자에게 빼앗겨 버리고 말았으니까.

누나는 왜 내가 아니라 한새였을까.

혹시 자신이 조금만 더 돌진적으로 다가갔다면 입장이 바뀌었을까?

며칠이라는 기간 동안 무수히 많은 생각들이 머릿속에 떠올랐다.

억울하고 분했다.

그런데 중요한 건…… 포기가 안 된다는 사실이다.

화인이 자신이 아닌 다른 사람을 좋아한다는 것에 대한 실망감은 상상 이상으로 컸지만, 그렇다고 그녀를 마음속에서 지울 순 없었다.

그러기엔 감정이 너무도 깊었다.

화인에게 품은 감정을 지워 버리면, 자신의 존재도 동시에 사라지는 기분이다.

해준은 저도 모르게 액자를 쥐고 있는 손에 힘을 주면서, 그 안에 있는 그녀에게 말하듯이 입을 열었다.

"제가 어떻게 할까요?"

두 사람이 헤어지는 것을 기다릴 수도 있다.

이미 오랜 시간을 기다려 왔지만, 화인을 갖기 위해서라면 조금 더 인내심을 발휘할 수 있었다.

하지만 만에 하나라도 두 사람이 헤어지지 않는 상황이 벌어진다면…….

문득 결혼이라는 단어가 떠올라 해준은 더 이상 상상하기 싫다는 듯 고개를 흔들었다. 그리곤 다시 나지막이 중얼거렸다.

"그냥…… 누나를 데리고 도망갈까요?"

납치, 감금이라는 불법적인 행위가 머릿속에 스친다. 사실 이게 가장 마음에 든다.

물론 그런 짓을 한다면 화인의 성격상 영영 마음을 닫아 버리겠지만, 그래도 평생 같이 있을 수만 있다면 감수할 수 있을 것도 같았다.

문제는…….

그러기엔 한새의 뒷배경인 제우 그룹이 너무 막강하다는 사실이다.

설령 자신이 화인을 강제로 데리고 간다고 해도 금방 들켜버릴 확률이 높다. 그렇게 되면 두 번 다시 화인의 얼굴을 볼 수 없게 되겠지.

굳이 한새의 개입이 아니더라도, 자칫 잘못해서 계획이 틀어지게 된다면 화인과는 영원히 끝이다.

"이제 겨우 나를 보고 웃어 주게 되었는데……."

화인을 두 번 다시 볼 수 없다는 생각만 해도 너무 무서워서 심장이 쫄깃해지는 느낌이었다.

모든 걸 전부 걸어야 했기에, 강제로 곁에 두는 건 너무도 위험했다.

"후우."

해준이 저도 모르게 다시 한숨을 내쉬었다.

이러지도 저러지도 못한 채, 언제나 같은 자리만 맴도는 기분이다.

"……나도 누나 곁에 있고 싶어요."

화인이 한새를 좋아하는 남자라고 말하며 짓던 수줍은 표정이 떠오른다.

그게 자신을 향한 감정이었다면 당장 죽어도 여한이 없을 만큼 행복할 것이다.

하지만 그것까진 바라지 않을 테니…….

그저 곁에라도, 죽을 때까지 화인의 곁에라도 있고 싶다.

차라리 화인이 예전처럼 자신을 차갑게 대했다면, 더 이상 잃을 게 없다고 생각하고 악독한 짓도 거리낌 없이 했을지 모르겠다.

하지만 이미 알아 버리고 말았다.

그녀가 조금씩 보여 주는 따뜻함이 너무나도 좋다는 사실을.

가능한 그것을 잃고 싶지 않았기에 무언가를 결정하기가 더욱 힘이 들었다.

해준이 복잡한 눈빛으로 가만히 사진 속의 어린 화인을 들여다보고 있을 때였다.

지이잉, 지이잉.

책상 위에 두었던 휴대폰이 울리기 시작했다.

힐끔 눈으로 확인해 보니, 상대는 자신이 수족처럼 부리는 용태였다.

혼자만의 시간을 갖고 싶었던 해준은 귀찮다는 기색으로 전화를 받았다.

"무슨 일……?"

하지만 그의 말이 다 끝나기도 전에, 용태의 다급한 목소리가 수화기 너머에서 들려왔다.

—사장님께서 결국 화인 아가씨의 존재에 대해 알아차리신 것 같습니다.

조금은 두서없는 그의 말에 해준의 머리가 순간 빠르게 회전했다.

해준이 서둘러 입을 열었다.

"자세히 설명해 보세요."

─알아본 바에 의하면, 사장님이 얼마 전에 직접 이한새의 촬영장에 방문하셔서 화인 아가씨를 만나셨다고 합니다.

둘은 부녀지간이었다.

그들이 오랜만에 만났다는 게 남들의 눈엔 아무렇지 않아 보일지도 모르겠지만, 적어도 해준에겐 아니었다.

아버지는 아무런 이유도 없이 화인을 찾아갈 사람이 아니기 때문이다.

"……젠장."

해준이 나지막이 욕지거리를 하며 다시 용태를 향해 입을 열었다.

"그래서 아버지의 움직임은요?"

─은밀하게 제우 그룹의 외손자와 솔트의 외동딸이 사귄다는 소문을 퍼뜨리고 있습니다.

"……하."

해준이 기가 막힌다는 듯이 웃음을 터뜨렸다.

어떻게 벌써 거기까지 알아낸 건지 몰라도, 지금 중요한 것은 그게 아니었다.

상원이 아무런 이유 없이 이런 소문을 낼 리가 없었다.

'무언가 솔트에 대한 이득이 있을 텐데…….'

곰곰이 생각하던 해준의 머릿속에 불현듯 떠오르는 내용이 하나 있었다.

바로 최근에 솔트가 공을 들이고 있는 다른 기업과의 계약 건이다.

조금이라도 제우 그룹의 이름을 빌려 온다면 아마 도움이 될 것이다.

으득.

해준이 저도 모르게 어금니를 깨물었다.

눈으로 보지 않아도 상원이 무엇을 노리고 있는지 뻔했다.

뒤에서 소문을 무성하게 퍼뜨려 놓고, 만약 누군가 한새와 화인이 사귀는 게 사실이냐고 묻는다면 그저 웃으면서 잘 모르겠다고 발뺌하겠지.

약혼이나 결혼이 아님에도 이미 분위기는 솔트와 제우 그룹이 무슨 사이라도 되는 것처럼 포장이 될 것이다.

어쩌면 아버지는 둘이 실제로 사귀는 사이가 아니라고 해도 이런 소문을 퍼트릴 수 있는 사람이다.

화인이 한새의 운전기사로 근무한다는 것 자체가 충분히 그럴듯한 소재를 제공하고 있었다.

해준이 골치가 아프다는 듯이 관자놀이를 꾹 누르면서 용태를 향해 다시 말했다.

"저희 회사 주가가 올랐나요?"

─어떻게 아셨습니까? 소문이 돌고 난 후에 솔트의 주가가 대폭 상승했습니다.

"아버지는 그 전에 미리 저희 회사 주식을 매입하셨겠죠?"

─다른 분의 이름을 사용하셨을 테니 정확히 파악할 순 없지만, 사장님 측에서 이상한 낌새가 있긴 했습니다.

평소 돈이 관계된 일에는 기가 막힐 정도로 머리가 굴러가는 상원이다. 그가 이런 기회를 결코 놓쳤을 리가 없다.

해준의 얼굴엔 못마땅하다는 기색이 숨김없이 드러났다.

설령 이제 와서 한새나 화인이 사귀는 사이가 아니라고 부정해도 소용없었다.

상원은 자신의 입으로 단 한 마디도 소문에 대해서 수긍하지 않았을 테니까.

그저 그런 분위기를 유도함으로서, 소문으로만 사람들끼리 오해하게 된다.

나중에 사실이 아니라고 밝혀져도 상원은 전혀 손해 볼 게 없었다.

이미 성사된 계약은 되돌릴 수 없을 테고, 어차피 주가는 일시적인 상승일 뿐이니까.

화인은 철저히 이용당한 것이다.

해준이 낮게 말했다.

"일단 알겠습니다. 혹시 아버지의 다른 움직임이 보이면 바로 보고해 주세요."

전화를 끊은 해준은 차가운 눈빛으로 정면을 응시했다.

지금껏 힘을 키운 이유는, 이런 상황에서 화인을 지키기 위한 목적도 있었다.

해준의 기억 속엔 아직도 그녀가 사고 난 버스에서 혼자 살아남아 사람들에게 손가락질을 받던 장면이 선명하게 남아 있었다.

다시는 그렇게 두지 않을 것이다.

설령 아버지인 상원이라 하여도 더 이상 화인을 건드리지 못하게 만들 거다.

이건 그녀를 차지하고 싶다는 욕심만큼, 강한 의지였다.

*　　*　　*

한새가 소파에 비스듬히 누워서 재미없는 TV프로그램을 보고 있는 화인을 향해 말했다.

"산이 좋아? 바다가 좋아?"

갑작스러운 그의 질문에 TV를 바라보던 화인의 시선이 움직였다. 그녀가 힐끗 한새를 쳐다보며 무심한 목소리로 대답했다.

"그걸 묻는 의도가 뭔데?"

"황금 같은 휴가를 집에서만 보내긴 아까워서."

"여행이라도 가자는 거야?"

"안 될 것도 없지."

한새가 화인과 함께 있기 위해 얼마나 어렵게 스케줄을 정리했는지 모른다.

그런데 이 귀한 시간을 아무런 의미 없이 집에서만 보내고 있다는 게 달가울 리 없었다.

화인은 심드렁한 표정으로 다시 TV를 향해 고개를 돌리며 말했다.

"네 직업이 뭔지 잊었어?"

"모델이야. 그래서 뭐?"

"기자들한테 사진 찍히고 싶어?"

화인은 가뜩이나 아무것도 해 줄 수 없는 처지에, 그에게 피해를 줄 수 있는 행동까지 더 보태고 싶진 않았다.

하지만 그런 그녀의 마음과 달리 한새는 꿈쩍도 하지 않은 채다시 입을 열었다.

"대답이나 해 봐. 산이야? 바다야?"

화인이 슬쩍 눈살을 찌푸리며 집요하게 질문을 하는 그를 돌아볼 때였다.

마침 탁자 위에 올려 둔 한새의 휴대폰이 울리기 시작했다.

찬우에게서 걸려 온 전화였기에 한새가 대수롭지 않게 통화 버튼을 누르며 화인을 향해 말했다.

"잠깐만."

그런데 생각지도 못한 찬우의 커다란 목소리가 전화를 받자마자 쩌렁쩌렁하게 울려 퍼졌다.

─한새야, 큰일 났어! 지금 너랑 운전기사가 사귄다고 소문이

파다해!

옆 자리까지 다 들릴 정도였기에 한새의 시선이 저절로 화인을 향했다.

예상대로 그녀 또한 찬우의 목소리를 들었는지 얼굴이 딱딱하게 굳어 있었다.

한새는 지금 이런 상황보다 그녀의 표정이 더욱 신경이 쓰였다. 때마침 찬우의 목소리가 다시금 휴대폰을 통해 들려왔다.

─대체 어디서 새어 나간 건지 모르겠는데, 벌써 너희 둘이 사귄다는 내용이 퍼져서 아주 난리가 났어.

"……막기엔 이미 늦은 거지?"

─응, 벌써 손을 써 봤지만 그건 힘들 것 같아. 곧 기사화가 되면 떠들썩해질 텐데, 너는…… 어떻게 했으면 좋겠어?

의견을 물어보는 찬우의 목소리는 지나치게 조심스러웠다.

그럴 수밖에 없었다. 얼마 전에 한새가 은퇴에 대한 말을 했기 때문이다.

잠시 무거운 침묵이 돌았다.

한새의 대답을 기다리며 찬우가 참다못해 마른침을 꿀꺽 삼킬 때였다.

한새가 나직하게 말했다.

"조금만 생각해 보고, 다시 전화할게."

─그, 그래. 어떻게 대응할 건지 생각해 보고, 결정하면 바로 연락 줘.

평상시였다면 더 닦달했을 찬우였지만, 이번만큼은 순순히 뒤로 물러났다.

그렇게 전화를 끊은 한새는 싸늘하게 굳어 있는 화인의 표정을 살폈다.

"우리 사이가 알려진다고 해서 달라지는 건 아무것도 없어."

한새의 말에 화인은 아무런 대답 없이 미간만 찡그렸다.

왠지 느낌이 불길했다. 단언할 수는 없었지만 얼마 전에 아버지를 만난 게 마음에 걸렸다.

아버지는 솔트에 도움이 된다면 딸이 아니라 그보다 더한 것도 이용할 수 있는 사람이기 때문이다.

'경고가 통하지 않은 건가?'

가슴이 답답했다.

새삼 아무것도 할 수 없는 자신의 처지를 다시 한 번 깨달았다.

그저 이렇게 한새에게 짐밖에는 될 수 없는 건가, 자책감이 밀려들었다.

화인의 눈동자에 짙은 그림자가 내려앉을 때였다.

어느새 다가온 건지 한새가 그녀의 턱을 쥐고 자신에게 눈을 맞췄다.

"분명히 말하지만 네가 신경 쓸 필요 없어. 어차피 나는 너랑 사귀는 거 오래 감출 자신 없었어."

한새는 이미 각오하고 있던 일이었다. 언젠가 밝혀진다고 해도 아무런 상관없었다.

하지만 확고한 그와 달리 화인의 표정은 여전히 어둡기 그지 없었다.

이런 상황이 조금도 익숙지 않았다.

소문이 어디서 퍼진 건지를 떠나서, 한새에게 연인이 생겼다는 내용이 결코 그에게 이득이 될 리 없었다.

더구나 이대로 같이 있을 수 있는 건지도 미지수다.

아무리 운전기사라 해도 사귄다는 게 밝혀지면 이것은 동거나 마찬가지가 되어 버리기 때문이다.

점점 일그러지는 화인의 표정을 가만히 바라보던 한새가 재차 입을 열었다.

"박화인."

"……어떻게 신경을 쓰지 말란 거야?"

나 때문에 네가 피해를 볼지도 모르는데, 어떻게 아무렇지 않을 수가 있어.

화인은 목구멍까지 치미는 말을 간신히 삼켜 냈다.

다 내뱉기엔 너무나도 비참했다.

천하의 대악마가 처음으로 마음을 빼앗긴 인간에게 정작 아무것도 줄 수 없는 현실이다.

그녀가 무기력한 스스로를 가장 싫어한다는 걸, 한새 또한 잘 알고 있었기에 말하지 않아도 지금 어떤 심정일지 대충 짐작이 되었다.

그가 차분한 얼굴로 나직하게 말을 꺼냈다.

"이럴 바엔 그냥 그만둘까?"

화인은 그 말이 무엇을 의미하는지 단번에 알아들었다.

전혀 대수롭지 않다는 듯이 모델을 그만두겠다고 말하는 한새를 화인이 못마땅한 눈빛으로 쳐다봤다.

"넌 뭐가 그렇게 쉬워?"

"잊었어? 나한테 목숨까지 걸라고 한 건 너야."

이미 목숨까지 건 마당에 직업을 그만두는 게 문제가 될 리 없었다.

태연하기 그지없는 한새의 태도에 화인이 어처구니없다는 듯 말했다.

"그게 모델을 그만두라는 뜻은 아니잖아."

"그래도 너 하나는 충분히 먹여 살릴 정도는 되니까, 걱정하지 마."

"누가 굶어 죽을까 봐 그래?"

"그럼 왜?"

한새는 진심으로 궁금했다.

지금까지 장난으로 모델을 한 건 아니지만, 이제는 그보다 더 소중한 대상이 생겼다.

앞으로도 자신의 직업 때문에 화인과 만나는 것에 제약이 걸리는 게 싫었다.

만인의 연인이기보단 화인의 남자이고 싶다.

계속 일을 한다면 돈은 많이 벌겠지만, 그렇게까지 욕심을 내고 싶진 않았다.

그동안 모아 놓은 돈도 충분했고, 앞으로 조금 더 화인과 자유로운 삶을 즐기고 싶었다.

화인은 자신의 생각보다 훨씬 진지한 한새의 얼굴을 바라보며 천천히 입을 열었다.

"쉽게 그만둘 생각하지 마."

"······?"

"너 일하는 거 멋있어."

화인은 지금까지 운전기사로서 몇 번이나 한새가 촬영하는 모습을 지켜봤다.

화려한 조명 속에 서 있는 한새는 대악마인 그녀조차도 시선을 빼앗길 만큼 근사했다.

마치 제 몸에 알맞은 옷을 입은 느낌이랄까.

한새는 전혀 생각지도 못한 화인의 말에 깜짝 놀랄 수밖에 없었다.

설마 이런 말이 그녀의 입에서 나올 거라곤 정말이지, 상상도 하지 못했다.

잠시 그녀를 바라보던 한새가 나직하게 말했다.

"쉽게 말한 것 같아?"

결코 모델을 그만두는 게 가벼워서 내뱉은 말이 아니었다.

"······박화인, 너니까. 아무것도 안 아깝다는 거잖아."

타는 듯한 그의 눈동자를 빤히 바라보던 화인이 못 참겠다는 듯 입을 열었다.

"나 때문에 네가 조금이라도 피해 보는 거 싫다고."

"알아, 내가 박화인이 머릿속으로 무슨 생각을 하는지도 모를 것 같아?"

너무나도 잘 아니까, 그녀를 신경 쓰이게 할 바엔 모델을 그만두겠다고 말을 한 것이었다.

한새가 낮은 목소리로 다시 말했다.

"내가 그만두는 게 싫으면, 네가 나한테 보호받는 것에 익숙해져."

"……?"

"그냥 내 등 뒤에 숨어도 된다고."

화인은 괴로울지 몰라도 한새는 이 정도 피해쯤 아무렇지도 않았다.

공식적으로 연인임을 밝힌다고 해서 어떤 피해를 받아야 된다면 기꺼이 감수할 수 있었다.

그녀만 곁에 있다면 자신에게 힘든 일은 없다.

지금 이한새의 세상에 박화인보다 중요한 것은 아무것도 없으니까.

"그러니까 너는 산이 좋은지, 바다가 좋은지 그거 하나만 고민하면 돼."

화인의 기분은 한 마디로 표현할 수 없을 만큼 오묘했다.

천하의 대악마인 자신이 누군가에게 보호를 받고 있다는 사실이 익숙할 리 없다.

살면서 지금까지 단 한 번도 초라해 본 적 없었는데, 인간으로 형벌을 받으면서 온갖 부끄러운 일을 다 겪어 보는 기분이다.

그런데도 이런 자신을 좋다고 하는 한새가 이해가 되질 않았다.

그가 사랑스럽게 느껴질수록, 화인은 왜인지 화가 나는 기분이다.

아무 말 없이 차창 밖을 바라보는 화인을 향해 한새가 나직하게 말했다.

"아직도 기분이 안 풀렸어?"

화인은 고개조차 돌리지 않은 채로 나지막이 대답했다.

"너는 바라던 대로 여행을 가니까 좋아?"

"응, 좋아."

조금의 망설임도 없이 흘러나오는 한새의 대답에 화인의 얼굴이 미미하게 찌푸려졌다.

이 남자는 정말 바보인지도 모른다.

지금 두 사람은 언론을 통해 교제 중이라는 사실을 밝히고 도망을 치고 있는 중이었다.

집 앞에는 기자들이 진을 치고 있는데, 두 사람은 한시도 떨어질 수 없는 사이였기에 하는 수 없이 몸을 숨기게 된 것이다.

그럼에도 한새는 그저 좋단다.

본인이 이렇게 괜찮다는데 정작 화인은 뭐가 이렇게 못마땅한

지 모르겠다.

한새가 다시 조용해진 화인의 뒷모습을 바라보며 입을 열었다.

"이미 엎질러진 물이야. 그러니까 더는 신경 쓰지 마."

이런 상황인데도 정말 그가 관심을 두고 있는 건 화인밖에 없었다.

그 마음이 온전히 전해졌기에 화인은 눈을 질끈 감았다가 떴다. 그리곤 나지막한 목소리로 입을 열었다.

"……소원 세 개만 말해 봐."

갑작스러운 그녀의 말에 한새가 의아한 표정으로 다시 물었다.

"무슨 소원?"

"그동안 이루고 싶었던 거 없어? 이번에 나 때문에 피해 봤으니까, 나중에 내가 대악마로 돌아가면 갚을게."

화인이 언제까지나 힘없는 인간으로 남아 있는 게 아니었다. 그러니 빚진 건 차후에라도 어떻게든 정산해서 갚아 줄 생각이었다.

그녀의 말에 한새가 설핏 웃었다.

"그런 것도 할 수 있어?"

"내가 못 하는 게 있을 거 같아? 그리고 너 괴롭히는 놈들 있으면 데스 노트처럼 적어 놔."

"와, 우리 애인 짱인데?"

한새의 뜨거운 반응에 화인은 괜스레 어깨가 으쓱해지는 느낌이었다.

그녀가 작게 헛기침을 하며 다시 입을 열었다.

"그럼 신중하게 생각해 보고 나중에 말해."

"내 첫 번째 소원은……."

하지만 그녀의 생각과 달리 한새의 말은 거침이 없었다.

화인이 의외라는 표정으로 그를 향해 물었다.

"벌써 말하게?"

"……너야."

"첫 번째 소원이 나라고?"

전혀 의미를 알 수 없는 그의 말에 화인이 영문을 모르겠다는 듯 쳐다볼 때였다.

한새의 목소리는 멈추지 않고 연이어 들려왔다.

"두 번째도 너."

"……?"

"그리고, 세 번째도 너야."

무슨 뜻인지 몰라서 잠시 생각에 잠긴 화인의 눈동자가 점점 커졌다.

천천히 그의 말이 이해가 됐기 때문이다.

한새는 어느새 놀란 눈으로 자신을 바라보고 있는 화인을 향해 흐릿하게 웃어 보였다. 그리곤 다시금 나지막한 목소리로 말했다.

"말했잖아, 난 너 하나만 있으면 된다고."

"너…… 이게 어떤 기회인지 아는 거야?"

엄청난 부를 이뤄 줄 수도 있었고, 세상의 모든 여자를 그에게 반하게 만들 수도 있었다.

죽은 사람을 살려 달라는 황당한 소원만 아니라면, 정말이지 웬만한 건 다 한새의 뜻대로 해 줄 생각이었다.

그런데 그는 이 귀한 소원을 오로지 단 한 가지를 위해 써 버렸다.

바로 그녀를 위해.

화인이 황당한 표정으로 그를 바라보고 있자, 한새가 매력적인 미소를 지으며 그녀를 향해 물었다.

"내 소원 들어줄 거야?"

"……그건 안 돼."

화인이 저도 모르게 고개를 슬쩍 반대편으로 돌렸다.

지금까지 들어 온 소원 중에 가장 말도 안 되는 것이었다. 그리고 절대로 이뤄질 확률이 없는 소원이었다.

화인이 재차 입을 열었다.

"다른 소원 말해 봐."

"세 개를 들어줄 성의로 하나만 들어주면 되잖아."

"잔말 말고 다른 거 말해."

강압적인 화인의 말에 한새는 그저 픽 하고 웃을 뿐이었다. 그녀의 자세한 사정을 알지 못했기에 그저 가볍게 받아들이고 만 것이다.

한새가 나직하게 말했다.

"내 소원은 그거 하나뿐이니까, 가능하면 들어주도록 해."

화인은 말문이 막혔다. 대체 어떤 대답을 해야 할지 막막하게 느껴졌다.

불현듯 한새에게 언제까지나 빚을 갚지 못할 거 같다는 불길한 예감이 들었다.

가슴이 아프면서도 이율배반적이게도 행복한 기분이 든다.

모든 걸 떠나서 이렇게나 자신을 원하는 남자가 곁에 있는데 아무렇지 않을 수는 없었다.

한새에게 미안하다고 느껴질 만큼 지금 그가 내뱉은 말에 가슴이 따뜻해졌다.

"……."

화인이 아무런 말없이 일렁거리는 눈동자로 한새를 쳐다보고 있을 때였다.

한새가 운전대를 잡고 있지 않은 오른손을 그녀에게 내밀며 말했다.

"손잡아 줘."

화인은 그가 내민 손을 빤히 바라보다가 이내 슬며시 마주 잡았다. 그러자 한새가 만족스럽게 웃는 모습이 눈에 들어왔다.

지금 이 순간이 좋아서 잠시 그대로 그를 쳐다보고 있자, 다시 한새의 허스키한 목소리가 들려왔다.

"봐, 바다야."

그의 말대로 창밖에는 끝도 없이 펼쳐지는 겨울 바다가 눈에 들어왔다.

한새의 산이냐, 바다냐는 질문에 그녀가 한 대답이 바로 이것이었다.

그렇게 두 사람은 겨울 바다에 놀러 왔다.

한새의 뒤편으로 보이는 겨울 바다가 시리도록 아름다워서 화인은 눈을 떼지 못했다.

오래토록 간직하고 싶었다.

지금 이 순간을, 그리고 마주 잡은 이 손의 온기를.

*   *   *

"회 맛있어?"

한새는 턱을 괸 채로 허겁지겁 회를 먹고 있는 화인을 바라보고 있었다.

그 모습이 마치 그림처럼 멋있어서 서빙을 하는 아줌마가 힐끔 쳐다볼 정도였다.

다행히 겨울이라 바다 근처에 사람이 없어서 다행이었지, 아니면 그를 알아보는 사람들이 꽤나 있었을지도 모르겠다.

화인은 입 안에 잔뜩 넣은 회를 오물거리면서도 아무렇지 않은 척 말했다.

"뭐, 괜찮네."

시큰둥한 그녀의 대답에도 한새는 그저 다 안다는 듯이 웃을 뿐이었다.

그가 이제는 얼마 남지 않은 회를 바라보면서 그녀에게 다시 말했다.

"더 먹어."

"그럴 필요는……."

하지만 화인의 말이 다 끝나기도 전에, 한새가 더 주문을 시켰다.

"우럭 한 접시 더 주세요."

마침 기본 반찬을 주는 아주머니가 근처에 있었기에 주문은 금방 접수되었다.

그렇게 두 사람이 앉은 테이블에는 순식간에 회가 꽉 찬 접시가 배달되었다.

이미 충분히 먹은 화인이 그것을 바라보며 기가 막힌다는 듯 말했다.

"지금 나보고 이걸 다 먹으라는 거야?"

"못 먹겠으면 남겨."

화인이 더욱 어처구니가 없다는 표정으로 그를 바라보며 입을 열었다.

"그럴 거면 왜 시켜? 됐어, 안 남기고 다 먹을 거야."

"많이 먹는 건 좋은데, 그러다가 배탈 나지는 말고."

"지금까지 소화불량 걸린 적은 한 번도 없어."

의욕을 불태우는 그녀를 한새는 귀여워 죽겠다는 듯이 바라봤다.

밥 잘 먹는 어린 꼬마들의 모습을 보며 흐뭇한 미소를 짓는 어른들의 마음이 이런 걸까 싶다.

그냥 밥을 먹는 건데도 왜 이렇게 예쁠까.

한새는 화인이 회를 먹는 모습을 흐뭇하게 바라보다가 이내 젓가락을 들어서 자신도 더 먹었다.

그렇게 횟집을 나오자 바깥은 이미 어둑어둑한 밤이었다.

바닷가 근처 특유의 냄새가 코를 자극했다.

서울을 벗어나서 그런 건지, 정말로 공기가 맑아진 느낌이 들었다.

한새가 끝없이 펼쳐지는 밤바다를 바라보며, 화인을 향해 나지막이 말했다.

"소화도 시킬 겸 잠깐 산책하다가 갈까?"

"그래."

화인도 오랜만에 보는 밤바다가 꽤나 마음에 들었기 때문에 거부할 생각은 없었다.

두 사람은 말없이 어두운 밤바다를 배경으로 모래사장을 거닐었다.

서로 많은 말을 나누고 있진 않았지만, 무언가 마음이 통하고 있는 느낌이 들었다.

겨울 바다의 차가운 바람이 불어와도 왜인지 마음은 따스한 기분이다.

묵묵히 걷던 한새가 먼저 입을 열었다.

"다음엔 산으로 갈까?"

"이다음도 있는 거야?"

"당연하지, 순서를 정하라고 한 거지. 둘 중에 하나만 간다고 한 건 아니었거든."

"뭐야? 순전히 네 마음대로잖아."

투덜거리는 화인을 보며 그마저도 좋다는 듯 한새는 옅은 미소를 지었다.

한새가 그녀의 걸음 속도에 맞춰 느릿하게 걸으며 입을 열었다.

"네 여권 나오면 해외여행도 가자. 바다가 좋으면 하와이도 한번 가고, 네가 원한다면 사막을 가 보는 것도 괜찮을 것 같아."

"뭐 이렇게 하고 싶은 게 많아?"

"말 안 했나? 나 너랑 하고 싶은 거 엄청나게 많다고."

"생각보다 굉장히 활동적이네."

지금까진 한새가 열심히 일하는 모습만 지켜봐 왔다.

스케줄이 없는 날에는 운동을 하거나 집 안에서만 있었었기 때문에, 그가 이렇게 외출을 좋아하는지 화인은 처음 알았다.

그런 그녀의 반응에 한새는 그저 흐릿하게 웃을 뿐이었다. 사실 이 모든 게 화인을 만나고 나서부터 생긴 변화이기 때문이다.

지금까지는 누군가와 어울리는 게 싫어서 그냥 혼자 있는 게 더 편했다.

하지만 이제는 화인과 함께 둘이서 즐기고 싶은 게 너무나도 많았다.

그녀만 있다면 세상의 모든 것이 즐거울 것만 같았다.

화인과 함께하는 매순간이 좋다.

그녀와 손을 잡고 여행을 떠나는 것도, 둘이 집에서 게으름 피우는 것도 좋았다.

화인이 어딘가 들떠 보이는 한새를 힐끔 쳐다보더니 설핏 웃었다.

"뭐가 그렇게 신났어?"

"그럼 너랑 같이 있는데 안 좋을 것 같아?"

너무나도 당당한 그의 대답에 화인이 못 말리겠다는 듯 재차 웃음을 터뜨렸다.

한쪽으로 쭈욱 펼쳐지는 밤바다뿐만 아니라, 저 멀리 보이는 야경 또한 아름다웠다.

화인이 홀린 듯이 바닷가를 바라보다가 나지막이 중얼거렸다.

"춥지만 않았어도 조금 더 있을 텐데……."

"추워?"

"그럼 겨울인데 안 춥겠어?"

무뚝뚝한 그녀의 대답을 들은 한새가 우뚝 걸음을 멈춰 세웠다.

화인이 혼자서 한두 걸음 앞서 걷다가, 그의 움직임에 덩달아 발을 멈추고 돌아보려 할 때였다.

"뭐……?"

하지만 화인의 말은 끝까지 이어지지 않았다.

한새가 뒤에서 그녀를 와락 끌어안았기 때문이다. 뜨거운 그의 체온이 온몸으로 느껴졌다.

더구나 그녀보다 머리가 하나 더 큰 한새가 자신의 코트 안으로 화인을 감싸자 더욱 따뜻해질 수밖에 없었다.

당황한 화인이 한새를 향해 고개만 살짝 돌리자, 그가 나지막이 말했다.

"추웠으면 진작 말을 해야지."

꾸짖는 듯한 그의 목소리에 화인은 순간 황당했지만, 그렇다고 반박할 수는 없었다.

입을 열어 말을 하기엔 심장이 너무 빨리 뛰고 있기 때문이다.

두근두근두근.

두 사람은 잠시 시간이 멈춘 것처럼 그 자리에 서 있었다.

화인은 왠지 지금 이 순간을 잊을 수 없을 것 같다는 예감이 들었다.

지금 흐르는 공기와 바닷가 냄새, 그리고 뒤에서 느껴지는 따뜻함까지.

*　　　*　　　*

바닷가 산책을 마친 두 사람은 호텔에 체크인을 하고 들어왔다. 트윈 룸으로 객실을 구했기에 침대가 두 개 놓여 있는 게 보였다.

같은 방에 침대 두 개. 이것은 분명 한새의 집에서 보던 풍경과 조금도 다르지 않았다.

그런데 왜 이리도 다른 느낌인 걸까.

지금까지 같은 방에서 지냈다고 말하기가 어색할 정도로 화인은 뭔가 미묘한 감정이 느껴졌다.

한새가 캐리어를 한쪽에 두며 나지막한 목소리로 물었다.

"먼저 씻을래?"

"……그렇게."

화인은 괜스레 느껴지는 묘한 긴장감을 지우며 샤워실로 들어갔다.

나중에 씻으러 들어오면 아무래도 습기가 차 있기 때문에 한새가 먼저 그녀를 배려해 준 것이다.

고작 그뿐이다. 아무런 의미가 없는 말임을 잘 알면서도 환경이 조금 바뀌었다는 이유로 어색하게 느껴졌다.

샤아아아.

샤워기에서 흘러나오는 세찬 물을 맞으며, 화인은 쓸데없는 생각을 머리에서 지웠다.

그렇게 샤워를 마친 화인이 물기가 뚝뚝 흐르는 머리를 털면서 바깥으로 나왔다.

방 안에 한새의 모습이 보이지 않아 두리번거리며 그를 찾을 때였다.

한새는 바닷가와 야경이 한눈에 내려다보이는 커다란 창가 앞에 우두커니 서 있었다.

무슨 생각을 하는 건지 그녀가 샤워를 마치고 나온 것도 모르고 있었다.

"한새야."

화인의 나직한 목소리에 그의 고개가 움직였다.

두 사람의 시선이 허공에서 마주치자 한새의 얼굴이 미미하게 찌푸려졌다.

화인이 그런 그의 변화를 의아하게 바라볼 때였다.

한새가 저벅저벅 걸어서 그녀를 지나쳐 걸어가며 나지막한 목소리로 말했다.

"감기 걸리지 않게 머리 잘 말려."

그 말만 남긴 채, 그는 그대로 샤워실로 들어갔다.

곧이어 한새가 씻는 소리가 희미하게 들려오는 것 같았다.

화인은 의아한 표정으로 한새가 지나간 빈자리를 바라보며 나지막이 중얼거렸다.

"내가 이런 적이 한두 번인가?"

지금까지 귀찮아서 젖은 머리카락을 그대로 둔 적은 수도 없이 많았다.

그런데 오늘따라 그것을 지적하는 한새를 보고 있자니, 지금

이 공간이 어색한 건 자신뿐만이 아니라는 생각이 들었다.

그게 왠지 설레었다.

그래서 조금 전 혼자 긴장을 했던 때와 달리 맥박이 빨리 뛰는 것 같았다.

화인이 손에 들고 있던 수건으로 다시 젖은 머리카락을 털며 조그맣게 중얼거렸다.

"……미치겠네."

화인이 머리카락에 물기가 떨어지지 않을 정도로만 대충 말렸을 때였다.

끼익.

자그만 소리와 함께 샤워를 마친 한새가 바깥으로 나왔다.

무심코 그 모습을 지켜보고 있던 화인은 저도 모르게 눈동자를 조금 크게 뜨고 말았다.

샤워 직후 자신의 모습이 한새의 눈에 어떻게 비춰졌는지 모르겠지만, 적어도 그는 치명적일 정도로 색기가 넘쳐흘렀다.

남자인데도 불구하고 아주 매끈한 피부는 막 씻고 나와서 물기를 머금고 있었다.

촉촉한 머리카락이 착 가라앉아서 이마에 달라붙어 있는 모습이 왜 이리도 선정적이게 느껴지는지 모르겠다.

'이게 지금 누굴 꼬시려고.'

화인은 그 모습을 잠시 못마땅하게 쳐다보다가 이내 고개를 돌렸다.

오늘따라 괜스레 어색한 공기도 불편할 뿐더러 이상하게 갈증까지 느껴졌다.

화인이 터벅터벅 걸어가 냉장고에서 맥주 한 캔을 꺼낼 때였다.

그 모습을 지켜보던 한새가 나지막이 말했다.

"술 마시려고?"

"응."

"그러다 취하면……."

한새의 말이 다 끝나기도 전에 화인이 기가 막힌다는 듯, 웃으면서 대꾸했다.

"내가 고작 맥주 한 캔에 취할 것 같아?"

곧바로 망설임 없이 맥주 캔을 따는 화인을 바라보다가 한새가 뭐라고 더 말을 하기 위해 입술을 달싹거렸지만 이내 조용히 입을 다물었다.

화인의 말이 맞다.

둘 다 맥주 몇 캔을 마신다고 해서 이성을 잃을 정도로 술이 약하지는 않았다.

그럼에도 한새는 술이 들어가는 게 무서웠다.

지금 자신은 맨정신으로도 이성을 잃을 것만 같았으니까.

그런 그의 마음을 모르는 화인은 태연하게 맥주를 마시면서 베란다로 다가가 커다란 창문을 열었다.

그러자 철썩거리는 파도 소리가 감미로운 음악처럼 들려왔다.

시원한 공기를 맡으니 왠지 모를 긴장감이 한결 사라지는 것 같았다.

그렇게 창가에 서서 가볍게 맥주를 마시고 있는 화인을 가만히 바라보던 한새가 못 말리겠다는 듯이 결국 몸을 움직였다.

스윽―

화인은 뒤에서 느껴지는 따뜻한 감촉에 고개를 돌릴 수밖에 없었다.

그녀의 눈에 한새가 커다란 담요로 자신의 어깨를 감싸 주고 있는 모습이 들어왔다.

한새가 허스키한 목소리로 말했다.

"감기 걸린다."

경고하듯이 내뱉는 그의 말이 왜 이렇게 다정하게 느껴지는 것일까.

화인은 저도 모르게 옅게 웃고 말았다.

이렇게나 자신의 건강 상태를 걱정해 준 사람은 지금까지 없었던 것 같다.

화인은 그가 어깨에 담요를 걸쳐 준 상태 그대로 걸음을 옮겨서 테이블에 자리를 잡았다. 그리곤 한새를 향해 손에 들고 있던 맥주를 흔들며 물었다.

"너도 마실래?"

잠시 고민하던 한새가 고개를 저으며 대답했다.

"난 됐어."

"좋을 대로."

화인이 혼자서도 상관없다는 듯이 맥주로 갈증을 채우자, 한새는 말없이 냉장고에서 물을 꺼내 들고 그녀의 반대편에 앉았다.

굳이 맥주를 마다하고 물을 마시는 그가 이해가 안 됐지만, 그렇다고 술을 더 권유하지는 않았다.

잠시 두 사람은 철썩거리는 파도 소리를 들으며 조용히 앉아 있었다.

이렇게만 있어도 좋았다.

뭐라고 말로 형언할 수 없을 만큼.

화인은 인간 세상을 여유롭게 즐긴 적이 없었기에 딱히 여행을 떠나 본 적도 없었다.

그런데 지금은 왜 인간들이 여행을 가는지 이해할 수 있었다.

마음이 여유로웠다.

굳이 표현하자면 시간이 느릿하게 흘러가는 그런 느낌이 들었다.

조용히 맥주를 마시고 있는 화인의 얼굴에 갑자기 한새의 커다란 손이 다가왔다.

그가 양손으로 화인의 보드라운 뺨을 감싸며, 나지막한 목소리로 말했다.

"볼이 차가운데?"

"나 감기 같은 거 안 걸리니까, 걱정하지 마."

한새는 그새 잊었는지 모르지만, 화인은 다치거나 병들지 않는 몸을 가지고 있었다.

하지만 그럼에도 한새는 아무 상관없다는 듯 나직이 대꾸했다.

"그래도 여자는 몸이 따뜻한 게 좋다고 하잖아."

"별 걸 다 신경 쓴다."

한새는 예전부터 그랬다.

화인의 몸은 다쳐도 순식간에 낫는 몸인데도 불구하고 한새는 그녀의 몸에 상처가 나는 걸 싫어했다.

온도에 따라서 추위나 더위는 느끼지만, 그렇다고 그게 병으로 이어지지는 못하는데도 이렇게 걱정을 한다.

사실 저 시커먼 바닷속에 뛰어들어도 춥기야 하겠지만 절대로 얼어 죽을 일은 없었다.

그런데도 자꾸 신경을 써 주니까.

그게 마치 소중하게 보살핌을 받는 느낌이라 왠지 마음이 간질거린다.

화인은 자신의 얼굴이 조금 붉어졌을지도 모르겠단 생각을 할 때였다.

한새가 그녀의 달아오른 얼굴을 보고, 주저 없이 자리에서 몸을 일으켰다.

"안 되겠다, 너."

그 말과 함께 베란다의 창문을 닫고는 화인의 손에 들린 맥주를 빼앗았다.

그녀가 황당한 얼굴로 물었다.

"뭐하는 거야?"

"어차피 거의 다 마셨잖아. 이리 와, 머리 말려 줄게."

아직도 축축한 화인의 머리카락 때문에 더욱 온기를 빼앗기는 것 같아 그냥 둘 수가 없었다.

한새가 손수 드라이기를 들고 와서 여기 앉으라는 듯 의자를 툭툭 건드리자, 화인은 못 말리겠다는 표정으로 웃었다.

화인이 하는 수 없이 한새가 가리킨 자리에 앉을 때였다.

곧바로 위이이잉 하는 소리와 함께 뜨거운 드라이기의 바람이 느껴졌다.

한새가 부드러운 손길로 자신의 머리를 매만져 주고 있으니 왜인지 졸음이 몰려오는 것도 같았다.

화인은 저도 모르는 새에 두 눈을 감고 기분이 좋다는 듯 무릎을 감싸 안았다.

"저번에 눈 화장 해 줄 때도 느꼈지만, 생각보다 미용에 소질이 있는 거 아니야?"

"마음에 들면 앞으로도 계속 해 줄게."

흔쾌히 나오는 한새의 대답에 화인이 저도 모르게 설핏 웃고 말았다.

머리카락에 있는 물기를 다 말리고, 드라이기가 꺼질 때였다.

화인이 고개를 들어 뒤편에 서 있는 한새의 얼굴을 올려다보며 말했다.

"수고했어."

그 얼굴이 너무나도 사랑스럽게 느껴져서 한새가 더는 못 참겠다는 듯이 허리를 숙여 그녀의 이마에 입을 맞췄다.

그리곤 조금은 장난스러운 목소리로 이렇게 말했다.

"그럼 이건 팁으로 받을게."

갑작스럽게 다가온 한새의 얼굴에 놀란 화인이 뒤늦게야 그의 입술이 머물렀던 이마를 손으로 만지며 황당하다는 듯 웃었다.

"팁을 자기 마음대로 가져가는 게 어디 있어?"

그녀의 말에 한새는 그저 짓궂게 웃을 뿐이었다.

이렇게 가벼운 스킨십을 자연스럽게 나누고 있자니, 정말 눈앞에 있는 이 남자가 내 것이라는 게 실감 났다.

대악마로서 억겁의 시간을 살아오면서 단 한 번도 이런 감정을 가져 본 적이 없었다.

누구보다 따뜻하고 나를 사랑해 주는 남자.

그리고 내가 사랑하고 있는 내 남자.

화인이 가만히 한새가 움직이는 걸 바라보다가 나른한 목소리로 말했다.

"예쁘다."

"……뭐가?"

갑작스런 그녀의 칭찬에, 그것도 여자에게나 할 법한 말에 한새가 의아한 표정으로 바라봤다.

그러자 화인이 다시 한 번 입을 열어 말했다.

"내 남자 예뻐 죽겠다고. 눈도 코도 입술도 아주 다 예쁘네."

거침없는 그녀의 고백에 한새의 귀가 붉게 물들었다.

모델로 살면서 지금까지 숱한 칭찬을 받았지만 지금만큼 당황
스럽고 기뻤던 적은 단연코 없었다.

그런 그를 빤히 바라보며 화인이 엄지로 한새의 발가락을 가
리켰다.

"진짜 넌 무슨 발가락도 예쁘냐?"

정말로 신기하다는 듯이 말을 하는 그녀를 보고 있자니 한새
는 내심 기가 막혀 왔다.

정말 예쁜 게 누군데.

오늘 하루 종일 제대로 숨도 못 쉬게 만든 게 누구인데 이런
말을 한단 말인가.

한새가 느릿하게 입을 열어 말했다.

"다 가져."

"응?"

"눈도 코도 입술도……. 지금 네가 보고 있는 곳, 전부 다 네 거
야."

그의 낮은 허스키한 목소리가 세상 그 무엇보다 달콤하게 느
껴졌다.

화인이 정말로 못 참겠다는 듯이 웃어 보였다.

벌떡!

그리곤 앉아 있던 자리에서 다급하게 일어난 화인이 순식간에
한새의 바로 앞까지 다가갔다.

그 순간 누가 먼저라고 할 것도 없이 서로의 입술이 맞닿았다.

어느 때보다도 깊은 키스가 시작되었다.

서로가 서로를 갈구하는 농도 깊은 입맞춤은 숨이 막힐 정도로 열렬했다.

그럼에도 서로의 숨결조차 전부 삼켜 버릴 것처럼 두 사람은 뜨겁게 입술을 부딪쳤다.

한새는 한 손으로 화인의 뒷목을 쥐고, 다른 손으로는 그녀의 가는 허리를 바짝 끌어당겼다.

입을 맞추고 있는 이 순간조차 조금도 떨어지고 싶지 않다는 듯 서로의 몸이 바짝 밀착되었다.

화인의 살결이 너무나도 부드러워서 한새는 조바심이 날 정도였다.

"하아."

입술이 잠시 떨어지자 거친 숨소리 때문에 공기가 뜨겁게 달궈지는 것 같았다.

한새의 눈동자에는 지금까지 간신히 누르고 있던 뜨거운 욕망이 드리워져 있었다.

지금껏 화인과 같이 지냈던 수많은 나날 동안, 머릿속에선 셀 수도 없을 만큼 그녀를 침대에 쓰러뜨렸다.

그럼에도 불구하고 계속 참았던 이유는, 잠자리만큼은 온전히 서로의 마음이 통했을 때 갖고 싶었기 때문이다.

호텔에 발을 디디는 순간, 인내심에 조금씩 한계가 느껴졌던 건 사실이지만 그렇다고 여기서 화인을 안을 생각은 없었다.

한새가 잔뜩 억눌린 목소리로 말했다.

"더 이상 하면 못 멈출지도 몰라."

그녀와 첫날밤을 갖게 된다면 여기보다 훨씬 멋지고 근사한 곳에서 하고 싶었다.

유치하지만 화인을 위해서라면 방 안을 온통 장미꽃으로 꾸밀 수도 있을 것 같았다.

화인은 잠시 한새를 바라보다가 어처구니없다는 듯이 웃었다.

"……누가 여기서 멈춘대?"

그 말을 끝으로 화인의 붉은 입술이 다시 한새를 향해 저돌적으로 다가왔다.

서로의 입술이 맞닿자 간신히 참고 있던 욕망이 다시금 뜨겁게 불타올랐다.

한새가 더는 못 참겠다는 듯이 화인의 허리를 잡고 안아 들자, 그녀의 다리가 자연스럽게 그의 허리를 휘감았다.

서로의 입술을 떼지 않은 채로 한새가 그녀를 안고 방 안으로 들어갔다.

그가 침대 헤드 부분에 허리를 기대고 앉자 자연스럽게 화인이 위에 올라탄 형상이 되었다.

화인이 달뜬 숨을 내쉬며 가늘게 뜬 눈으로 눈앞에 있는 한새를 쳐다봤다.

"너, 뼛속까지 씹어 먹고 싶어."

지금이라면 정말 가능할 것도 같았다.

자신 때문에 흐트러져 있는 한새의 얼굴을 보고 있자니 가슴 속에 잔인하리만치 소유욕이 든다.

그런데 그건 한새 역시 마찬가지였다.

그는 당장이라도 그녀를 잡아먹을 것 같은 눈동자를 하고선, 그 말에 재미있다는 듯이 저도 모르게 픽 하고 웃어 보였다.

"먹어."

한새가 그녀에게 몸을 기울이며 낮은 목소리로 말을 이었다.

"말했잖아, 전부 네 것이라고."

그가 화인의 어깨를 잡고 뒤로 밀자 순식간에 두 사람의 위치가 바뀌었다.

그녀의 위에 올라탄 한새가 윗옷을 벗어 던지자, 완벽하리만치 보기 좋은 상반신이 드러났다.

치명적일 정도로 섹시한 모습으로 그가 다시 화인을 향해 속삭였다.

"그런데 지금은 내가 먼저야."

열기를 머금은 그의 눈이 웃는 듯 부드럽게 휘어졌다.

화인이 침대에 누워서 그 모습을 말없이 바라보다가 이내 손을 들어 그의 얼굴을 쓰다듬었다.

사랑스러웠다.

이 남자의 사랑이 절절히 느껴지는 지금 이 순간이 너무나도 행복하다.

그는 자신에게 뭘 줘도 아깝지 않다고 했지만, 어느샌가 화인도 같은 마음이 되었다.

무엇을 주어도 그에겐 아깝지 않을 것만 같다.

"……사랑해, 이한새."

나직하게 들려오는 화인의 목소리에 한새의 눈동자가 조금 커졌다.

그가 못 참겠다는 듯이 미간을 찡그리며 웃는데, 그 모습이 무척이나 기분 좋아 보였다.

한새가 나지막이 대답했다.

"반칙이야. 내가 먼저 말하려고 했는데……."

그가 누워 있는 화인을 향해 상체를 기울이자 두 사람의 몸이 포개졌다.

한새의 듣기 좋은 목소리가 그녀의 바로 귓가에서 울렸다.

"나도 사랑해, 박화인."

너무나도 달콤한 말에 화인이 저도 모르게 낮은 웃음소리를 냈다.

한새의 입술은 그녀의 귓가에서 목덜미로, 그리고 점점 아래로 내려갔다. 그의 입술이 닿는 곳마다 붉은 꽃이 피어났다.

두 사람이 입고 있던 옷들은 어느샌가 전부 침대 아래로 떨어져 있었다.

한새는 화인의 머리에서부터 발끝에까지 듬뿍 애정을 쏟았다.

다정한 손길과 뜨거운 숨결이 섞일수록 한새가 그녀를 얼마나 소중하게 여기는지 생생히 전해져 왔다.

많은 것은 필요치 않았다.

서로가 서로를 간절하게 원하고 있다는 그 마음 하나만으로 충분했다.

화인은 인간으로서 처음 겪는 생소한 아픔을 느꼈지만, 곧이어 그건 뜨거운 열락으로 인해 잊혀 갔다.

긴장으로 조금 뻣뻣해진 화인에게 한새가 가까운 거리에서 눈을 맞추며, 뜨거운 입을 열어 다시 그녀의 입술을 탐했다.

화인은 자신을 감싸는 커다란 그의 등을 꽈악 끌어안았다.

사랑하는 남자의 품 안에 안겨 있는 지금 이 순간이 무엇과도 바꿀 수 없을 만큼 행복했다.

아득해지는 정신을 간신히 부여잡고 있을 때, 한새의 허스키한 목소리가 다시 한 번 들려왔다.

"사랑해, 화인아."

그 한마디가 정말로 주체할 수 없는 그의 감정을 대신 전해 주는 것 같아서 순간 가슴이 저릿해졌다.

그의 품 안에서 화인은 지금껏 몰랐던 사랑과 행복을 넘치도록 느낄 수 있었다.

사랑하는 두 사람이 온전히 하나가 된 아름다운 밤이었다.

〈다음 권에서 계속〉